LA PANTHÈRE

Critique littéraire pour de nombreux magazines, Stéphanie des Horts est aussi lectrice et traductrice. Elle a publié à ce jour onze romans, traduits dans plusieurs langues. Elle aime régner sur un monde fascinant, un privilège de la littérature.

Paru au Livre de Poche :

Doris. Le secret de Churchill
Les Heureux du monde
Jackie et Lee
Pamela
Les Sœurs Livanos

STÉPHANIE DES HORTS

La Panthère

Le fabuleux roman de Jeanne Toussaint,
joaillière des rois

ROMAN

JC LATTÈS

© Éditions Jean-Claude Lattès, 2010.
ISBN : 978-2-253-15801-1 – 1re publication LGF

À ma mère.

Qui donc êtes-vous, vous qui parfumez les diamants ?

Princesse Bibesco à Jeanne Toussaint,
1948

1.

Majestic

Marche ou crève, était ma devise...

Paris, 1941.

Qui suis-je ? Un oiseau en cage, brillant, précieux assurément, c'est ce qu'ils ont prétendu, ces hommes que j'ai aimés et qui ne m'ont pas épousée. Où sont-ils aujourd'hui quand j'ai tant besoin d'eux ? Qu'ils viennent m'arracher aux griffes de la gestapo, qu'ils ne me laissent pas, seule dans cette pièce aveugle, face à moi-même, aux souvenirs de temps moins cléments. Qui viendra me chercher, qui osera défendre mon nom, qui me rendra l'honneur perdu, qui ? Louis, Pierre, où êtes-vous ? Ne m'abandonnez pas ! Je ne suis pas aussi forte que je veux le montrer. Je vous en prie... Que reste-t-il de ma fierté ? Cinq rangs de perles à l'orient argenté. Les larmes des dieux... Et cette broche qu'ils m'ont volée. Lapis-lazuli, corail, saphir, roses sur platine, un oiseau en cage... Oui, je me suis bien moquée d'eux. Les schleus, la sale race !

Ils débarquent à la boutique tôt ce matin. Nous venons à peine d'ouvrir mais l'atelier tourne déjà depuis deux bonnes heures. Les accessoires, breloques et autres pendeloques occupent le gros de la production. L'époque est au bestiaire. Oiseaux de paradis, coqs et coccinelles enflamment les esprits, ils offrent une légèreté en ces heures sombres que nous traversons. Les commandes se font rares, nous assurons le stock. Les Allemands ont du goût, certes je l'admets, de l'argent aussi et j'entends bien le leur faire dépenser !

Je sirote mon troisième café, infâme mixture, en songeant que j'aurais peut-être dû rester à Ciboure. « Cela ne sert à rien de rugir, Jeanne », m'a dit Louis avant de s'expatrier à New York. « On ne peut rien contre eux, et puis les circonstances laissent peu de place à la coquetterie, restons en zone libre pour l'instant, attendons. » Louis, si sage, si loin... La gestapo vient de mettre onze membres de la firme en prison, onze membres, dont Lucien Lachassagne, mon dessinateur préféré, et Georges Rémy, le roi de la bague. Triste époque que celle du règne des butors ! Oui, j'aurais peut-être dû demeurer à Ciboure...

Deux tractions avant noires s'arrêtent dans un crissement de pneus effroyable devant le numéro 13. Les portières claquent, les soldats jaillissent des voitures, leurs bottes martèlent le sol, les passants, curieux, attendent de voir qui sera embarqué cette fois-ci. Et lui, Werner Best... Je ne connais pas encore son nom, je le saurai bien assez tôt. Ils s'engouffrent dans le premier salon, je distingue des sons durs, gutturaux, cassants. « *Schnell, vernünftig, still.* » Je ne parle pas allemand. Je hais les Allemands. D'un geste sec, Best se fait ouvrir les vitrines. Parfait, mon bel ami, maintenant je sais ce que tu fais ici, tu es venu pour moi. Je n'ai pas peur. Pas encore. L'un des soldats hurle : « La

Toussaint, allez chercher la Toussaint. » Finette, une jeune vendeuse, tremble de tous ses membres, elle bafouille, ils frappent, elle tombe. Ordures ! Comme je vous hais !

— Juive, vocifère le militaire, la Toussaint, elle est juive !

— Mademoiselle est belge, elle vient des Flandres, répond Finette en hoquetant.

— La Toussaint, où est la Toussaint ? braille l'homme en giflant la pauvre enfant.

— Ici, monsieur, fis-je en descendant l'escalier de fer forgé. Arrêtez de la maltraiter, je vous en prie, je ne me cache pas et suis prête à répondre à vos questions.

J'ai toujours accordé un soin extrême à mes entrées et celle-ci subsistera dans les annales de la maison. Campée sur la dernière marche, la main tremblante agrippant la boule de cristal de la rampe, je choisis d'affronter celui qui semble être leur chef. Werner Best, donc. Je suis la panthère de Cartier. À près de cinquante-cinq ans, je n'ai plus rien à prouver, plus rien à perdre non plus, surtout pas ma dignité. Oui monsieur Best, surtout pas ma dignité !

— Voilà qui est parfait, madame, vous êtes raisonnable, dit l'inquiétant personnage. Je sens que nous allons nous entendre. Allons faire un tour à notre quartier général. L'hôtel Majestic, vous connaissez ?

— Avenue Kléber, si je ne m'abuse…

— Embarquez-la !

Pas un regard pour mes employés. Ils risqueraient d'y lire mon désarroi. Forte, rester forte. Toujours. Pour la légende, le souvenir, ce personnage que j'ai forgé année après année. Une femme d'airain. Une dame de fer. La carapace force le respect, la froideur est mon rempart, l'émotion me terrifie. Tenir coûte que coûte, garder la tête haute et maîtriser ma peur. Enrayer la panique. Pas de larmes, pas de pleurs, avancer droit devant, comme toujours.

Une foule s'est amassée rue de la Paix. Ce n'est pas pour apercevoir Édouard VII ou le maharadjah de Kapurthala entrer chez Cartier. Non, il s'agit d'une arrestation, mon arrestation. Les soldats me jettent sans façon dans la deuxième voiture. Le moteur s'emballe et nous remontons les Champs-Élysées dans une trépidation infernale. C'est sous bonne escorte que j'arrive au siège du gouvernement militaire allemand. L'endroit est sinistre. Le IIIe Reich a investi les lieux. Des drapeaux nazis flottent au-dessus de chaque fenêtre, des svastikas couvrent les murs, il n'y a guère qu'une joaillière pour y voir un symbole de l'Art déco. Claquements de bottes, cliquetis des mitraillettes, bras tendus et saluts hitlériens. *Heil!* Mon cœur bat la chamade, les prisonniers ont perdu leur dignité et cette mère qui supplie qu'on lui rende son fils, elle n'obtient qu'un coup de crosse sur le nez pour toute réponse. Mon Dieu, pourquoi nous avez-vous abandonnés ?

On me conduit dans cette cellule sombre où je languis un temps infini. Rien à boire, pas de cigarettes, juste l'attente et l'incertitude de l'instant suivant. Des gémissements lointains et soudain un fracas assourdissant. Des bruits de pas qui viennent et puis s'éloignent, sons feutrés, claquements brefs, on dirait que le passé s'apprête à ressurgir, et toujours ces mots extraits du néant, « *schnell, vernünftig, still* ». Non, je ne me laisserai pas impressionner. Les souvenirs, qu'est-ce que les souvenirs, des morceaux de vie pour construire une femme ou bien la détruire. Mais il n'est pas encore temps, la porte s'ouvre et laisse place à quelques hommes de volonté. Soldats. Chefs. Tortionnaires. Allemands. À nouveau les couloirs souterrains de l'hôtel fantôme, hurlements, déflagrations et puis le silence incertain troublé par le martèlement des bottes sur le parquet ciré.

On m'introduit dans un bureau lambrissé au parfum suranné. Celui d'une époque révolue où il faisait bon vivre. Werner Best est là, entouré de deux gardes et d'un aide de camp. Il me fait signe de m'asseoir. Ses acolytes s'adressent à lui en le nommant *Obergruppenführer*. Je comprends plus ou moins qu'il est le chef de la police. Dois-je considérer cela comme un honneur ? Il est plus jeune que moi. Il a le visage taillé à la serpe, le sourcil noir et l'œil sombre. Je soutiens son regard, sans animosité, ni haine, point de morgue non plus mais un léger ennui. Je sais que je ne suis pas là par hasard. Et si tout cela n'était qu'une mauvaise farce. Mais l'*Obergruppenführer* Best n'a pas le sens de l'humour.

— Qui êtes-vous ?
— Mon nom est Jeanne Toussaint.
— Précisez.
— Jeanne Rosine Toussaint.
— Juive ?
— Non, belge et lorraine.

— Il faudra le prouver. Coordonnées, naissance, continuez.

— Je suis née le 13 janvier 1887 à Charleroi de Marie-Louise Elegeer, flamande, et d'Édouard Victor Toussaint, originaire des Hauvettes près de Domrémy. Je demeure 1, place d'Iéna à Paris dans le XVIe arrondissement. J'ai la double nationalité française et belge. Je travaille pour la maison Cartier au 13 de la rue de la Paix. J'y assure la direction de la Haute Joaillerie.

Ma voix s'envole comme détachée de moi. Elle est ferme et rauque tout à la fois. Je possède cette assurance qui ne cesse de croître depuis tant d'années, cette exigence est ma discipline, étouffer l'émotion à tout prix. Le chef de la police m'impressionne, mais la peur est bien au-delà. Et ce n'est certes pas ma première bataille. Le jeune garde en faction juste derrière Best me dévisage étrangement. Il est blême, ses mains s'agrippent à sa mitraillette, on dirait qu'il vient de croiser la mort en personne. Suis-je donc si renversante ? Mon personnage en impose-t-il tant qu'un modeste vigile en soit dérouté ? Les rôles ne sont pas interchangeables en période de guerre. Les rapports de force non plus. Et c'est le garde qui tient une arme. Mais pourquoi ce regard implorant ?

Alors qu'il s'apprête à reprendre l'interrogatoire, Werner Best est interrompu par un coup sec sur la porte. On annonce le général des forces d'occupation allemandes, Otto von Stülpnagel. Cet homme ne m'est pas inconnu, il est client chez Cartier. C'est André Denet qui s'occupe de ses commandes. Nous lui avons vendu une pendule mystérieuse. Un modèle rectangulaire avec une base en onyx et un boîtier en cristal arqué. Nous disposons pour chacun de nos habitués d'une fiche précise quant à sa fonction, ses préférences, ses « amies » et toutes ces petites choses qui font la différence entre une rubellite facettée et un diamant jonquille. Je connais la fiche de chaque dignitaire nazi. Le général von Stülpnagel est en charge de l'opération de séduction voulue par le haut commandement, opération qui est loin de fonctionner. « *Population abandonnée, faites confiance au soldat allemand.* » Comment rassurer un peuple sous le joug quand il ne s'agit que de l'asservir un peu plus chaque jour en favorisant dénonciations et autres vilenies. Massacres, exécutions sommaires, injustices, représailles sur des otages innocents, on chuchote dans les milieux bien informés qu'Otto von Stülpnagel commence à douter sérieusement du bien-fondé de la politique du Führer et si ce n'était la sécurité de sa famille restée à Berlin, il y a bien longtemps qu'il aurait présenté sa démission.

— J'ai appris que vous receviez Mme Toussaint en nos murs. Voyez-vous un inconvénient à ma présence, *Obergruppenführer* ? fait le général en s'installant sans attendre la réponse de Best.
— Je vous en prie, répond ce dernier, esquissant un imperceptible rictus.

Werner Best ancre son regard dans le mien. Un requin, il me fait l'effet d'un requin et je frissonne en dépit de la chaleur estivale. Il ne sait pas que l'on m'appelle la panthère et j'ai pour moi la surprise du coup de griffe. Nous en venons au fait, enfin. Le chef de la police tient entre ses mains l'une de mes créations, une broche intitulée « l'oiseau en cage », un rossignol muet derrière les barreaux d'une prison dorée, un bijou qui orne l'intégralité des vitrines de la rue de la Paix, ma bien légère participation à la résistance.

— Qu'est-ce que cela ? demande Werner Best en jetant le bijou sur le bureau d'un geste méprisant.

— Lapis-lazuli, corail, saphir, roses sur platine et or jaune pour la cage, répondis-je en saisissant la broche.

Je la caresse du pouce et de l'index. Grande est la douceur du corps en corail de l'oiseau, éclatant le saphir cabochon de l'œil, et ce sertissage quasi invisible, Louis serait fier de moi…

— Du très beau travail, monsieur l'officier, je vous le confirme, du très beau travail. Peut-être aurait-il été plus simple pour vous de passer à la boutique, je vous l'aurais fait… emballer.

— Ne vous fichez pas de moi, madame, interrompt Best dont la colère monte, expliquez-moi pourquoi cet oiseau en cage est présent dans les huit vitrines de la rue de la Paix. Je me fais sûrement des idées mais j'y vois comme un outrage à l'égard de l'occupant. Je ne sais ce que vous en pensez, mon général, vous avez souhaité assister à l'interrogatoire, donnez-nous donc votre avis sur la question.

Otto von Stülpnagel attrape la broche et la fait tourner entre ses doigts. Je reconnais l'homme qui apprécie les bijoux. Il me regarde puis se tourne vers Best.

— Je pense que cette petite merveille, exposée ainsi en multitude rue de la Paix, oui je pense que c'est là un affront à notre politique actuelle de rapprochement avec la population française. S'il est prouvé que Mme Toussaint l'a conçue après notre victoire, on peut alors parler d'insulte et madame devra en payer les conséquences. Maintenant si ce joyau a été fabriqué avant la guerre, je dirai qu'il s'agit d'un malencontreux hasard et Mme Toussaint aura l'obligeance certainement de la retirer de la vente, en attendant d'autres temps. Qu'en dites-vous ?

— Madame ? reprend l'*Obergruppenführer.*

— Le premier oiseau a été conçu en 1933. C'est Peter Lemarchand qui l'a dessiné. Nous avons un amour commun pour les oiseaux et pour tous les animaux en général. À l'origine c'était une breloque ornant un bracelet réalisé pour Yvonne Printemps à la demande de Pierre Fresnay. Vous savez certainement que le surnom de Mlle Printemps était « *le rossignol* ». C'est venu d'un journaliste qui avait conclu son papier ainsi : « *Un rossignol ne fait pas le printemps. Par contre Mlle Printemps fait très bien le rossignol.* »

— En attendant votre rossignol en cage me fait l'effet d'être muet comme une carpe et porteur d'une symbolique désobligeante, continue Best cinglant.

— C'est là votre interprétation, monsieur, je vous en laisse la responsabilité, dis-je certaine de mon bon droit.

— Mon général, prenez donc la suite je vous prie, avant que je m'énerve et que je la fasse expédier dans un camp de travail sans plus de préambules.

Et Best de se lever, d'allumer une cigarette et de s'appuyer contre le manteau de la cheminée condamnée. Il a une allure folle, on ne peut le nier, la haute silhouette est avantageuse, l'uniforme impeccable, les bottes bien cirées, ce visage que l'on dirait croqué par Cocteau et cette cruauté dans le regard qui annihile toute bonté naissante. Si différent du général von Stülpnagel, lequel semble singulièrement tourmenté par les événements. De grands yeux clairs qui ne croient déjà plus à rien. On dirait qu'il a du mal à choisir son camp. Il n'y a pas de place en ce monde pour ceux qui hésitent, marche ou crève, aujourd'hui plus que jamais il s'agit de ne pas douter. Il me regarde avec bienveillance, général, vous êtes foutu !

— Madame, ce rossignol ?
— Une pendeloque parmi d'autres…
— Et les autres ?
— Je ne sais plus, il y avait une cigale, Yvonne Printemps avait débuté à la Cigale, et puis la tour Eiffel forcément. Un moulin peut-être pour le Moulin Rouge, mon Dieu comme c'est loin. Mais nous avons tout cela archivé rue de la Paix, il suffit de vérifier.
— Bien, c'est explicite, conclue le général von Stülpnagel.
— Deux ou trois questions encore madame, précise le chef de la police en se rasseyant face à moi. Que savez-vous d'Étienne Bellanger et de John F. Hasey ?
— Ce sont des collaborateurs de Londres et de New York. Que puis-je vous dire de plus ?
— Il semblerait que ces messieurs soient en relation avec le général de Gaulle à Londres. Car vous n'ignorez certes pas que le général de Gaulle est installé dans les bureaux de Cartier à New Bond Street. C'est là d'ailleurs qu'il a rédigé son fameux appel du 18 juin.
— Je n'ai jamais mis les pieds à Londres, je ne parle pas anglais. La guerre malmène les relations entre les différents bureaux, vous ne pouvez me rendre responsable de cela.

— Mes services ont entendu une curieuse rumeur ces temps-ci, on parle de badges pour les résistants qui seraient réalisés dans vos ateliers de Londres.

— Badges ? La maison Cartier ne fait pas dans la pacotille, mais enfin, monsieur, pour qui nous prenez-vous ? m'écrié-je, outrée.

— Je ne sais pas madame, pour l'instant. Mais nous allons procéder aux vérifications de vos dires, quant à vos origines belges et quant au rossignol de Mme Printemps. En attendant, vous demeurez en nos murs, si cela ne vous ennuie pas.

— Combien de temps ?

— Le temps de la vérification, n'est-ce pas mon général ?

— Vous êtes le chef de la police, *Obergruppenführer*.

— Garde, veuillez reconduire Mme Toussaint en cellule. Madame, nous nous reverrons.

— Je suis à votre disposition, répondis-je en suivant le garde.

J'en tremble encore. Sensation étrange. Et j'ai froid. Le garde me sourit. Pourquoi ? Tout à l'heure il arborait cet air terrifié et maintenant on dirait qu'il cherche à me dire quelque chose... Il me dépasse de deux têtes, c'est vrai que je ne suis pas très grande. Je le précède, j'entends le bruit de son arme qui cogne contre son ceinturon, je sens ses yeux plantés sur ma nuque, parfois je me retourne et toujours cette tendresse dans son regard. Quand il ouvre une porte, il s'incline et me laisse passer. Non, je ne comprends pas. Que veut-il ? C'est un beau garçon d'une trentaine d'années. Il possède des yeux azur et de longs cils noirs. Presque un regard de femme, sous son casque de fer. Cela me trouble étrangement. J'ai l'impression de voir défiler ma vie dans ces yeux-là... Sa bouche est tendre quand il sourit, j'éprouve quelque chose de fou, comme un élan qui me pousserait vers lui. Incompréhensible. Cela doit être la peur. Il me suit dans les couloirs sinistres du Majestic. De temps en temps, je m'arrête, il m'indique le chemin d'un geste empreint de douceur. J'ai l'impression qu'il souhaite me parler. Pour dire quoi ? Une grille, un vigile nous fait pénétrer dans le sas des geôles, mon garde me fait face et puis rien, un étrange salut et nous reprenons nos divagations dans les sous-sols du palace parisien. Nous arrivons enfin à ce qu'il me semble être les cellules. Le garde se courbe bien bas comme si j'étais une reine au seuil de sa dernière demeure, Marie-Antoinette aux marches de l'échafaud, ses dames de compagnie en haillons pour haie d'honneur. Il esquisse une moue navrée et me dit dans un français sans accent.

— Vous êtes arrivée madame, je suis désolé.
— Pardon ?
— Je me nomme Heinrich, madame.
— Je... pourquoi... on dirait, est-ce que nous nous connaissons, Heinrich ?
— Madame, sachez juste... je vais revenir, et je ferai tout ce qui est en mon pouvoir pour rendre votre détention plus agréable.

Encore une fois, il se prosterne. Heinrich, ne partez pas, où êtes-vous, je voudrais vous demander... Mais la porte en fonte s'est refermée et le jeune garde a disparu, emportant ses mystères et son regard clair. Je me sentais bien avec lui. Rassurée. Il est parti et la peur est revenue. La Conciergerie n'a rien du Majestic, quant au collier de la Reine, non aujourd'hui c'est d'une broche dont il s'agit. Mais qu'est devenu mon « oiseau en cage » ? Otto von Stülpnagel l'a-t-il conservé ou est-ce salopard de Werner Best qui s'en est emparé ? Heinrich, revenez, je vous en prie, Heinrich ?

Seule. Que veulent-ils de moi, ces Allemands ? M'effrayer ? Oui j'ai peur, vous avez gagné. Me renvoyer l'image de ma propre solitude ? Pleurer, cela fait si longtemps... Pleurer, la dernière fois, c'était... Ne pas y songer, jamais plus. Tenir, redresser la tête, lever le menton. Qui êtes-vous, m'a demandé Werner Best ? Je suis Jeanne Toussaint, la panthère de Cartier. Je porte en moi le symbole du Gai Paris, des Années folles, de la passion et de l'élégance. Le goût le plus fameux prend sa source rue de la Paix. Il jaillit entre les pilastres jaune et noir d'un temple de marbre et de dorures pour inonder les plus belles villes du monde. Lapis-lazuli, corail, saphir, roses sur platine, l'oiseau est en cage certes, mais il peut encore chanter car il a conservé sa dignité. Or jaune pour les barreaux. Qui aurait pensé qu'ils viendraient un jour clore les fenêtres de l'hôtel Majestic ? Qui aurait pu prétendre troubler ma vie et cette personnalité que j'ai forgée de toutes pièces. Des Allemands, toujours des Allemands, mon Dieu, je vous en prie, aidez-moi...

Je retire doucement les ballerines en chevreau verni qu'André Perugia a dessinées à mon intention, puis je dégrafe mes perles, les fais rouler entre mes doigts et les pose délicatement sur la tablette de bois. Je m'allonge, remonte mes genoux jusque sous ma poitrine. Personne ne m'attend à la maison. Je ne sais pas où est Pierre, il organise la Résistance. Il ne saura rien de mon arrestation. Louis, il y a bien longtemps que Louis ne m'attend plus nulle part, Louis est à New York, Jacky et Claude viennent enfin de le rejoindre, il est rassuré. Anne-Marie a encore fait des siennes, toujours contredire son père pour lui faire payer son remariage, ah les Cartier et leur susceptibilité… Ce soir, c'est Mlle Decharbogne, la fondée de pouvoir, qui baissera les rideaux de fer de la rue de la Paix. Ce soir, juste ce soir. Je le sais bien, demain est un autre jour…

Le silence. Un volet claque au loin. Un volet claque et l'enfance revient. Pleurer à nouveau, sangloter comme une petite fille… Quarante années ont passé. Il n'a fallu que quelques Allemands et ces mots que je ne veux pas entendre. C'était avant, bien avant que tout ne change et que l'insouciance se dissipe. Avant Pierre, Louis et mon autre Pierre. Avant les perles, les améthystes et les turquoises. Avant les pendules mystérieuses, les Indes galantes, les panthères et les chimères. Avant les Années folles et la Belle Époque. C'était en Belgique au temps de l'enfance, j'avais ce que l'on appelle une famille.

2.

Belgique

Je me suis sauvée de chez moi à treize ans. C'était la première fois. Mais on me rattrapa vite. Trop vite. Je causai une peine immense à mon père. Il ne pouvait comprendre. Je jurai de réussir la prochaine fois et de ne jamais revenir. Pour ne plus voir les larmes couler sur ses joues grises. Ni la tristesse dans ses yeux clairs. Ce regard bleu dont j'ai hérité. Ma mère, elle, ne daigna pas s'apercevoir de mon absence. Tout comme elle remarqua à peine celle de Charlotte, ma sœur aînée. Je voudrais tant qu'elle me regarde, mais déjà son cœur est ailleurs, si loin de nous. Pauvre papa, tu n'en as jamais rien su. Ou tu as fait semblant. Préserver l'illusion, coûte que coûte.

En ces années-là, Bruxelles bouillonnait, nous les Flamands on disait Bruxelles « brussellait ». Essor, bruit, expansion, notre bon roi ne doute de rien, grands magasins, théâtres, oui la ville connaît un développement hors du commun et Léopold II inaugure de-ci, de-là quand il ne tombe pas bêtement amoureux d'une danseuse. On voit les premières voitures à moteur parader le long du boulevard Anspach et l'électricité envahir les maisons des grands bourgeois. Tous les étrangers viennent quérir chez nous les plaisirs que leur pays leur refuse.

Nous habitons rue Philippe-de-Champaigne au premier étage d'un immeuble désuet, à quelques minutes de la Grand-Place en prenant par la rue de l'Étuve. Mes parents possèdent un petit commerce de dentelles. C'est la grande spécialité de ma mère. Elle pique un motif élaboré sur un support de bois, puis elle entrecroise ses fils en les déroulant sur les fuseaux ainsi constitués. Peu à peu, elle déplace ses épingles et l'on voit apparaître le plus joli dessin qui ornera bientôt le corsage d'une gente dame. Ma mère utilise un fil de lin d'une grande finesse, cela assure le succès de ses créations. Dieu que je l'admire ! Son talent de dentellière, son œil vif qui reconnaît immédiatement ce qui ne va pas dans un motif, son génie créatif, cette façon qu'elle a de créer une parure de duchesse avec trois perles de rocaille et un ruban de mousseline…

Bientôt, le négoce de mes parents acquiert une certaine renommée. Il faut dire que mon père est un vendeur hors pair qui ne renâcle pas devant la tâche. C'est un petit homme à la voix rauque et grave. Il part de bon matin avec un chariot croulant sous les dentelles. Il le traîne à bout de bras, et peu importe la distance à parcourir, la pluie, le vent ou le froid. Mon père fait les marchés, son immense fourbi se transformant en étal pittoresque et, dans une ambiance débonnaire et truculente, il harangue les foules avec passion : « Ma dentelle, venez achetez ma dentelle, ah la belle dentelle des Flandres. » Des Marolles au Bois de la Cambre, d'Uccle à Schaerbeek, du Théâtre de la Monnaie au quartier des Ursulines, place Sainte-Catherine ou rue des Sols, mon père répand sa bonhomie et gagne ainsi de quoi faire vivre toute notre famille. Il faut dire qu'en ces temps-là, la dentelle orne nombre de gorges ainsi que les uniformes des militaires et les costumes des ecclésiastiques. Et puis les coiffes, les bonnets et les mouchoirs. Et les napperons, les garnitures de meubles...

Charlotte et moi-même allons à l'école Notre-Dame-de-Laeken de la rue de Molenbeek, notre petit frère Édouard, trop jeune, reste à la maison et poursuit ma mère en s'accrochant à ses jupons. Elle ne lui prête guère attention, on dirait même qu'elle s'en fiche. On a l'impression que peu de choses retiennent son intérêt, peu de choses oui, et peu de gens aussi. Mon père, fervent catholique, veille à notre éducation religieuse. Dieu fait partie intégrante de mon existence. Il est un autre membre de ma famille, comme un vieil oncle sage et bienveillant à qui je m'adresse continuellement, pour une broutille ou une prière. Mon Dieu s'il te plaît, fais que ma mère m'embrasse ce soir, mon Dieu s'il te plaît fais que Charlotte ait une bonne note à sa leçon de choses. Ah, Charlotte ma grande sœur, ma moitié, ma petite maman, Charlotte c'est toute ma vie ! Elle se moque de moi gentiment quand je parle avec Dieu. Elle m'appelle clarisse, bernardine, visitandine, et puis soudain elle redevient sérieuse et dit : « Tu sais, Jeanne, le bon Dieu, c'est un truc formidable mais ça vaut pas une grande sœur. » En rentrant de l'école le soir avec Charlotte, on passe ostensiblement devant le Manneken-Pis, on se rit de l'impudent gamin qui paraît ravi de son geste, on imagine les bonnes sœurs cachées sous leur cornette, refusant de croiser l'effronté qui n'a de libre qu'une main. C'est le temps de l'insouciance, des jeux de toupie, des éclats de rire d'Édouard, bambin espiègle et malin. C'est l'enfance, mais aussi le prélude au martyr, aux larmes, au cœur gros d'un chagrin honteux et je ne le sais pas encore.

À la suite d'un hiver particulièrement rude, mon père tombe malade. Bien malade. Oui, je me souviens de cet hiver comme si c'était hier. Les rues sont grises et le ciel gris aussi. Et les pavés sont gris. Même les arbres qui bordent la chaussée sont gris. La pluie tombe glaciale, et le vent s'engouffre dans les impasses et les fonds de cour. Mon père tousse à fendre l'âme mais il continue à courir foires et kermesses. Il se met à cracher du sang et le médecin le consigne à la maison. L'argent vient à manquer, le charbonnier ne monte plus jusqu'à chez nous et la tristesse s'abat rue Philippe-de-Champaigne.

Contre toute attente, mon père s'en sort mais il n'est plus le même. Nous apprenons un nouveau mot, emphysème. Je me demande ce que cela veut dire, Charlotte m'explique que papa ne traînera plus son chariot, il faut qu'il reste au chaud, cela en est fini des marchés et de la dignité de cet homme de bien. Ma mère ne se plaint jamais du nouvel état dans lequel mon père est plongé, elle ne montre ni lassitude, ni émotion non plus. Elle ne s'est jamais vraiment occupée de nous, Édouard appartient à mon père, moi, elle ne me voit pas. Ma mère est une femme lointaine, perdue dans un monde dont nous ne faisons pas partie. Son visage est lisse, sans expressions, ses yeux ne pétillent guère, elle s'est simplement égarée sur la terre.

C'est alors que survient un nombre d'événements, tous plus exceptionnels les uns que les autres. Je ne me souviens ni de quelle façon, ni dans quel ordre, je sais juste qu'un jour l'Allemand débarque dans notre vie. Il a du bagout et le don de la conversation. Il est de taille élevée ce qui est exceptionnel dans une famille comme la nôtre. Ma mère a l'habitude de dire que tout ce qui est petit est joli. Un jour elle ne le dit plus. Elle regarde l'Allemand et il est grand. Et ma mère recommence à sourire. L'étranger a un nom que je n'ai jamais prononcé. Il a des idées qui s'avèrent toutes géniales. Il dit que ma mère est une dentellière incomparable et qu'elle mérite une enseigne à son nom. Il dit aussi que les aiguilles abîment ses mains fines et que le commerce des étoffes est plus rentable. Il dit qu'il connaît les bateaux et les négociants, il dit qu'Anvers n'est pas si loin, mon Dieu il dit tant de choses que mes parents ne disent plus rien du tout. Ils écoutent, ils acquiescent.

À cette époque, un logement se libère au rez-de-chaussée de notre immeuble. Il est décidé d'y tenir boutique, l'Allemand et ma mère s'en occupent, ce qui laisse à mon père le temps de se reposer et d'élever Édouard. Et les choses se font ainsi, sans heurts ni chaos, les choses se font comme un jour la lumière et puis le ciel et la vie sur la terre. Et tout est dit. L'homme s'installe à demeure. Ma mère devient coquette. À nouveau le charbonnier nous rend visite, son panier bien calé sur le haut de la tête, mon père a oublié le chemin du bureau des engagements et toutes ces dames qui paradent sur la promenade de l'avenue Louise ne portent que des bonnets en dentelle confectionnés par Marie-Louise Toussaint. Mon père dit que l'Allemand est un homme formidable et qu'il a sauvé notre famille de la ruine. Il l'appelle « mon ami, mon très cher ami »; quant à ma mère, elle ne l'appelle pas, elle le regarde. Et tous ensemble nous remercions Dieu, à chaque bénédicité, d'avoir introduit cet homme dans notre vie, notre demeure et dans nos cœurs.

C'est à ce moment-là que disparaît Charlotte. Disparaît. Sans rien me dire. Un soir nous nous couchons, le lendemain elle n'est plus là. Pourquoi ? Charlotte, dis-moi, pourquoi ? Mes premières larmes et celles que je vois poindre dans les yeux de mon père. Édouard gazouille et papa détourne les yeux. Où est-elle, elle ne m'a rien dit, avait-elle un secret ? Papa ne répond pas, il ne sait pas, il est dépassé. Un jour, il me dit juste que la vie a décidé de l'oublier. Mais cela ne me rend pas ma grande sœur. Qui pour remplacer ma petite maman ? Qui pour me serrer dans ses bras le soir ? Qui pour me faire des baisers dans le cou et chantonner clarisse, capucine, bernardine... Qui pour m'aimer encore ? Dis-moi, mon Dieu, dis-moi, toi qui vois tout, qu'as-tu fait de ma grande sœur ? Je ne suis qu'une petite fille perdue qui sanglote dans ses draps le soir en serrant la vieille poupée de Charlotte. J'enfouis mon nez dans son ventre qui ballotte et j'arrive à en arracher encore quelques effluves de son odeur. Ma grande sœur me manque tant. Mon cœur est déchiré et j'apprends la solitude. Plus tard, beaucoup plus tard, je recevrai une lettre avec une adresse à Paris, « rejoins-moi », écrit-elle, « rejoins-moi vite ». Et ce nom de rue inconnue, on dirait le bout du monde. Que veut-elle dire ? Je ne comprends pas. Paris, c'est si loin, la Ville Lumière, Charlotte toute seule là-bas. Qui pourrait m'éclairer ?

Certes pas mon père qui dort déjà, certes pas ma mère que je n'intéresse guère. Alors je ne dis rien, je plie la missive en quatre, en huit, en seize et je la cache dans mon tablier. Dès que je suis seule, je l'ouvre et je cherche à retrouver Charlotte dans les plis du papier froissé. Mais mes larmes ont dilué l'encre et il ne reste bientôt qu'une espèce de gribouillis noirâtre.

Le soir, ma mère prépare le dîner pendant que l'étranger ferme la boutique. Souvent, mon père, fatigué de ne rien faire, s'assoupit dans son assiette. On le couche alors dans un lit qu'il partage avec Édouard. Mon petit frère est craintif depuis le départ de Charlotte, il ne se plaît que dans les bras de son papa. Ma mère les rejoint une fois la vaisselle rangée, sans faire de bruit, à la lueur d'une bougie pour ne pas les réveiller. La pièce principale est dévolue à l'Allemand, il a la politesse de s'en contenter. Il dort sur un canapé bien inconfortable tout contre l'énorme fourneau du poêle de Louvain, mais il n'en paraît pas gêné. Puis, quand Charlotte disparaît, il prend notre chambre. Et l'on m'aménage un recoin douillet dans la mansarde juste au-dessus. Le plancher n'est pas très solide et, collant un œil contre les lattes, on peut apercevoir ce qui se passe juste en dessous. C'est comme cela que je comprends pourquoi ma mère a retrouvé le sourire. J'apprends que les femmes ont des talents cachés et que les hommes aiment à s'en satisfaire. Et je sais qu'il ne partira plus. Et je sais pourquoi Charlotte a disparu.

J'ai treize ans quand il commence. Son pas décidé sur les marches du petit escalier de merisier. Ce qu'il veut, il le prend. Les Allemands ont cette assurance, s'approprier les choses, qu'elles qu'en soient les conséquences. C'est moi qu'il veut. Je vois la poignée de la porte bouger, il apparaît dans l'entrebâillement. Imposant, certain de son fait. Il s'approche de mon petit lit, je me recroqueville jusqu'à ne plus former qu'une boule nerveuse. Il tire un peu le drap de lin et pousse la mèche de cheveux blonds qui tombe sur mon front. Il caresse ma joue et embrasse mon œil apeuré. Il murmure : « Charlotte, *vernünftig, still.* » Je réponds en retenant mon souffle. « Je suis Jeanne, Charlotte est partie, je suis Jeanne, vous vous trompez, s'il vous plaît, je vous en prie. » Mais il sourit, il est beau. On ne peut lui tenir grief. C'est moi la coupable, moi seule. Sa main s'attarde sur ma nuque et revient sur mes cheveux. Il accompagne ce geste de baisers glacés. Et puis il effleure le bas de mon dos. Je sais bien que c'est là le chemin de l'enfer. Je sers dans mes bras la poupée de Charlotte, je la presse et je pense, oui, il a sauvé notre famille de la ruine, oui il a appris à ma mère à sourire, c'est quelqu'un de formidable, « mon ami, mon très cher ami » dit papa, soyons reconnaissants et remercions Dieu de ses bienfaits. Mais la main continue à descendre et je ne peux pas crier, les mots ne viennent plus. La honte de mon père, la colère de ma mère, la douceur de mon frère, non, les mots meurent sur mes lèvres et ma famille dort du sommeil des justes. « *Vernünftig, still*, Jeannette, *vernünftig, still* », chuchote l'homme, et sa main tout le long de moi prend de surprenants détours. Je me sens salie, dégoûtante. Ma faute, ma très grande faute. Comment soutenir le regard de mes parents après cela ? Je vomis, je pleure, je suis une souillon. Pour la première fois de mon existence, je n'ose parler à Dieu. Je suis impure, j'ai peur de Son regard sur moi. Que va-t-il penser? Je suis un être abject, il me faut disparaître, je ne mérite pas Sa conversation. Je décide de me sauver, la fuite plutôt que le déshonneur. À la première occasion, je monte dans la carriole du charbonnier, croyant naïvement qu'il me conduira jusqu'à Paris. Je me cache dans le coffre à charbon, j'ai dans la main la lettre de Charlotte, illisible certes mais je la serre comme un talisman. La carriole s'arrête à la gare de marchandises.

On me retrouvera toute noire et recroquevillée trois jours après mon départ. Enroulée dans un manteau crasseux et comptant les trains sans oser monter dedans. On me ramène à la maison, papa me serre dans ses bras si fort et je sais qu'il m'aime. Pas un geste de ma mère. Le bouquet de pâquerettes d'Édouard dans ma mansarde.

Pendant quelques mois, l'Allemand se fait discret. J'oublie, je pense que tout cela n'était qu'un mauvais rêve, une fantasmagorie d'adolescente, je l'ai inventé, jalouse de l'intérêt que ma mère porte à l'étranger, oui je suis coupable de menterie, affabulation et autre calomnie. Ma redoutable imagination me joue des tours de cochon. Et dire que j'ai fait pleurer mon père. Mais il revient glisser sa main sous mes draps de lin. Oui, il prend place dans mon lit, à nouveau je l'entends chuchoter « *vernünftig, still*, Jeannette ». Sa respiration est saccadée et son souffle rauque. Tous les soirs, il s'impose à moi et bafoue ce qui me reste d'insouciance et de pureté.

Je grandis plus vite que les autres enfants, amère et sèche à l'intérieur, j'apprends à étouffer l'émotion, la souffrance, l'amour aussi. Oui j'en ai fini avec la petite fille de l'école Notre-Dame-de-Laeken qui s'esclaffait en regardant le Manneken-Pis. Je ne suis que marbre et mon sang devient froid. Il peut bien venir et revenir, je ne le vois plus, je ne le sens plus, comme mon père, la vie m'a oubliée, qu'importe c'est ainsi. La lettre de Charlotte est devenue une boule dure comme un caillou, je la sens rouler dans la poche de mon tablier. La poupée s'est déchirée, son ventre n'est que lambeaux et tissus effilochés, il faut que je la répare, la boule de papier dans son corps abîmé, je raccommode, pique mes doigts, une goutte de sang sur ma peau blême, c'est tout ce qui me reste de ma jeunesse, cette poupée difforme au cœur de pierre.

Un jour je m'échapperai. Cette fois-ci je préparerai mieux ma sortie et jamais ne reviendrai. Je retrouverai Charlotte, avec elle je commencerai une autre vie. J'ai confiance. Elle m'attend. Oui, devant le Dieu de nos pères, je le jure haut et fort, quand je partirai, je tirerai un trait sur ma vie d'avant, ma culpabilité et j'oublierai tout assurément, Bruxelles, la rue Philippe-de-Champaigne, ma mère, mon père, Édouard, et puis l'étranger. Aussi vrai que je m'appelle Jeanne Toussaint, bientôt je fermerai la porte belge et tout ce qui s'y rapporte. En attendant, je le supporte, lui, son odeur, ses mains, pour la paix au sein de ma famille. « Mon ami, mon très cher ami », a dit papa, soyons reconnaissants et remercions Dieu de ses bienfaits.

3.

Mon hussard

Charlotte disait toujours : « Tes yeux se veulent sibériens ou turquoise selon ton bon gré. Ton nez est fin et busqué comme le bec du petit oiseau qui cache l'aigle suprême. Tu n'es pas la plus jolie, certes, mais tu possèdes ce petit rien indéfinissable, cette audace, cette exigence, la prestance, appelle cela comme tu veux, Jeanne, orgueil ou éminence, tu seras de ces femmes que l'on n'oublie pas. Petite et menue, si fine que la main de l'homme pourrait te casser. » Mais la main de l'homme a déjà commis l'irréparable, aujourd'hui, j'en impose plus que je ne devrais. J'ai seize ans, le cœur dur comme du béton, et si ma figure a gardé les rondeurs de l'enfance, ma poitrine est aussi plate que celle d'un garçon, mes cheveux coupés court, juste sous l'oreille, dessinent un casque invincible à l'accroche-cœur dérisoire. C'est mon armure contre le monde et ses méfaits. C'est mon secret qui se farde d'insouciance. Et mon canotier se balance allégrement au bout de mon bras et ma jupe bariolée de danseuse slave virevolte dans le vent espiègle. Plus que jamais je suis décidée à saisir ma vie à bout de bras, mon étoile se nomme Paris et j'y tiendrai le haut de l'affiche. Foi de Jeanne Toussaint !

En ce printemps sémillant, Bruxelles vit au rythme de la kermesse. Voici venu le temps des concours, fêtes et jeux populaires ! Et que vive le festival permanent ! Attractions multiples, carrousels, spectacles de marionnettes et fanfares ! Devant les baraques en planches, on boit de la gueuze lambic en avalant des moules. Sur les grands boulevards, les premières loges foraines tendent leurs toiles. Mâts de cocagne et courses en sac pour les jeunes, combats de coqs pour les plus vieux, les hommes bombent le torse, quant aux femmes, elles ont les lèvres rouges comme des coquelicots sous leur voilette. Il souffle un parfum de canaille, l'époque se veut rebelle, moi je la sens follement moderne, tout cela est fort démocratique. Un beau garçon vient de faire mouche au « Vrai Tir National » et le canon tonne dix fois ! Hourra ! Les applaudissements crépitent, Flamands et Wallons se congratulent, mais c'est un aristocrate français qui remporte la mise.

— Bravo, monsieur, quelle adresse, m'écriai-je, à l'intention du jeune homme bien fait de sa personne, vous êtes sacré roi de la fête !
— Votre compliment me touche, mademoiselle, roi je le veux, si vous acceptez d'être ma reine, répond-il en se découvrant.
— Vous m'en voyez, monsieur, fort honorée, je vous suivrai donc en votre royaume et même au bout du monde si vous l'ordonnez, continuai-je avec un petit rire teinté d'insolence, m'inclinant dans une gracieuse révérence.

— Oh là, ma belle, le bout du monde commence ici, rétorque le garçon en saisissant vigoureusement mon bras et en me plaquant contre lui, un baiser pour sceller nos noces, mademoiselle…

— Jeanne Toussaint, si vous parlez mariage, vous allez me plaire, monsieur…

— Pierre de Quinsonas, pour vous servir, et ce baiser…

— Est à vous, vous l'avez grandement mérité…

Ses lèvres sont chaudes et bien ourlées. Ses traits fins, son nez racé et ces quelques taches de rousseur disséminées, aventureuses. Il a les cheveux d'une couleur subtile, blond vénitien, plaqués en arrière, une moustache joliment taillée qui lui donne un air malicieux et ces yeux d'un bleu profond que je n'oublierai jamais… Je ne le connais pas plus que cela, certes, mais pourquoi me priver du goût de sa bouche ? Je n'en suis pas à ma première effusion et le galant est drôlement joli. Dans l'allégresse sincère de cette belle fête populaire, j'entraîne mon fringant aristocrate dans une brasserie du bas de la ville. À la Porte Rouge, place Ferrer, je pénètre en pays conquis, cambre les reins, relève le menton et jette un regard désabusé sur l'assemblée d'alcooliques avérés. Sa reine, je serai sa reine, il me plaît, il porte en lui le parfum capiteux du Gai Paris, l'alliance trouble du sensationnel et de l'insouciance. Tant mieux, je ne suis pas furieusement romantique. Sur le grand comptoir de chêne vernis se dresse une pompe à bière, c'est l'heure où les affaires reprennent pour les gosiers brabançons. Nous nous asseyons dans une encoignure autour d'une table en bois blanc, le visage doré de mon compagnon danse dans la flamme de la lampe à huile, il repousse les verres crasseux et claque des doigts à l'attention de la fille de salle. La serveuse a la joue fraîche et le décolleté engageant, mais Pierre de Quinsonas n'a d'yeux que pour moi. Il est la chance de ma vie, l'archange du siècle nouveau, l'élégance faite homme, je ne passerai pas outre.

— Jolie Jeannette, au teint velouté des pêches en été, dis-moi, qui es-tu ? demande le jeune homme, en avalant cul sec son « lambic » dans une chope en étain.

— Pas Jeannette, jamais ! Je m'appelle Jeanne et je suis une jeune fille d'ici qui s'ennuie ferme et s'en va déguerpir rapidement.

— Pas si vite ma belle, on vient juste de se rencontrer, et notre grande histoire d'amour ?

— Amour, amour, holà mon beau monsieur, vous y croyez vraiment ?

— Je croyais que l'on se tutoyait, après un tel baiser...

— Oui mon prince, tu as raison, à notre amour donc, je ne te quitte plus, dis-je en faisant tinter ma chope contre la sienne.

Et nous sortons, main dans la main, arpenter les venelles capricieuses du vieux Bruxelles. Rue du Jardin-Rompu, impasse du Miroir-aux-Escargots, chaussée de l'Enfer-de-la-Grille ou place des Groseilles, désir, désir quand tu nous tiens... Il n'imagine pas une seconde que je sois sérieuse, il a juste envie de s'amuser, une parmi tant d'autres, monsieur le comte, mais à qui crois-tu avoir affaire ? Quand je m'y mets, je suis un rien collante, tu humes bon la liberté, c'est une odeur à laquelle je ne peux résister. C'est le joli mois de mai, les glycines recouvrent les murs des maisons pouilleuses, leur parfum entêtant nous fait tourner la tête, un joueur de flûte nous poursuit en jouant la Madelon. Il porte un melon noir et un faux col...

Pierre aime la vie et elle le lui rend bien. Entre trois éclats de rire et deux étreintes, il se raconte. Fervent joueur de polo, il ne trouve des adversaires à sa mesure que sur les terrains anglais. Quand on lui annonce l'arrivée du prince de Galles dans l'équipe adverse, il s'en trouve fort honoré, à peine étonné. Intimidé ? Non, vous plaisantez ! Pierre ne doute de rien, surtout pas de lui-même. Son enthousiasme est contagieux et son charme ravageur. Les femmes, ah les femmes, elles succombent à ce jeune homme bien fait de sa personne, ce jeune homme qui sait les combler en les couvrant de joyaux hors de prix. Cartier, Mellerio, Chaumet... Elles le ruineront, c'est certain ! À Paris, Pierre parade au volant d'une de Dion-Bouton flambant neuve et passe ses nuits chez Maxim's. Il n'a pas vingt ans et déjà la fougue des plus grands. Ses parents s'en inquiètent, quel avenir pour un fils décadent ? Cela sera l'armée, Alençon, le service militaire et les lendemains qui déchantent. Le jeune homme est un cavalier hors pair, il est affecté au 14e régiment de hussards, sous le haut commandement du colonel Lyautey. Nous sommes en 1903, Pierre n'a pas franchement l'intention de s'éterniser. Il fait sienne la devise de son chef de corps, « *la joie de l'âme est dans l'action* », et s'empresse de prendre la poudre d'escampette, direction l'étranger, la Belgique, Bruxelles et ses plaisirs.

Pendant que chez les Quinsonas on s'étrangle à l'idée d'avoir un déserteur dans la famille, Pierre s'encanaille dans les cabarets et sur les tables de jeux. Bruxelles se gave d'interdits et les émigrés se jettent dans la débauche avec délice. Au Diable au Corps, fameux estaminet de la rue aux-Choux, on applaudit des actrices dénudées que l'on retrouve ensuite fardées et chapeautées dans les fiacres qui musardent au bois de la Cambre. L'argent facile, l'anonymat, le culte du houblon fermenté, tout concourt à rendre la vie facile à un jeune aristocrate avide de plaisirs. Ce soir à l'Alcazar, rue d'Arenberg, Cléo de Mérode se produit pour la bonne société. Avec ses cheveux noirs en bandeaux et ses yeux bleus de petite fille, elle fait fantasmer tout homme honnête. Le roi Léopold II ne s'en remet pas, dit-on de source sûre. Tout ceci n'est qu'imagination, assure la célèbre ballerine qui n'a jamais refusé les cadeaux de son bienfaiteur.

Ce soir à l'hôtel Métropole, place de Brouckère, dans une chambre grand style avec plafond à caissons, rideaux de brocart rouge et dorures Empire, je me donne à Pierre et fait mienne son allure, sa désinvolture, sa gaieté et cette espèce de folie douce qui le caractérise. Comtesse, je me rêve, aristocrate je serai ! Châtelaine, souveraine, et patricienne ! Habillée, installée, coiffée, maîtresse d'un hôtel particulier de l'avenue Henri-Martin ! Grands couturiers, joailliers de talent, peintres réputés, tous se battent pour mon portrait, ma tournure, mes poignets ! Mon preux chevalier, sache que je ne te lâcherai pas. Te voilà amoureux. D'une Flamande qui sait ce qu'elle veut. Et si c'était moi qui t'aimais. Et si ton regard cobalt commençait déjà à me hanter. Le bleu de tes yeux,

Pierre, comme ceux de mon père et puis un jour ceux de Louis, encore un autre jour, encore un autre Pierre, le bleu de ces yeux-là...

Juste un instant s'arrêter, se noyer dedans, imaginer cette chose qui ressemble à l'amour, à ses promesses, le bonheur et la sérénité qui vont avec. Je l'aperçois cet éclat fugace fait d'attente, d'espoir déçu et de vaine gloriole. Il suffit de quelques mots, d'un abandon, croire en l'autre, une main tendue pour changer ma vie. Mais l'émotion se mue en arrogance, le sentiment ne vaut pas l'insolence, quant à la profondeur, Dieu seul sait ce que cache le cœur de mon amant, il n'est pas encore prêt à me l'offrir. Et moi je fais semblant depuis si longtemps.

— Étonnante, soupire Pierre en allumant une cigarette qu'il glisse entre mes lèvres, je n'ai jamais rencontré quelqu'un comme toi. On dirait que tu vampes la terre entière. Mais dis-moi Jeanne, pour qui te prends-tu ?

— Personne, tout le monde, moi, quelle drôle de question, répondis-je en soufflant la fumée, c'est très laid ce briquet, pour un homme de ton rang, je suis déçue, tu mérites mieux.

— Pardon ?

— Je le vois rectangulaire, presque plat, de fines rayures bleu et or émaillées. Au milieu une plaque centrale en jade ornée de corail et diamant...

— Quel talent, je suis transporté, fait-il en me prenant dans ses bras.

— C'est la France qui m'inspire, raconte-moi Paris s'il te plaît.

— Maxim's, Tortoni, les grands boulevards, l'Opéra...
— Tu vas m'emmener?
— Paris dévore les jeunes filles.
— Je n'ai peur de rien, promets que tu m'emmèneras.
— Tout ce que tu voudras, folle gamine au corps troublant.

Il porte une chevalière en or avec ses armes gravées. Je n'y connais rien, il m'explique patiemment, « d'or à trois pals de gueules, au chef d'azur chargé de trois molettes d'argent ». C'est lui l'héritier de la famille, il entrera en possession du château du Dauphiné et du titre de marquis à la mort de son père. Pour l'heure, tout comte qu'il est, il ne dispose de rien d'autre que cette chambre d'hôtel, c'est un déserteur mais le plus chic d'entre eux. D'ailleurs cela commence à se savoir, il semblerait que ses parents n'apprécient guère son escapade flamande. Un conseil de famille s'est formé, on réclame à cor et à cri le retour de l'enfant perdu au sein du giron militaire. Pierre n'en a cure, il éclate de rire, jette les télégrammes à la poubelle et continue à mener grand train en ma compagnie.

Chaque année en juin, au bois de la Cambre, a lieu cette fête admirable que l'on appelle le Longchamp-Fleuri. Il s'agit d'un tournoi fort poétique où paradent victorias, coupés et calèches, tilburys, landaus et autres berlines, tous agrémentés des plus beaux bouquets. On y voit ces dames distinguées dans leurs plus belles toilettes. La fantaisie est admise quand elle n'est pas outrancière. C'est à la reine Marie-Henriette que revient l'arbitrage, elle remet alors le « Prix de la Reine » à l'équipage le plus somptueux. Pierre a décidé de m'emmener à la grande fête... à bicyclette, cet engin des temps modernes qui ferait fuir n'importe quelle jeune fille sensée. Ma jupe se prend dans les rayons de l'infernale machine et je tombe comme une malpropre, cul par-dessus tête. Pierre éclate de rire et chantonne :

C'était une gamine de seize ans,
Ayant perdu tous ses parents,
Y avait de l'amour dans ses grands yeux bleus,
Où semblait luire tout l'azur des cieux !

Que voulez-vous, je lui pardonne ses facéties, cet homme a l'âme légère et le don de me faire rêver. Il jette la bicyclette dans le fossé, m'aide à me relever, me prend par la taille et entame une danse effrénée sous les yeux ébahis des élégantes de la bonne société. Et je reprends en chœur avec lui, les chansons des faubourgs brabançons...

Oh oui, c'était une gamine de seize ans,
Ayant perdu tous ses parents,
Y avait de l'amour dans ses grands yeux bleus,
Où semblait luire tout l'azur des cieux !

Mais l'illustre famille de mon aimé, lassée de voir ses télégrammes et autres admonitions demeurer sans réponses, débarque à Bruxelles sans tambours ni trompettes. Pierre est sommé de les retrouver pour un conseil imminent. Cela n'a pas l'heur de lui plaire mais il doit s'y conformer sous peine de voir ses finances réduites à néant.

Nous sommes le 14 juillet 1903, mon avenir se joue en même temps que la fête nationale française, c'est de bon augure. « Vive la révolution », s'écrie Pierre, « et vive le libéralisme » ! Pierre est d'un tel optimisme. Il a décidé de m'épouser et d'en faire part aux Quinsonas. Il a tout prévu. Nous nous installerons à Paris dans un hôtel particulier, un quartier très chic dont j'ai oublié le nom. Il sera alors temps pour moi de retrouver Charlotte. Car elle m'attend, je le sais, ma sœur tient ses promesses. Enfin je pourrai m'abandonner dans ses bras potelés, on se serrera l'une contre l'autre, on pleurera ensemble et puis on éclatera de rire comme toujours. Oh Charlotte ! A-t-elle changé ? Cela fait quatre ans maintenant que nous nous sommes vues. Elle a vingt ans aujourd'hui. Est-elle mariée, a-t-elle des enfants ? Mon Dieu, je ne peux attendre, cette nouvelle vie me tend les bras. Gagnée par l'enthousiasme de Pierre, je suis convaincue d'avoir trouvé une nouvelle famille. Vont-ils m'accepter facilement ? Suis-je suffisamment bien pour ce beau parti ? Worth ou Paquin pour la robe de mariée ? On parle aussi des sœurs Callot, je l'ai lu dans le dernier numéro de *L'Illustration*, celui qui était accompagné d'un supplément musical. Il rendait compte des exploits de Regina, Marie, Marthe et Joséphine, installées au 24 de la rue Taitbout. En matière de lingerie, elles tiennent le haut du panier, stipulait l'article. Ah, Paris, Paris, chic et plaisir, élégance et frivolité, tu me tends la main, tu m'agrippes par la taille, dansons, tourbillonnons, Maxim's, Cartier, les grands boulevards et l'Opéra, attention Paris, me voilà !

4.

Conseil de famille

Ce qu'il y a de prodigieux avec l'amour, c'est que les choses ne se passent jamais comme prévu. Soudain vous voilà surpris, et c'est cela le sel de la vie, l'étonnement. Un renouveau permanent, un jaillissement nécessaire, une sublime pirouette du destin. Qui s'éclaire ou bien s'assombrit, par hasard ou malédiction... Pierre retrouve ses parents à la Villa Lorraine, somptueux restaurant sis à la lisière du bois de la Cambre et de la forêt de Soignes, au 28 de la chaussée de La Hulpe sur la petite commune d'Uccle. C'est l'endroit chic de Bruxelles, celui où se croisent gracieuses et mondaines. On sourit, on minaude, on se jauge du coin de l'œil, de la richesse des atours à la finesse du tour de taille, les conversations vont bon train. Des étrangers, quelque scandale en perspective, hum... de ce conseil de famille inopiné, Pierre me rapporte les moindres détails !

Le marquis de Quinsonas et son épouse s'en viennent dans une superbe calèche à l'anglaise découverte et capitonnée de satin. Ils sont suivis par le frère cadet du marquis et son fils Paul dans un landau attelé de flamboyants frisons en tandem. Les « perles noires » des Pays-Bas font tourner quelques têtes, la noblesse de la robe, l'élégance de la race, ce trot gracieux et ce port d'encolure altier témoignent de l'éminence des nouveaux arrivants. On se retourne, on s'interpelle, on se trouble et on s'émeut. Mais qui sont-ils ? Des gens discrets assurément. Les Quinsonas s'installent sur la terrasse, blottis sous les arbres centenaires, bien à l'abri des tumultes de la cité et des odeurs nauséabondes des quartiers populaires. Une brise légère et bienvenue fait oublier la chaleur de l'été, le soleil est insoutenable et les regards des gentes dames se font insistants. Car Pierre débarque sur sa bicyclette, la mèche rebelle et le col ouvert, un bouquet de violettes pour sa mère et une belle claque dans le dos de son cousin. Incorrigible Pierre, c'est cela qui fait tout son charme, il ne doute de rien, la vie lui tend les bras, il ébauche avec elle un pas de polka glissée et vive la mazurka, c'est Johann Strauss qui mène la danse ! Savez-vous ce que l'on dit dans les grandes familles ? Mieux vaut avoir une fille sur le trottoir qu'un fils chez les hussards. Il semblerait bien que la chose se vérifie ici même. Pierre a apporté avec lui de petits drapeaux belges et français qu'il s'empresse de déposer sur toutes les tables du restaurant, plantés fermement au milieu des corbeilles de pain. Le 14 juillet, cela se fête, même chez les aristocrates, et vive la Révolution ! Pas sûr que cela plaise à la famille, et pourtant ils n'en sont qu'au début de leurs désillusions. Car l'armée n'est pas faite pour lui, explique Pierre tout de go à ses illustres procréateurs. Non, il s'y ennuie ferme, le colonel Lyautey, ce cher Hubert, n'est pas un drôle, loin de là. Quant au climat, un temps impossible ! Pas un jour sans pluie à Alençon, au diable la Normandie, de toutes les façons, continue Pierre, il lui faut expressément rentrer à Paris et ce en galante compagnie, avec une belle-de-jour qui fera une charmante comtesse... « Trop vite, cela va trop vite », s'étouffe le marquis en retirant les drapeaux du pain, « peut-on user de méthode, et considérer les embarras les uns à la suite des autres, s'il vous plaît ».

Car l'avenir de Pierre est tout tracé. Par sa famille. On a depuis longtemps contracté une alliance avec la fille de la duchesse d'Uzès, « cette chère Thérèse, un amour de femme », murmure la marquise. « Une dot comme on n'en fait plus, mon fils », poursuit le marquis, « une maison de toute beauté en Provence entre vignes et garrigue, une toiture remarquable, des écuries bien nanties, quant au vin gouleyant à souhait, il s'agit là d'une véritable aubaine pour notre famille ».

— Plutôt me pendre, hurle Pierre, la fille a le nez croche et des poils sur le menton, ses sourcils se touchent, elle ressemble à une guenon !

— Bien, oublions ceci pour le moment, nous en reparlerons en temps voulu. Il est peut-être encore trop tôt. Par ici, mon fils, plus près, s'il vous plaît expliquez-nous, discrètement, cette étrange histoire de belle-de-jour.

Le cousin Paul se rapproche aussi. Il est de certains sujets à débattre avec prudence. Les filles sont des vauriennes, elles ont le chic pour attraper des rejetons, dans quel guêpier le jeune héritier est-il allé se fourrer ? « Guêpier, il ne s'agit pas d'un guêpier », précise le facétieux jeune homme, « mais d'une jeune fille aux yeux bleu saphir et à la peau douce ».

— L'avez-vous mise dans l'ennui ? s'enquiert le marquis.

— Non, mon père, je vous le jure, mais je lui ai promis le mariage.

— Le mariage, vous n'êtes pas majeur, et la duchesse... s'exclame la marquise.

— Elle est née quoi ? coupe le marquis.

— Quoi, mais Toussaint, elle se nomme Jeanne Toussaint.

— Toussaint tout court ?

— Toussaint... de Bruxelles...

— Qu'est-ce que ces gens-là, demande la marquise ? Sont-ils quelques banquiers, oh mon Dieu, des réformés ?

— Non...

— Pas des juifs tout de même, s'enquiert le frère du marquis.

— Non, mais enfin, fait Pierre, quelle importance ? Ses parents je ne sais pas, sa mère est couturière, je crois.

Et tous partent alors d'un immense éclat de rire. Une cousette, tant de débats et de contrariétés pour une cousette. Et pourquoi pas une bonne ou une fille de cuisine ? Ces choses-là se font. Il ne s'agit pas d'un problème, tout au plus d'une indécence. Balayée par le sourire narquois d'un cousin avide de fortune et celui plus indulgent d'un père à la virilité évidente. Pierre est agacé. On ne le prend pas au sérieux. On se fiche de lui. Et de sa jolie Jeanne. Bafouée, la jeune fille aux cheveux courts. Pas assez bien pour eux.

Viennent quelques palabres assez vives à mon égard que Pierre ne me répétera pas de peur que j'en ressentisse grande offense. Il semblerait que je n'appartienne pas à leur monde. Quel monde ? De la supériorité des aristocrates et autres privilèges innés, je devrai très vite en ressentir l'essentialité. Ne jamais l'oublier. Un jour, être des leurs et les mettre à mes pieds. Car les Quinsonas disent non. Non à tout. Sans exception. Point de mariage, et retour immédiat en Normandie avec l'obligation de terminer l'année capitaine de section, sous peine d'être déshérité au profit du cousin Paul. Lequel esquisse alors son plus gracieux rictus. Et Pierre s'incline. Il sait qu'il n'a pas le choix. Sans vivres, point de plaisirs et le plaisir, pour Pierre...

— Tope là, s'exclame-t-il en faisant tinter son verre contre celui de son père offusqué, mon cher papa, permettez donc que j'arrange mes petites affaires avant de retrouver les joies de la vie militaire.

On le lui accorde bien évidemment, tout heureux de voir le jeune homme respecter les conditions requises, on évite néanmoins de l'interroger sur les « petites affaires », dont on se doute que la tournure est loin d'être respectable. Il faut bien que jeunesse se passe, soupire le marquis en songeant combien son fils lui rappelle ses tendres années. On se sépare avec moult embrassades. Finalement il n'y a que le cousin Paul qui s'en sorte mal, il se voyait déjà châtelain dans le Dauphiné, un peu prématuré certes. Le marquis octroie une accolade à ce fils qu'il reconnaît bien pour être le sien. On laisse une petite semaine à Pierre pour prendre ses dispositions avant d'effectuer sa rentrée en cette belle ville d'Alençon. Car la confiance ne règne pas plus que cela et c'est accompagné par sa famille que Pierre réintégrera la caserne. Une semaine c'est plus qu'il n'en faut, songe mon galant. Et le voici qui me revient fougueux et enflammé. Ses parents se sont installés aussi à l'hôtel Métropole, le seul palace digne de ce nom à Bruxelles, c'est le moment de déguerpir et vite. Préparons les malles, où sont les femmes de chambre, quelques courriers à adresser…

Pierre, Pierre, arrêtons là cette frénésie et posons-nous quelques minutes. Mais il n'a pas le temps, l'homme pressé que voilà, tout à ses préparatifs, les mois à venir, Paris, la Normandie, et ces broutilles à mettre en place. Et moi ? Quel avenir ici bas ? Pierre, écoute-moi ! Il ne me regarde pas. Il transmet ses ordres à la servante. Il n'est pas question de retourner chez moi. Mon père s'est éteint l'an dernier, ma mère vit sa vie avec l'Allemand et il est entendu que mon frère Édouard hérite du commerce de la rue Philippe-de-Champaigne. Il est temps, mon bel aristocrate, que tu tiennes tes promesses, prends tes responsabilités ! « Quelles promesses ? », s'écrie-t-il. A-t-il déjà oublié ? Tous ces serments qui riment avec toujours, ces mots qui parlent d'amour, ces caresses et ces grands discours. Pierre, mon chéri, tu ne te débarrasseras pas de moi ainsi, tu es un gentilhomme, n'est-ce pas, il semblerait que tu m'aies détournée du droit chemin, tu n'as pas le droit de m'abandonner, c'est contre tes principes, ceux de ta famille, et cette élégance dont se targuent les gens de ton monde. Et puis tu m'aimes, n'est-ce pas, Pierre dis-moi que tu m'aimes, dis-moi que tu m'emmènes, parce que tu le veux bien, je suis la femme de ta vie, et mon absence te rend si malheureux, tu ne peux pas te passer de moi, je suis dans ton cœur à jamais, Pierre, dis-moi, je t'en prie... Alors seulement il arrête de s'agiter et il me regarde. Je suis à genoux sur le grand lit à baldaquin, mon regard reflète mon désarroi. Pierre se penche vers moi et saisit ma tête entre ses deux mains.

— J'ai honte, Jeanne. C'est tout. J'ai honte de n'avoir pas su t'imposer. J'ai honte de t'aimer aussi. J'aime mon monde et je t'aime toi. Il semblerait que cela fasse beaucoup. Affronter ton regard, ta déception, devoir le reconnaître, pardonne-moi Jeanne mais tu ne seras jamais comtesse de Quinsonas et je dois te l'avouer, au fond de moi-même je l'ai toujours su.
— Tu m'as laissée y croire.
— Non, je m'y suis laissé croire. C'est tout.

Il s'assied à côté de moi, il prend ma main, la retourne, embrasse ma paume et je me blottis contre lui. « C'est entendu », dit-il en se perdant dans ma nuque, « nous t'emmenons à Paris, ma jolie. Je vais t'installer dans un hôtel particulier, on dit qu'il y en a de parfaits et de fort élégants, avenue du Bois, je crois. Tu trouveras aisément de quoi t'occuper pendant mon absence, il n'y en a que pour quelques mois, à mon retour nous aviserons. Tu m'as dit que tu avais une sœur là-bas, tu es sûre que cela ira ? » Oui, Pierre. Merci, mon chéri. Cela ira parfaitement. Nous ferons en sorte que cela aille, ne t'inquiète pas. Et puis, Charlotte, ma grande sœur, enfin. Je sais que je la retrouverai, elle est si proche maintenant, je la sens près de moi. La serrer à nouveau, redevenir cette petite fille d'avant l'horreur, Charlotte, attends-moi, j'arrive.

Il fait ce qu'il a promis. Un serment est important chez ces gens-là. Pierre m'arrache à mon milieu, à cette ville que j'abhorre, à la mémoire de l'indicible. Nous partons dans la soirée, une diligence capitonnée fait route vers la France. Toute une nuit pour enterrer une vie, annihiler une existence, les sabots des chevaux martèlent les pavés de la ville et c'est comme si les taches qui salissent mon corps s'effaçaient peu à peu. Ma tête bringuebale le long de l'épaule de Pierre, il me serre dans ses bras, dépose un baiser sur chacun de mes yeux et je m'endors en rêvant de Paris, de Charlotte et de jours meilleurs.

5.

Ma sœur

C'est un appartement désuet mais charmant à deux pas du boulevard Lannes. Je dispose d'un intérieur cossu, un salon suffisamment luxueux pour recevoir quelques amis, une chambre avec « un lit comme s'il n'en existait pas[1] », une bonne, un majordome et une voiture à cheval. Pierre a des relations, dans son monde, elles valent toutes les cautions. Avenue du Bois, il semblerait que l'on en trouve certaines, des femmes comme moi. Entretenues donc. Par un homme riche qui ne peut les épouser. Ou ne veut pas. Elles ne paraissent pas déçues. Bien au contraire. Je ne comprends pas tout. Pas encore.

Pierre a réintégré sa caserne, ses permissions sont nombreuses. Il me rejoint souvent certes, mais je ne suis plus la seule. Il y a d'autres femmes autour de lui. Plus âgées, plus expertes, plus drôles peut-être. Je ne sais pas, je suis perdue, je pensais que tout serait plus simple. J'ai l'impression que Pierre dispose de moi comme d'un objet, cela me fait mal. Quand je lui en

---
1. Émile Zola, *Nana*.

parle, il a toujours la même réponse. « Jeanne, je ne peux pas t'épouser, c'est ainsi, que veux-tu de plus. » Éternelle question qui me rattrape et me frappe de plein fouet. Je veux t'aimer Pierre ! Mais il est déjà parti, je suis seule dans mon grand lit aux draps froissés. Il me revient toujours, quelque chose nous unit à jamais. C'est indicible, un lien que rien ni personne ne pourra détruire. Et dans les moments de doute, je me souviens avec bonheur de ce jour de mai quand le vent faisait voler les fleurs des mâts de cocagne et de ce jeune aristocrate français qui remportait le « Vrai Tir National ». Dis-moi Pierre et si c'était cela l'amour ? Aimer, ah le grand mot que voilà, pourtant c'était ce que je recherchais, être aimée par un homme qui n'en éprouverait aucune honte, aimer à mon tour quelqu'un dont je sois fière, le crier devant Dieu, n'en ressentir aucune offense, posséder son cœur, devenir le centre de son monde. La vie m'a pris mes illusions. C'est à moi de faire naître les rêves, les miens, ceux des autres, les créer, les sentir, et leur donner cette envergure à nulle autre pareille.

Mon premier rêve est pour Charlotte. La retrouver, c'est dorénavant une idée fixe. Mais où la chercher ? Les endroits à la mode évidemment, Charlotte a toujours adoré le bruit, les froissements des étoffes, les spectacles, le luxe... Je cours les grands boulevards, les premières au théâtre, l'Opéra mais c'est grâce à Pierre, mon bon génie encore une fois, que je croise le chemin de ma sœur bien-aimée. Il a décidé que mes heures devaient être remplies et mes occupations variées. Et me voici obligée de prendre des cours d'équitation ! « Le cheval, ma belle », dit-il, « c'est le précieux auxiliaire du Tout-Paris. Tu ne peux passer outre ». Pas follement convaincue, je l'avoue, la chose me rebute assez, d'abord je la trouve énorme et ensuite terriblement malodorante. J'apprends dans un manège de la rue de Suresnes et au bout de quelque temps j'arrive à me tenir en selle. « Soyez assise bien au milieu de la selle, gardez les épaules droites par rapport à la tête du cheval. Vue de dos, la couture centrale de votre veste est verticale par rapport à la colonne vertébrale du cheval », me répète le maître de manège comme une ritournelle. L'amazone moulante et le tricorne posé fièrement sur le haut de la tête me vont assez bien et j'en tire quelque fierté.

Souvent l'écuyer du manège m'accompagne en promenade au Bois et je croise des connaissances dans les allées cavalières. En fin de matinée, je parade autour du lac, ma morne monture supportant sans broncher mes coups de talon incongrus et mes secousses de bride inopportunes quand soudain j'entends derrière moi un galop infernal, je me range avec difficulté sur le côté et… je vois surgir Charlotte, chevauchant comme un garçon un magnifique alezan, en compagnie de deux cavaliers de grande classe. « Si ce n'est pas malheureux », s'exclame mon écuyer, « encore une califourchette, et aux heures chic qui plus est, quelle indécence ». J'ai le temps de reprendre mes esprits, ma monture est anesthésiée, comme tous les chevaux de manège, elle n'a pas bronché et je crie au lad : « Rattrapez-la, celle que vous appelez la califourchette, rattrapez-la, c'est ma sœur. » Il me regarde horrifié mais s'exécute. Je sais qu'au fond de lui-même, il se dit que M. de Quinsonas possède d'étonnantes relations. Bientôt il revient, plus mortifié que jamais, et m'annonce d'un air pincé que la dame en question s'est arrêtée à la Potinière pour prendre quelques rafraîchissements. La Potinière, c'est l'endroit du Bois où l'allée des Cavaliers croise celle des Acacias, il fait bon s'y montrer entre midi et treize heures. Je me précipite à mon tour, l'écuyer effaré sur mes talons, et oui je l'aperçois, Charlotte, c'est bien elle, mon Dieu qu'elle est jolie, elle est devenue une femme, une vraie ! Charlotte, ma grande sœur. Préserver cet instant de grâce encore quelques minutes. Attendre son regard. Savoir que dans si peu de temps je retrouverai sa chaleur. Charlotte, si tu savais... Je descends de cheval, elle ne me voit pas. Elle tient dans la main un verre de porto et plaisante avec un homme élégant. Ses joues sont rouges et ses yeux clairs et vifs regardent droit devant elle. Elle ne me voit toujours pas. Elle dégage une énergie naturelle qui est contagieuse, son ami éclate de rire, ma sœur a de l'esprit, je l'ai toujours su. Elle porte un pantalon bouffant et des bottes montantes, quelle vision extraordinaire ! Puis elle se tourne vers moi, ô mon Dieu ces yeux-là, et tout l'amour qui les submerge. La surprise se mêle à la tendresse, la douleur n'est pas étrangère à la chose. Charlotte, enfin... J'entends un bruit de verre brisé, un brouhaha du côté des chevaux, quelqu'un a crié, je ne sais plus, je suis dans ses bras, la douceur m'envahit, sa main soutient ma nuque, les larmes ont brouillé mon regard, je la sens me bercer et sa voix suave murmure « Jeanne enfin ». Ce moment n'appartient qu'à nous et pour lui je suis prête à tout revivre. Ma sœur, mon amour...

Charlotte est installée dans un magnifique hôtel particulier au 98 du boulevard Malesherbes, à l'angle de la rue de La Terrasse. C'est Raoul de Valroger, conseiller à la Cour des Comptes, qui s'est ruiné pour le lui offrir. Car Charlotte est une cocotte. C'est ce qu'elle m'apprend entre trois macarons, une tasse d'Earl Grey et deux éclats de rire. Elle n'en tire aucune honte bien au contraire, elle est revenue de tout et d'abord des hommes. Charlotte veut tout savoir de ma vie. Ce qu'elle entend de la Belgique ne l'étonne guère, je le vois bien, et je passe très vite sur le sujet. « Pauvre chérie », chuchote-t-elle, « pauvre chérie ». Je n'insiste pas. Nous avons connu le même chemin de croix mais notre calvaire est dorénavant terminé.

— Et papa ? demande-t-elle.
— Il est mort à l'hiver 1902.
— Et le petit Édouard ?
— Il s'est rapproché de notre mère et contre toute attente, elle lui a ouvert les bras.
— Et elle, comment va-t-elle, sait-elle pour… ?
— Je ne crois pas, je ne sais pas, notre mère est une femme bien étrange.

Charlotte décide que nous en avons fini avec nos souvenirs, ils ne feront pas revivre des jours meilleurs mais elle refuse de les occulter pour autant, « il ne manquerait plus que l'on soit traumatisées », fait-elle en s'esclaffant. Car pour faire semblant, elle est la meilleure. La reine de la crânerie, la fière califourchette, un mépris de l'émotion et pourtant la plus grande sentimentale que j'aie jamais connue. Quand je lui parle de Pierre, elle s'emporte. « Dis-moi ma belle, tu as vraiment cru qu'il allait t'épouser, ton hussard ? Il n'est pas question de mariage pour les filles comme nous. Écoute-moi bien Jeanne, je vais t'apprendre ma vie, elle va devenir la tienne. Car tu n'as pas d'autre choix, il faut bien que tu le comprennes. Soit tu travailles dur comme les cousettes, les gouvernantes et autres gens de maison, soit tu connais le succès des puissants de ce monde. Mais attention, sache que prestige et bijoux ne se nichent que dans les alcôves. La famille aura toujours raison des sentiments d'un amant, et puis le mariage, de toute façon, n'a rien à voir avec les sentiments, c'est bien connu, on épouse des femmes de bien, on aime des filles de rien, et pourquoi devrions-nous être les unes ou les autres ? Quant à ton Pierre, il n'était pas à la hauteur, c'est évident ! Ta hauteur. Je sais que tu aurais fait de lui un homme heureux, ma chérie, mais il semblerait que les aristocrates ne soient pas doués pour le bonheur. Les chemins empruntés doivent être pavés du sang des braves. Leurs braves, leurs armes, leurs noms. Jeanne, il faut que tu sois la plus forte. Enterre à jamais l'émotion, crois-moi. Des faiblesses, rien que des faiblesses. Les hommes. Nos hommes. Être leur égal, non, les dépasser, faire en sorte qu'ils ne puissent plus se passer de nous. Oublier le sentiment, tuer la sensation, les considérer pour ce qu'ils sont, des banquiers, des amants, ils détiennent la fortune, le pouvoir, la pavane et la fougue, ils sont la possibilité du choix. Et nous Jeanne, les compagnes des petits matins et des nuits de pleine lune, les demoiselles des à-côtés mais sans a priori. Nous sommes de celles qui offrent le plaisir et apaisent les fronts fébriles, on nous trouve dans les boudoirs et les chambres à coucher, on nous interdit les enfants à venir et les nefs des églises, nous sommes des irrégulières, des inconvenantes, des impertinentes. Oui, Jeanne, ma petite sœur, sache-le bien, nous possédons l'art et l'audace d'obtenir tout ce que nous voulons et de nous faire pardonner n'importe quoi. Préservons ces moments de sérénité. Au diable l'excitation et vive la fanfaronnade. Ma belle, viens là, près de moi, regarde-toi dans la psyché. Que vois-tu, Jeanne ? Qui es-tu, chérie ? Observe bien… Tu es étincelante et convoitée, élégante et racée, le miroir renvoie l'éclat de cabochons de saphir, de feuilles d'émeraude et de gouttes de rubis, tu es la caresse de l'orchidée, la chute de diamants, la rose en corail gravé et la cascade de perles fines. Tu es Jeanne Toussaint, curieuse de tout, fascinante et résolue, allez ma belle, déploie tes ailes, et va au-devant de ton destin. Voici Paris, les grands boulevards, la vie à l'horizontale, le demi-monde. Bienvenue dans la Belle Époque ! »

6.

Belle Époque et demi-monde

Aujourd'hui on inaugure la première ligne de métro parisienne, Neuilly-Vincennes. C'est Toulouse-Lautrec qui illustre les affiches collées à l'intérieur des stations, elles vantent les mérites du Chat Noir, un cabaret à la mode où Aristide Bruant pousse la chansonnette.

> *À la Bastille,*
> *On aime bien Nini-Peau-d'chien :*
> *Elle est si bonne et si gentille !*
> *On aime bien,*
> *Qui ça ?*
> *Nini-Peau-d'chien,*
> *Où ça ?*
> *À la Bastille !*

De Montmartre à la tour Eiffel, l'époque est au sensationnel, c'est pour cela qu'on la dit belle, mais elle n'est pas si jolie, elle est juste extravagante et c'est autrement plus excitant. La Fée Électricité inonde l'esplanade des Tuileries, le Champ-de-Mars et les jardins du Trocadéro. Le cinéma fait ses grands débuts, et Louis Lumière par-ci et Louis Lumière par-là, Émile Zola n'accuse plus personne mais photographie les merveilles électriques et le fauvisme s'impose au Salon d'Automne en cette année 1905. « On a jeté un pot de peinture à la face du public », témoigne le critique Camille Mauclair dans *Le Figaro*. Matisse rétorque en prônant l'autonomie et la violence de la couleur, il évoque un « moyen d'expression intime et non descriptive »… Les Parisiens fuient le traditionnel, ils s'enivrent d'esthétisme et se gorgent de plaisir. La chose me convient assez bien. J'ai dix-huit ans et une furieuse envie de vivre. Ce soir, Pierre m'emmène applaudir Sarah Bernhardt dans *Pelléas et Mélisande* au théâtre des Bouffes Parisiens. Puis nous rentrons dans ma bonbonnière aux lignes vermicellées et aux exagérations florales, Belle Époque oblige ! Pierre réside au numéro 65 de l'avenue Henri-Martin. Mais s'il a ses entrées chez moi, la réciproque n'est pas vraie. Il en a fini avec l'armée, sa famille est ravie, il a terminé maréchal des logis et en est très fier.

— Je n'y connais rien en grade, mon chéri.
— Moi non plus, répond-il, arrachant mon jupon.

Il m'embrasse et me câline, il est tendre et fort à la fois mais le cœur n'y est pas, le cœur n'y est plus. Je le sens bien. Il finit par me l'avouer, il y a une autre femme qui compte pour lui. Pierre est tombé amoureux, cela ne lui était pas arrivé depuis la Belgique. Je me sens bafouée. Je veux savoir. Qui est-elle ? Qu'a-t-elle de plus que moi ? Pourquoi maintenant alors que je commence à retrouver une certaine confiance en moi ? Pierre m'avoue que c'est une jeune chanteuse répondant au doux nom de Polaire. Je la situe parfaitement, Jean Lorrain dit d'elle qu'elle a « une taille douloureuse de minceur – 42 cm ». Mince à faire peur, oui ! La vaurienne chante « *Tha ma ra boum di hé* », son plus grand succès, et puis « *Tchique tchique* », une ritournelle stupide, et encore « *Lingaling, aling, ling* ». On parle de ses mœurs provocantes, de ses amitiés féminines, les Quinsonas n'ont pas fini de trembler, ils vont regretter la Belgique et ma fraîcheur de provinciale.

Pierre dépose un baiser sur mes paupières et replace une mèche rebelle. C'est la dernière fois que je le sens tout contre moi, si fort comme un rempart à mes défaillances. Pas de sanglots, pas de larmes, non, Pierre me quitte. Bien sûr que je fais semblant, bien sûr qu'il le sait. Pourquoi montrer ma souffrance quand je n'en connais pas le remède ? Pourquoi pleurer dans ces bras-là qui serrent un autre corps que le mien ? Pourquoi ouvrir mon cœur quand je sais l'homme trop égoïste pour s'en soucier.

— Je ne t'avais rien promis, dit-il.
— Juste le mariage, mon chéri.
— Jeanne, tu sais bien…
— Ne dis rien, maintenant je sais, mais c'est… mon Dieu, Pierre, comme ça fait mal.

Il ne répond pas. Il se lève, va chercher un écrin dans son pardessus. Pierre suit les usages, un bijou pour une rupture, mon assurance pour le futur, un joyau pour une courtisane et pas n'importe lequel, un collier en diamant à motif de ruban, agrémenté de glands en diamants navettes. Il vient de chez M. Cartier, celui-là même qui est installé rue de la Paix à côté de chez Worth. Un dernier regard, un sourire contrit, je suis incapable de lui dire au revoir, une boule étreint ma gorge. Je n'ai envie que d'une chose, courir derrière lui et me jeter dans les bras de mon amant. Mais je ne commettrai pas une telle folie. Pas de sentiments, a dit Charlotte, seulement le plaisir et la légèreté. Et Pierre s'en va, je le suis du regard depuis ma fenêtre, il passe sous le réverbère entouré dans un halo jaune, son ombre vacille dans le vent, il ne reste bientôt plus que la splendeur austère des immeubles de l'avenue du Bois...

Seule à nouveau. Je fais glisser le collier entre mes doigts. J'aime cette idée du platine. Oui, énormément. Le sertissage est à peine visible, les griffes qui asservissent habituellement la pierre se font discrètes, imperceptibles, c'est sublime. Même si... Je ne sais pas, et si l'on mettait des rubis à la place des diamants navettes... Et pourquoi pas de l'onyx aussi ? J'aime beaucoup, vraiment... Ou bien un cabochon de saphir pour le nœud du ruban ? Quel dommage que je ne sache pas dessiner, je passerais des heures à imaginer les plus gracieuses parures... La belle Otero va en faire une maladie, elle qui se pavane depuis six mois avec un collier pompon aux émeraudes d'Amérique du Sud et brillants sur monture platine, le tout signé Cartier, évidemment. On raconte qu'au Bal des Boyards, elle a fait verdir de jalousie la grande-duchesse Vladimir. Hum, la roue tourne pour les belles-de-nuit, Caroline Otero a dix ans de plus que moi, et tous ses joyaux somptueux ne parviendront pas à rafraîchir son teint de catin. Il faut lever le pied, ma jolie, place aux jeunes !

Demi-mondaines et aristocrates se côtoient et s'apprécient. Les unes offrent le plaisir, les autres la décence de l'existence. Nous voguons dans le même univers. Celui des délices et de la frivolité, du luxe et de la malice. L'ascension sociale se veut rapide et efficace. Tant que chacun reste à sa place. La mienne aujourd'hui est auprès de Bernard Boutet de Monvel, un peintre mondain au dandysme assumé, qui me laissera quelques jolis tableaux. Je garde dans ma chambre cette eau-forte en couleurs du Cours-la-Reine où l'on me devine promenant un lévrier, animal noble par essence, devant quelque architecture majestueuse. Bernard me cède à Raymond Bamberger qui m'abandonne à André Dubonnet, lui-même à Pierre Fouquet-Lemaître... ma carrière est lancée et mon écrin à bijoux, conséquent. Un collier composé de boules de saphir et d'émeraudes alternées, un autre orné de diamants rondelles avec au centre une émeraude gravée de 24,62 carats, un bracelet d'onyx calibré et de diamants ronds, un pendentif d'inspiration égyptienne, un autre en cristal de roche dépoli et gravé...

Je ne quitte plus ma grande sœur. Elle m'explique patiemment les us et coutumes de notre tendre univers. Charlotte est insupportable, elle se fait appeler Charlie Brighton, l'exotisme américain favorisant selon elle un érotisme torride. Son protecteur du moment est un certain M. de Rothschild, la valse des amants ressemble de plus en plus à une sacrée volte. Rien n'est laissé au hasard, il s'agit là d'un métier à temps plein même s'il ne s'exerce qu'à la faveur du crépuscule.

Belle Époque et demi-monde 65

— Il te faut un nom de scène, assure Charlotte, péremptoire.
— Mais je ne suis pas une actrice.
— Ne crois pas cela ma chérie, tu aides au bon plaisir des hommes, il faut leur donner une importance, parfois même une existence, la chose est improbable, je te l'accorde, donc tu simules et deviens une actrice.

Charlotte me surnomme Pan-Pan pour la panthère qui rugit en moi. Car elle me connaît bien, sait mon caractère inflexible et ma volonté farouche. Pan-Pan, la panthère. Marche ou crève. Oui, je suis la féline, celle qui avance, souple et silencieuse, courageuse et intraitable. Je vais au bout de mon destin, et je le décide démesuré. Passe, dépasse et surpasse. Ou bien trépasse. Moi, Jeanne Toussaint, du haut de mon mètre soixante, je les distance toutes. Germaine Nanteuil, Loulou Neris, Clara Tambour sont les plus grandes cocottes de Paris. Elles séduisent les hommes, les envoûtent et éblouissent, oui elles brillent de mille feux, ceux de leurs précieux joyaux, Cartier, Mellerio, Chaumet, Boivin ou l'assurance-vie du demi-monde. À partir de cinq heures sur les grands boulevards, les attelages stationnent en double file et ces dames, de retour du Bois, dégustent du bout des lèvres un délicieux sorbet chez Tortoni ou au Café Riche. Puis elles rentrent se changer pour l'Opéra. Toujours les grands boulevards. Toujours des toilettes griffées Worth, Paquin, Vionnet. Bientôt elles se faneront, pauvres roses flétries, barbouillées de fard et croulant sous leurs parures ternies. Où sont-elles les belles d'antan, Émilienne d'Alençon, la Païva, Céleste Mogador,

Léonide Leblanc et sa rivière de diamants à pendeloques qui lui descendait jusqu'au bout des seins ? Trop vieilles, usées, altérées, enterrées. Il ne reste que leurs coffrets à bijoux. Huit cent mille francs obtenus à Londres pour le collier de perles à dix rangs de la Barucci, c'est Cartier, encore une fois, qui a assuré la vente des effets de la célèbre courtisane italienne. Folle de son corps, elle avait la réputation de se monter nue dès qu'elle le pouvait. Trente ans après, je n'ose y penser. Moi jamais. Même vieille, j'existerai. Un destin, je dessinerai mon destin, il passera certainement par un homme, peut-être que je le connais déjà. Qui sait ?

Charlotte rit de mes ambitions et, dans un nuage de Mitsouko, poursuit mon éducation. Je passe le plus clair de mon temps chez elle. Nous fumons, nous rions, nous causons froufrous et amoureux. « Viens près de moi », me dit-elle, « il faut que je te montre quelque chose d'important ». Nous sommes assises sur un petit canapé tendu de brocart vert, perdues dans une multitude de coussins satinés. Charlotte pose sur mes genoux un grand livre en cuir de Russie dans lequel elle a consigné sur trois colonnes le nom de tous ses amants les dates de leurs visites et les sommes versées.

— Tu vois, chérie, une place est réservée pour les signes particuliers. Haleine, préférences, manies, jeux sexuels, goûts divers et accessoires. Ne laisse jamais le hasard s'en mêler, il ne fera que t'embrouiller. Sois parfaite, que l'on ne puisse rien te reprocher, ainsi tu seras la première et tu le resteras. Avant tout, fais-toi désirer. Ainsi pour les petits cadeaux… ton chevalier servant t'emmène dîner et tu trouves dans ton assiette un écrin de maroquin ! Mets-le de côté. Fais comme si de rien n'était. Car si tu l'ouvres, cela signifie oui, évidemment tout de suite, dispose de moi comme bon te semble, je suis une putain. Non Jeanne, tu es une femme fatale et c'est fort différent. Mine de rien, un écrin, tu verras, un second viendra avec le dessert et là, oui, accepte le baiser, minaude un peu, tu peux sortir le grand jeu, après tout, tu es là pour te faire lutiner jusqu'à l'aube, non ?

Le jeudi, Charlotte tient salon, elle reçoit ses amies et certains protecteurs. On boit, on fume, on se raconte les ragots croustillants et les derniers potins. C'est ici que je croise une jeune femme réservée qui entre dans ma vie pour ne plus en ressortir. Charmante, vêtue d'une sobre élégance, elle n'a l'air de rien et confectionne des chapeaux de toute beauté. Gabrielle Chanel a un museau de chat, une bouche trop grande, des yeux noirs comme des boutons de bottine et des amants à rallonge. Cette fille me plaît, il y a quelque chose en elle de violent et d'absurde. Est-ce cela qui fait le génie ? Peut-être bien. Gabrielle a trois ans de plus que moi, c'est une autre grande sœur, une seconde Charlotte. Elle a des idées sur tout, notamment la mode qu'elle rêve stricte et légère, mais en matière de coiffure c'est une catastrophe. De longues mèches brunes et frisottantes lui encadrent le minois qu'elle a si joli. Un vrai gâchis, je ne me gêne pas pour le lui faire sentir.

— Coupez-moi cela tout court juste sous l'oreille, à la garçonne, ordonne-t-elle au jeune Antoine qui officie chez Catroux, célèbre coiffeur pour dames de la place de la Madeleine.

Gabrielle – Coco pour les intimes – est ravie de sa nouvelle tête. Pour me remercier de ces conseils avisés, elle me confectionne un chapeau en forme de noix de coco. Un chapeau de Coco ! Hallucinant à une époque où toutes les élégantes ne se pavanent qu'avec de véritables massifs sur le haut du crâne. Et double rang de voilettes ! Mon bibi fait fureur, tout Paris en parle ! Paul Helleu, le portraitiste mondain, insiste pour que je le porte lors de nos séances de pose. Il affirme que cela donne à mon regard bleu un côté envoûtant et mystérieux. J'adore ! Je me plais à Paris. Je me sens bien en compagnie d'artistes et de virtuoses. Mon sens aigu de l'esthétisme s'en trouve renforcé. Mais ma situation de courtisane me gêne parfois. Une femme qui dépend financièrement de la bienveillance de son protecteur aime à être reconnue comme telle. C'est un peu comme une boutique, disons qu'elle a pignon sur rue et soigne sa devanture. J'avoue réfuter la chose dans sa grande totalité. Putain je suis, certes, point n'est besoin de le crier sur les toits. Putain je suis, faute de mari, remercions pour cela la famille de mon premier amour. Deo gratias et tutti quanti. Putain je suis, artiste je me revendique !

Car Coco Chanel et moi devenons vite inséparables. À elle les chapeaux, à moi les sacs à main. Je brode, je couds, j'assemble. Tissus, feutrine, brocart oriental et perles de rocaille. Monture en métal ou anse en chaîne. Motifs floraux ou géométrie variable. Étoffe plissée, velours frangé ou cuir tanné. Des sacs pour la promenade, d'autres pour le soir ou l'Opéra. Élégance, raffinement et classicisme, tels sont les maîtres mots de mon esthétisme. Toute ma vie, je leur resterai fidèle. Le classicisme, comme un retour aux sources de la beauté originelle. Mes sacs plaisent et tous se les arrachent. Je ne peux plus fournir. Charlotte a transformé ses jeudis en vente à domicile. Coco dit en riant que l'on devrait ouvrir une boutique. Une boutique, quel doux rêve ! Coco est la maîtresse d'un certain Étienne Balsan, un beau gosse qui passe son temps aux courses à Longchamp en compagnie de... Pierre de Quinsonas.

Mon Pierre. Mon amour. Ma folie. Divine idylle. Et nous nous retrouvons enfin. Polaire n'est plus d'actualité, exit la prima donna. Elle se réchauffe entre les bras potelés de la sublime Colette. Pour quelques soirs ou quelques nuits, mon hussard me revient, je n'ai pas vraiment envie d'oublier Pierre et ses yeux clairs. Charlotte soupire : « Attention, ma chérie, attention, souviens-toi, on a dit pas d'amoureux, rien que des protecteurs, celui-là va finir par te détruire. » Mais je n'écoute pas ma sœur, je regarde mon hussard et je trouve qu'il est beau. Pierre dit que je lui ai manqué, que la chanteuse était fatigante, que ses parents sont inquiets pour l'avenir. Le château dans le Dauphiné a sa toiture endommagée, le cousin Paul pense entrer dans les ordres et la fille de la duchesse d'Uzès postule toujours pour la Sainte Maternité.

Pierre se languit de moi. Il m'aime mais il s'en va. C'est ainsi. Il ne peut m'oublier, je suis la femme de sa vie, aujourd'hui il le sait. Mais nous ne pouvons faire notre vie ensemble, alors on joue à faire semblant, on joue à je t'aime peut-être, peut-être pas, on se sépare pour mieux se retrouver. Nous sommes des tricheurs de l'amour. Ou bien est-ce l'amour qui n'est pas un jeu ? Pierre m'aime et me quitte, abandonnant dans son sillage les joyaux dont il me couvre. On dit que les Quinsonas frémissent à nouveau. Toute la fortune familiale va-t-elle s'étioler entre les draps satinés d'une traînée ?

Dorénavant je suis une femme installée. À l'horizontale, certes. J'ai vingt ans, la vie devant moi, Paris à mes pieds. Les frères Cartier se partagent le monde, Lalique et Chaumet emménagent place Vendôme, Worth et Paquin habillent ces dames, Dreyfus récupère son honneur perdu et la bande à Balsan écume les bistrots chic de Maxim's à Tortoni. Et moi ? Pauvre petite Flamande égarée dans la capitale mondiale des plaisirs ? Je mène la danse, elle se teinte de quartz et de cristal de roche, bientôt j'y ajouterai l'onyx, le saphir et le diamant, foi de panthère !

7.

Tout Paris en parle

Un tableau intitulé *Demoiselles d'Avignon* est à l'origine du scandale ! C'est le galeriste qui lui a donné ce titre. Le peintre l'avait intitulé « Bordel d'Avignon ». Cinq femmes, taillées à coup de serpe, l'œil fixe, le visage vide, le corps monstrueux, cinq prostituées offertes et provocantes, attirantes et repoussantes, dispensatrices d'un plaisir quasi bestial. Plus un marin et un étudiant. Une scène brutale, le symbole d'une sexualité évidente, une critique pas franchement tendre, « un véritable cataclysme », hurle Gertrude Stein... et un jeune peintre de vingt-sept ans, Pablo Picasso... J'adore Pablito, un petit Espagnol râblé, hargneux, caractère de chien mais talent fou. Et quel accent épouvantable ! On ne comprend rien à ce qu'il baragouine. Ces gens du Sud, quel exotisme, c'est déjà l'Afrique ! Paul Helleu nous le présente un soir chez Lucas, le restaurant à la mode de la place de la Madeleine qui vient tout juste de rouvrir ses portes. Louis Majorelle en a conçu la décoration et le Tout-Paris se presse pour admirer cette étonnante inspiration qualifiée d'Art nouveau. Lundi donc. Nous sortons de l'Opéra. Petite soirée entre filles avec Coco, Charlotte et Misia Edwards « la reine de Paris ». Il pleut des cordes et nous nous précipitons au-devant d'un fiacre dont la lanterne vacille dans le vent mauvais. « Chez Lucas, vite. » Le fouet du cocher claque dans l'air glacial, nous nous serrons les unes contre les autres. À peine arrivées, nous tombons sur Adolf de Meyer, le photographe de mode du moment et son épouse Olga à la repartie incisive. Il est homosexuel, elle est lesbienne, rien de tel pour éviter les scènes de ménage.

— Adolf chéri, on vient d'assister à une scène d'anthologie entre Liane de Pougy et Caroline Otero, les murs du Palais Garnier en tremblent encore. Où est ta femme ? Ah, Olga, viens écouter les derniers potins sur les plus grandes putains de Paris.

— Misia darling, qu'as-tu fait de ton nouveau mari et toi Pan-Pan, ton petit marquis t'a une nouvelle fois abandonnée ? Charlie, ton banquier va bien ? Coco, *alone tonight* ? Mais qui a parlé de putains ?

— Adolf, ta femme est incorrigible ! Olga et ses grands airs ! Mais qu'elle arrête de se prendre pour la bâtarde d'Édouard VII ! Après tout, il ne l'a jamais reconnue, que diable !

— Le diable n'a rien à voir dans la généalogie d'Olga, Jeanne, je peux te l'assurer.

— Si ce n'est le diable, c'est donc son giton. Dis-moi chéri, il faut absolument que nous prenions rendez-vous pour cette série de photos que Pierre t'a commandées.

— Oh mais c'est Gaby Deslys de retour d'Angleterre ! Il paraît que le roi du Portugal lui fait construire un sublime hôtel particulier à la Muette.

Tout Paris en parle

— Oui, je sais, au 3 de la rue Henri-de-Bornier, l'essentiel est déjà en place, ils ont posé le trottoir. Tiens voilà Paul Helleu !

— Mesdames, mes nymphes, sublimes dryades, venez que je vous présente l'Espagnol, le peintre du moment, celui qui barbouille tel un gamin de quatre ans.

— Tu t'y connais en mômes, Paul ?

— Non bellissima, mais en peinture, je me débrouille. Coco, ce chapeau, mais où trouves-tu des idées pareilles ? Picasso, c'est lui, là-bas, je peux vous prédire, mesdames, qu'avant six mois il est oublié. Et grand bien lui fasse !

— Qui est le jeune homme pâle aux yeux d'ébène qui suçote sa moustache en jetant des regards inquiets tout autour de lui, demande Charlotte toujours en quête de prétendants.

— Oh, celui-là, répond Helleu, un dénommé Proust, Alphonse ou Jules, je ne sais plus. Mais il ne te regardera pas, Charlie, on dit qu'il n'aime que les hommes. C'est un écrivaillon, il est tout à sa grande œuvre. *À la recherche de je ne sais quoi*, encore un qui ne passera pas la barrière aiguë de la postérité.

C'est Paris. C'est ma ville. La Belgique est enterrée. On n'en parle jamais plus, Charlotte et moi. Un autre temps, des usages différents. Si Pierre dispose de mes soirées, Charlotte possède mes matinées. Une famille à nouveau. Et toutes ces petites choses qui rendent la vie heureuse et confortable. Car la vie est très gaie avec Charlotte. Ses intimes débarquent chez elle à l'improviste et dans le grand salon du 98, boulevard Malesherbes, ce ne sont qu'éclats de rire et mots choisis. Il y a toujours du chocolat chaud, du champagne Roederer et des macarons aux amandes. Nous épluchons les lettres de nos admirateurs, puis établissons les réponses ensemble. Les conseils de ma grande sœur sont essentiels, j'apprends ainsi à devenir la parfaite courtisane, qui se donne avec élégance et reçoit en conséquence. Nous dévorons les feuilles parisiennes mais aussi les rubriques internationales qui font état des amours des hétaïres avec les grands de ce monde. La plupart du temps les propos sont irrévérencieux, tant sur les noms que sur les mœurs des personnalités. « Elle a tout l'Orient dans ses hanches… », souligne *Le Figaro* à propos de Caroline Otero, « celle-ci est définitivement marquée putain », constate Charlotte en souriant, puis se tournant vers moi : « Tu vois ma chérie, c'est cela la différence, tu es une demi-mondaine, tu imposes un respect certain, une feuille de chou n'oserait railler ta démarche, tu es Pan-Pan, la plus jolie fleur de la Belle Époque, mais tous n'ont pas droit d'effeuillage et ils en ont pleinement conscience. » J'écoute, j'enregistre et redresse mon menton que l'on dit si joli. Marche ou crève, oui Charlotte, j'ai décidé de marcher et d'aller très loin.

Pierre souhaite me voir déménager. L'appartement de l'avenue du Bois est petit, c'est vrai, je manque de place pour mon atelier, mes sacs, mes étoffes. Pour recevoir, cela demeure très succinct. Pierre déniche un petit hôtel particulier absolument charmant, tout à fait dans le style Hector Guimard, école de Nancy, au numéro 6 de la rue Georges-Ville, à deux pas de la place Victor-Hugo. Douillet nid d'amour. Des meubles d'inspiration rococo mais pas trop. J'aime l'espace et le mélange des styles. Oui pour ce lit et cette psyché aux entrelacements fluides et tortueux mais c'est tout ce que comptera ma chambre. Des romans gothiques en guise de table de nuit et des orchidées posées à même le sol. Vases transparents et tiges torturées, je veux que l'on avance chez moi comme sur un parterre fleuri.

À nouveau Pierre va et vient. Charlotte toujours à mes côtés, elle a bien compris que les reproches ne servaient à rien, cet homme-là, je l'ai dans la peau et rien ne pourra m'en guérir. Mais ai-je seulement envie de m'en libérer ? Certes, non. Est-ce pour se faire pardonner ses incartades qu'il me fait déposer une corbeille de violettes dans laquelle repose une aigrette d'améthystes et de diamants ? Les bijoux, ma folie, ma passion. La maison Cartier puise son inspiration chez les Russes depuis la visite de Pierre Cartier dans les ateliers de M. Fabergé. La mode est aux épaulettes et autres ornements d'influence persane et j'avoue un faible pour les arabesques capricieuses imaginées par le célèbre Paul Iribe. Coco Chanel s'enthousiasme pour le travail de Paul et si Charlotte est venue ce matin sécher mes larmes, Coco n'en a cure, elle ne s'intéresse qu'au cadeau de rupture de mon amant.

— Le motif de la fontaine est très en vogue cette année, assure Coco reposant l'aigrette dans ses violettes.

— Regarde, répondis-je, tu peux l'accentuer, en courbant le faisceau comme un jet d'eau pour créer l'impression d'un poudroiement d'écume.

— Tu as un don pour les bijoux, Jeanne, tu devrais te lancer. Si j'ouvre un jour ma boutique, je te paierai pour que tu viennes dessiner les fantaisies qui traversent ton bel esprit.

— Je ne sais pas dessiner Coco, mais quand j'effleure tous ces joyaux étincelants, je les sens vibrer sous ma peau, s'animer et naître à la vie.

— Je vois, ma belle, on appelle cela le génie.

En cette année 1909, Paris frétille... On ne parle que de la vente du diamant Hope, celui-là même dont on dit qu'il porte malheur à ses acquéreurs. Il est vrai que le banquier américain Hope meurt plutôt brutalement. Le propriétaire suivant fait banqueroute, le troisième se suicide. Puis vient le Russe Kanitowski qui expire lors d'un duel, la famille du négociant qui lui succède se noie au large de Gibraltar, l'agent de change Montharidès tombe du haut d'une falaise et l'actuel propriétaire, le sultan Abdul-Hamid II, semble effrayé par la maléfique légende et cherche à s'en défaire. C'est Louis Cartier qui est chargé de la vente de l'objet précieux. Le soir même, sa femme, Andrée-Caroline, lui annonce sa décision de divorcer... ce que mes amies et moi-même commentons allègrement !

— Chic un cœur à prendre ! s'écrie Charlotte.

— Il n'est pas dit que je n'essaie pas, réplique Coco.

— Rêvez, rêvez, mesdames, pourquoi Cartier irait-il se fourvoyer avec une gourgandine, s'il veut véritablement devenir le joaillier des rois, il devra épouser une princesse comme moi, fait Olga de Meyer.

— Bâtarde et putain, mais quel cocktail flamboyant ! s'exclame Coco.

— Est-il bel homme ? demandé-je.

— Sublime, chérie, juste sublime, assure Coco. Louis Cartier possède des yeux bleu des mers du Sud, celles que tu imagines dans tes rêves les plus fous et dont tu sais bien que tu ne les verras jamais. Il a une fine moustache aristocratique, un nez fin et racé. Il est grand, il a une allure folle et dispose du plus bel écrin à bijoux du monde.

— Mais pourquoi sa femme divorce-t-elle ?
— C'est une Worth, elle a déjà tout.
— Il y a des frères, je crois ? fait Olga.
— Oui, répond Coco, qui sait tout sur tout. Pierre est installé à New York mais il vient de se faire mettre le grappin dessus par une fille de milliardaire. Quant à Jacques, il est à Londres, encore célibataire je crois, tu peux toujours essayer...

Plus que le diamant légendaire ou l'héritier Cartier, ce sont les Ballets russes qui occupent le devant de la scène. Patronné par la comtesse Greffuhle, Serge de Diaghilev s'installe au théâtre du Châtelet pour un mois. Pierre me propose de l'accompagner à la première le 19 mai, je suis ravie ! « Bécasse », soupire Charlotte quand elle me voit gravir les marches au bras de mon amant. Mais je suis tellement heureuse, je ne touche pas terre, je ne souhaite que profiter du moment présent et sentir la fierté de l'homme qui ose s'afficher à mon côté. Le cavalier de Charlotte est James de Rothschild, nous nous sommes déjà croisés plusieurs fois, il semblerait qu'il s'attache beaucoup à ma sœur ces temps-ci. La salle est bondée. Public mondain, fracs et décolletés, perles et aigrettes, aristocrates et demi-mondaines se côtoient dans une douce indifférence. Boni de Castellane, celui que l'on surnomme

« le somptueux », montre une fois de plus la sûreté de son goût en refusant de s'afficher aux côtés de sa femme. « La première fois que je l'ai vue, j'ai pensé qu'elle était pas mal de *dot* », aime-t-il à répéter, glorifiant les noces de la noblesse et de l'argent. Anna de Noailles et Henry Franck s'ignorent superbement. Et tous les yeux se tournent pour apercevoir le fameux diadème « Kokochnik » sur la chevelure abondante de la grande-duchesse Vladimir !

Place au *Pavillon d'Armide*, un ballet en un acte et trois scènes de Michaël Fokine, sur une musique de Tcherepnine, décors et costumes d'Alexandre Benois ! Les danseurs Ana Pavlova et Vaslav Nijinski soulèvent un véritable ouragan d'enthousiasme, ils frémissent et frissonnent, ils tournoient et s'abandonnent, enchaînés à la musique, possédés par le rythme. Et Nijinski lance la mode des colliers de chien en moire noire avec diamants et perles. Je deviens une inconditionnelle de Diaghilev, quel avant-gardiste de génie, Pierre est conquis et le public parisien s'enflamme ! Nous terminons chez Durand, où je fais sensation dans ma petite robe inspirée de la Grèce antique. Coupe en biais un rien géométrique, drapé maîtrisé à la perfection, et tombé impeccable. Olga de Meyer arbore un air horrifié, et s'approche, circonspecte. Coco Chanel abandonne les genoux d'Étienne Balsan pour se jeter à ma tête... hum, je viens de marquer un point dans la course à l'élégance.

— C'est quoi ce mouchoir ? fait Olga.

— Tais-toi, idiote, coupe Coco. Jeanne, qui t'a fait ça ?

— Hé tout doux, ma belle, qu'est-ce qui te prend ?

— Quel est le petit génie qui a pensé cette robe ? reprend Coco en me faisant tournoyer.

— Une cousette de chez Doucet, elle s'appelle Madeleine Vionnet et elle a de l'idée, n'est-ce pas ?

— Certes, de l'idée, moi j'appelle ça du talent et crois-moi ce n'est pas donné à tout le monde.

Oui ce soir, tout Paris n'a d'yeux que pour moi, tout Paris, sauf Pierre qui regarde ailleurs. Pas si loin mais déjà là-bas, vers le boulevard Montmartre. Au théâtre Antoine, il a réservé une loge pour la saison. On y joue *La Sonate à Kreutzer* et c'est une jolie brune qui tient le rôle-titre. Il paraît qu'elle brûle les planches, moi je dis qu'elle a le feu au cul. Elle est la maîtresse de Lucien Guitry mais apparemment la chose ne lui suffit plus, elle veut de la chair fraîche et du sang neuf, du sang d'aristocrate. Gabrielle Dorziat me fauche mon petit marquis et Louis Blériot met quarante minutes pour franchir la Manche à bord de son aéroplane et rallier la France à l'Angleterre. Un aviateur pour changer la donne, il était dit que moi aussi j'y aurais droit…

8.

Mon aviateur

Tous les peintres mondains se disputent mon visage. Après Paul Helleu, et son portrait imprévu de beige et d'eau de rose, voici Adrien Drian qui me veut absolument. « Je suis l'artiste de l'élégance, le Parisien par excellence », se plaît-il à répéter à qui veut l'entendre, « Jeanne, ensorcelante panthère, vous m'êtes destinée ». Le portrait de Drian est accroché aujourd'hui dans mon dressing de la place d'Iéna. Le portrait de Drian, oui et tous les souvenirs qui vont avec... Pierre encore, Pierre toujours, il est dit qu'il sera Pierre celui qui guérira mon cœur meurtri. Car Pierre ne me quittera jamais plus. Pierre Hély d'Oissel, le baron, mon aviateur. Sa fidélité aura raison de ma fougue et son amour saura apaiser mes angoisses existentielles. Non, toutes mes angoisses. À lui seul, j'avouerai l'Allemand et ses dérives...

C'est chez les Rothschild que je le rencontre la première fois. Même si l'on s'est déjà croisés. Les occasions sont légion et les lieux de débauche foisonnent. Disons qu'il me découvre. Disons que je lui tape dans l'œil. Je ne m'en souviens guère mais lui n'a pas oublié.

Et il se plaît à me le rappeler encore et encore. Que je suis belle et brillante. Que l'on ne voit que moi, mon regard sibérien et mon allure féline. Que mes épaules se haussent dans le plus dédaigneux mouvement d'humeur. Que mon cou se tend désespérément pour gagner quelques centimètres improbables. Et que ce jour-là, il décide de m'épouser. Paroles, paroles, je connais les hommes, le mariage se rit de moi. « Nous sommes des horizontales », me répète Charlotte inlassablement, « que crois-tu chérie, jamais l'un d'entre eux ne nous prendra pour femme. Une épouse, mais quel ennui ! » Oui Charlotte, quel ennui peut-être mais quelle assurance pour l'avenir ! Car le nôtre est bien léger, les premières rides venues, la porte s'entrouvre et le protecteur se faufile, trop heureux de quitter sa vieille maîtresse pour une adolescente prépubère. Je ne me berce pas d'illusions, Charlotte chérie, et mon avenir, je l'écrirai avec un grand A. Et si c'était lui mon avenir, mon aviateur. On l'appelle le baron, moi je ne l'appelle pas, je ne le vois pas encore, l'homme est discret et trop bien élevé.

James de Rothschild, le bienfaiteur de Charlotte, nous a conviées pour le réveillon de cette année 1912. Il envoie une voiture pour nous prendre boulevard Malesherbes. Il fait un froid de gueux et la torpédo Citroën n'a pas de vitres latérales. Nous roulons à toute allure à 35 à l'heure, la Seine est figée dans un manteau d'hermine, l'instant se teinte d'éternité et le chauffeur nous dépose enfin Cours-la-Reine. Je claque des dents, Charlotte a le nez rouge et c'est en courant que nous pénétrons dans l'immeuble cossu, une construction moderne avec un portail Art nouveau qui tend vers le géométrisme. Au dernier étage, la soirée bat déjà son plein. Il y a là les plus grandes putains de Paris, Germaine Nanteuil, Loulou Neris, Clara Tambour, Charlotte Neusillet. Les vieilles taupes sont aussi conviées. Fozane, Émilienne d'Alençon, Liane de Pougy rivalisent de fards et de bijoux. Froufrous de dentelles et satins de soie, rubans de taffetas, cela embaume l'Heure Bleue et Mitsouko, ces dames ont pris en main un cadet rougissant et envisagent son éducation.

— La meilleure de la capitale, s'exclame André Dubonnet enlaçant Germaine.

— Et la plus chère aussi, rétorque Santos-Dumont avec son accent inimitable.

Le richissime Brésilien est terriblement fier d'exhiber auprès de l'illustre assemblée un bracelet-montre conçu par l'horloger Edmund Jaeger à la demande de Louis Cartier, son grand ami.

— Impossible d'attraper une montre dans son gousset quand vous êtes aux commandes de *La Demoiselle*, explique-t-il à Charlotte ébahie.

— La demoiselle ?

— C'est le nom de mon avion, Miss Brighton !

Et tous ces beaux messieurs d'entonner d'une même voix *La Marseillaise* alors que Fozane disparaît dans l'antichambre en compagnie du cadet et de sa vertu. Pierre de Jumilhacq lève son verre à Jules Bonnot et à sa bande, Octave Garnier, Raymond la Science et Simentoff. Cent mille francs de récompense à qui les arrêtera ! Il y a tout un article dans *L'Excelsior* de ce jour. Vols, meurtres, pillages, les bandits en auto ne reculent devant rien. « Champagne », s'écrie James de Rothschild ! On boit à l'amour et la mort, aux filles de joie et aux princes de l'aéronautique. Fonck, Bamberger, Guynemer, Brocard sont les héros de demain mais qui s'en doute en cette folle nuit de liesse. Il y a même un Allemand, je ne connais pas son nom, juste entendu un éclat de rire et ces mots surgis du néant « *vernünftig, still* », je croise le regard de Charlotte, elle lève son verre et s'exclame « à l'avenir chérie, droit devant et jusqu'à l'infini ! » Puis elle vide sa coupe d'un trait, la jette derrière elle et le passé se fracasse dans un cliquetis sinistre. Dix ans déjà, mon corps en porte encore les stigmates. Minuit sonne, les carillons de Notre-Dame rivalisent d'audace avec ceux de Sainte-Clotilde, on trinque à l'époque, cruelle et irrévérencieuse, sensuelle et scandaleuse, un hommage est rendu à la mort héroïque de Benjamin Guggenheim lors du naufrage du *Titanic*, un autre à la comtesse de Clermont-Tonnerre pour son fameux Bal persan, le baron ne regarde que moi mais ce soir-là, je n'y suis pour personne, égarée dans les souvenirs barbares d'une enfance bannie à jamais.

Le destin ne déclare pas forfait. Jamais. Le destin est malicieux. Guilleret. Il est dit que Pierre Hély d'Oissel entre dans ma vie et il s'y précipite à la faveur d'un nouveau scandale. Nous sommes le 29 mai 1913, le théâtre des Champs-Élysées vient de rouvrir ses portes. Flambant neuf, pour un spectacle dont on assure qu'il va ravir le tout Paris. Ce soir, c'est la première du *Sacre du Printemps*, un ballet en deux tableaux composé par Igor Stravinski pour les Ballets russes de Diaghilev. Nous sortons entre filles, ma copine Coco Chanel et moi, besoin de respirer un peu, d'oublier nos amoureux, légèreté et désinvolture sont au programme de la soirée.

— Joli garçon, n'est-ce pas, murmure à mon oreille Coco, bien sûre d'elle depuis qu'elle a ouvert sa boutique grâce au don généreux de son richissime amant britannique.

— Qui ça, Diaghilev ?

— Mais non idiote, Igor, là au quatrième rang d'orchestre !

Mais je ne regarde pas Stravinski, attirée que je suis par cet homme à l'expression altière, au front haut et à la tempe délicate, cet homme qui se penche en avant et me salue bien trop cérémonieusement. Je ne suis guère accoutumée à tant de courtoisie, il me traite comme une dame, c'est loin de me déplaire. Je lui rends son sourire en me demandant bien qui peut-il être ? Mais une musique féroce s'élève. Elle arrache l'oreille, ses accords se répètent et se répètent encore. Cuivres et percussions alternent et bouillonnent dans un fracas d'enfer. Les danseurs se prêtent à un cérémonial saccadé, presque tribal. C'est alors qu'un vacarme épouvantable monte des corbeilles, rires et moqueries envahissent l'espace, le public se met à injurier Stravinski, la vieille comtesse de Pourtalès quitte sa loge livide, une élégante crache au visage d'un danseur, Ravel hurle au génie, Coco a disparu, je cherche l'homme au regard bienveillant mais je ne vois qu'une foule de sauvages s'étripant sous une mer houleuse de diadèmes. Gabriel Astruc, le directeur du théâtre, ordonne d'allumer puis d'éteindre les lumières pour calmer l'assistance, au premier rang la mère de Nijinski s'est évanouie, « je vous en prie, laissez achever le spectacle », crie ce dernier debout dans sa loge, Cocteau applaudit, je me retourne et... l'homme est là, il s'incline, baise ma main, me sourit avec une tendresse infinie et s'assied à mon côté. Je me sens apaisée, comme si rien de néfaste ne pouvait m'atteindre. Je ferme les yeux, lui aussi. Le solo de l'Élue est d'une beauté à couper le souffle, le silence s'est fait dans la salle, celle qui va être sacrifiée subjugue son public, beauté, force et puissance, Pierre Hély d'Oissel serre toujours ma main alors que nous nous levons pour faire un triomphe au *Sacre du printemps*.

9.

Guerre

Je déménage au tout début de l'année 1914. Le baron a des principes et non des moindres. Il décide que ne je serai pas entretenue par deux Pierre en même temps et j'abandonne l'impasse Georges-Ville pour la prestigieuse rue des Belles-Feuilles. Au numéro 79, juste en face de la Fondation Thiers. Une fois de plus, me voici installée. Une fois de plus, je suis seule entre quatre murs. Mondaine jusqu'au bout des ongles, entretenue jusque dans les moindres détails. D'un appartement aux nobles proportions, je fais un lieu d'une folle beauté. Après la profusion des volutes Art nouveau, ma préférence va à une certaine géométrie dans les formes et une rigueur dans le classicisme. Ma chambre se veut monacale, immaculée, mais frappée d'une touche d'exotisme, une peau de léopard repose négligemment sur une méridienne Directoire au bout de mon lit. Dans le grand salon, des fauteuils club autour d'une table basse rectangulaire à angles cassés et cette petite chose qui me suivra toute ma vie, minuscule commode Louis XV en laque rouge sur laquelle repose un moulage de la tête de Néfertiti, cadeau de mon aviateur au retour d'un de ses nombreux voyages.

La façon dont les objets sont disposés témoigne de la sérénité du lieu et pour la première fois de la mienne, j'ai envie de me reposer et de ne plus penser à rien, juste oublier. Les portraits d'Adrien Drian et de Paul Helleu couvrent les murs, suivis bientôt par ces dessins de mes amis artistes, Berthe Morisot, Renoir, tiens celui-ci est un nu couché par van Dongen, je me souviens, oui, évidemment, c'est moi qui pose, Isadora Duncan, jalouse comme une tigresse, lui a d'ailleurs fait une scène mémorable !

Pierre de Quinsonas a définitivement quitté ma vie. On dirait que nos chemins se sont séparés. Il faut dire que je ne fréquente plus guère les lieux de plaisirs. On me dit que Pierre continue à courir la petite actrice de boulevard, et sa mère s'arrache les cheveux à vouloir le marier en dépit de lui, en dépit de tout. C'est Coco qui me raconte tout cela, Coco, espèce de pie bavarde. Elle a tiré un trait sur sa vie d'avant et vit le grand amour avec Boy Capel, elle se voue à sa maison de couture et à sa nouvelle boutique de Deauville. Quant à Charlotte, elle s'enthousiasme pour un lord anglais, extrêmement riche et veuf de surcroît. Elle aussi semble avoir trouvé une certaine sérénité, peut-être que nous vieillissons... « Absolument pas », s'écrie Charlotte, « nous sommes toujours jeunes et belles, mais les hommes qui nous aiment sont honorables et pour la première fois, nous avons envie d'y croire ». Envie d'y croire, certes.

Je suis toute à Pierre. Nous avons le même âge exactement. Il est du signe des gémeaux, un caractère que celui-là, charmant, artiste mais soupe au lait, surtout ne contrariez pas mon aviateur, il risquerait de sauter immédiatement dans son engin et ne s'en plus revenir. Car mon amour est une sacrée tête de cochon ! Autant Pierre de Quinsonas était frivole, autant Pierre Hély d'Oissel est rassurant. Il est sorti major de sa promotion de l'école des Mines en 1910 et depuis, il se consacre à l'aviation. C'est très pratique l'aviation, Villacoublay est à vingt kilomètres à peine de Paris et Pierre reste présent à mes côtés. Il réside rue de la Manutention, le long des jardins du Trocadéro. Sa Rolls-Royce Silver Ghost fait de moi la femme la plus chic de Paris. Mais pas question de me sortir au golf de Chantilly ou de m'introduire auprès de sa famille. Ah la famille de Pierre ! Il paraît que sa mère s'étouffe rien qu'en entendant prononcer mon prénom, quant à son père, il a déclaré forfait depuis longtemps et préfère trinquer au nouveau roi d'Albanie Guillaume de Wied, puisse Dieu le préserver des musulmans ! Champagne pour M. le Baron, il faut dire que Madame est née Roederer ! Pierre a les yeux clairs et doux de l'homme d'honneur. Des cheveux châtains plaqués en arrière et cette nonchalance qui masque l'intégrité. Il est très grand, et je me fais l'effet d'être une poupée à ses côtés. Narquois, impassible, il possède l'éducation et le charme désuet qui s'en échappe. Il dit que ma blondeur le séduit, mon regard très bleu l'égare, mon profil aquilin le fascine. Il dit que mon corps de garçon manqué le comble, que ma froideur est toute relative et cache une grande timidité, il dit qu'il ne sait pas si je suis très belle ou simplement excitante. Il dit que je suis une petite fille mal embouchée et qu'il se fait fort de faire de moi une femme heureuse et épanouie. Heureuse, chéri, je n'en demande pas tant, mais respectable, de grâce mon amour. Remonter la nef de l'église la tête haute, croiser le regard de Dieu et l'accepter au fond de mon cœur pur et sans péché. Respecter les sacrements, renier l'adultère et croire au mariage. Oui, Pierre, croire au mariage, un jour te donner un enfant. Peut-être. Peut-être pas... il n'est pas encore temps.

Ce soir, nous dînons chez Maxim's. Hugo, le plus stylé des maîtres d'hôtel, m'a retirée de ses tablettes. Ces messieurs en quête d'aventures illicites connaissent parfaitement les petits carnets d'Hugo. Ils renferment les performances des plus grandes cocottes de Paris : Gaby Deslys : mille francs pour quinze minutes, Charlie Brighton et Pan-Pan Toussaint : R.A.F., « rien à faire ». Belle de Neuilly : Y.M.C.A : « ya moyen coucher avec »... Non, je suis dorénavant lancée et sous la protection exclusive de Pierre Hély d'Oissel. Tiens, qui est ce petit gars rougeaud qui fait signe à mon amour ? « C'est le "petit-sucrier" Lebaudy, le roi de la spéculation », me dit Pierre, « viens approchons-nous, l'homme est déplaisant, mais on ne peut pas faire autrement ». Max Lebaudy nous accueille à sa table et nous présente celui qui lui fait face, un certain Louis Cartier... Cigarettes, gin, champagne, on évoque l'assassinat de Calmette et la poudrière des Balkans. Pierre part dans une diatribe sur le traité de Bucarest et la guerre qui s'annonce, inexorable. Lebaudy le traite de fou furieux et voici ces deux-là engagés dans une discussion enflammée !

J'en profite pour me tourner vers M. Cartier. Il porte un œillet à la boutonnière et ses rêves au fond d'un regard bleu pâle teinté de brume, presque évanescent. Il remarque mon collier de chien, dentelle constellée de brillants sur monture platine et je lui avoue que je suis cliente chez lui. Alors il me raconte le style guirlande. C'est en puisant dans les recueils d'ornements du XVIIIe siècle que Louis Cartier a trouvé son inspiration. Depuis, il encourage ses dessinateurs à se promener dans Paris, la tête en l'air, les yeux au ciel, à la recherche de tel ou tel détail architectural qu'ils recopient immédiatement dans leur carnet de croquis. Il suffit d'observer les maisons du faubourg Saint-Germain, elles s'enorgueillissent en leur fronton des plus merveilleux joyaux. Il parle aussi de la Russie des tsars et de Fabergé, le plus grand des joailliers. Il parle de son frère Jacques qui s'en revient des Indes où il est allé quérir les plus belles perles et qui a trouvé là-bas des femmes habillées de sacs ambulants, des femmes dont on ne voit que les yeux. « Ah, mon cher ami », lui aurait avoué le vice-roi lord Curzon, « l'Inde, cette grande inconnue, la plupart des gens connaissent mieux la lune ». Il parle du roi Édouard VII qui s'est fait ouvrir une nuit la boutique de la rue de la Paix pour que Mrs Keppel puisse choisir à son gré un diadème orné de sept diamants poires montés à l'intérieur d'un entrelacs d'ovales en diamants ronds. Il parle des maharadjahs, de leur relation faite de curiosité et d'admiration réciproques. Il parle de son frère Pierre qui cherche désespérément une boutique à New York. Il parle et je le regarde et je me demande et je me reprends et… Alors il me remet une invitation pour l'exposition d'une collection unique de perles et de bijoux de décadence antique qui a lieu le mois prochain. C'est une merveilleuse aquarelle qui représente une femme dans une élégante robe de Poiret, une panthère noire accroupie à ses pieds…

— « La Dame à la Panthère » a été imaginée par mon dessinateur Georges Barbier, il semblerait qu'elle vous ressemble…
— Seriez-vous visionnaire, monsieur Cartier ?
— Non, mais je crois aux signes, mademoiselle.
— Je vous en prie, expliquez-vous.
— On vous appelle la Panthère, c'est de notoriété publique. Nous sommes le 13 mai et le chiffre 13 me poursuit. Nous sommes amenés à nous revoir, je le sais.
— Le chiffre 13 ?
— Oui, la boutique est au 13, rue de la Paix, je possède 13 dessinateurs et 13 comptables, 13 secrétaires et 13 garçons de magasin.
— 13 maîtresses ?
— 13 brevets royaux !
— C'est mieux, bravo.
— N'oubliez pas mademoiselle, nous nous retrouverons, dit Louis Cartier en s'inclinant pour me saluer avant de disparaître avec une démarche souple et féline.
— Il pourrait dire au revoir tout de même ! s'exclame Lebaudy, complètement ivre et boursouflé.
— Louis Cartier est connu pour son mépris du qu'en-dira-t-on, c'est tout à son honneur, assure Pierre en se levant à son tour.

Las d'une soirée troublante et des événements tragiques qui s'annoncent, nous rentrons chez moi. Dans la Rolls, je laisse ma tête rouler contre l'épaule de

Pierre, il m'attire contre lui, et me serre dans ses bras comme s'il voulait m'empêcher de tomber, il dépose un baiser sur mes cheveux et sa voix douce glisse dans mon oreille…

— Ne me quitte pas, Jeanne.
— Mais…
— Je t'aime…
— Pierre, je…
— Ne dis rien, ma chérie, reste là, tout contre moi, rien ne peut nous arriver, plus maintenant.

Je m'abandonne contre mon amant, ferme les yeux et feins d'ignorer le nuage noir et menaçant, là juste au-dessus de nous…

Malgré l'avis pertinent de Max Lebaudy, la guerre finit par éclater. Elle sonne les funérailles de la Belle Époque. Notre époque ! En cette fin d'après-midi de juillet 1914, Charlotte, fébrile, dévore les dernières pages de *L'Illustration*. On y évoque le voyage triomphal du président Poincaré en Russie. On y rapporte aussi l'attentat du 28 juin à Sarajevo contre l'héritier d'Autriche, l'archiduc François-Ferdinand. L'Autriche-Hongrie s'apprête à dévorer la Serbie, laquelle est protégée par la Russie à qui la France et l'Angleterre apportent leur concours. C'est le jeu des traités d'alliance, on avale petit mais voilà les gros qui s'en mêlent et c'est l'horreur qui se précipite au grand galop. « On est foutu, chérie, s'écrit Charlotte, c'est la guerre mondiale et le glas de tous nos plaisirs, c'est décidé, je file à Londres, viens avec moi. » Je refuse d'emblée, je ne laisserai pas Pierre face à l'horreur. Je veux être à ses côtés quand il a besoin de moi. Et puis Londres, quoi, mais cela serait un abandon pur et simple, un camouflet, non ma place est auprès de lui. Charlotte tempête, trépigne et menace mais rien n'y fait, je reste.

— On dirait bien que tu l'aimes celui-là, fait-elle en soupirant.

— Et toi qui cours derrière ton lord anglais, tu es mal placée, ma belle, pour me déclarer la guerre des sentiments.

— Cela n'a rien à voir, lord Whitcomb est un gentleman qui veut ma sécurité.

— Ah ! la sécurité de Charlie Brighton !

— Hum, on dirait bien que ma petite sœur a pris de l'assurance et qu'elle est prête à voler de ses propres ailes…

— Oui Charlotte, je crois savoir dorénavant quelle route élire et quelle autre maudire, mais il n'empêche, sans toi, oh ma chérie, sans toi je suis perdue. Reviens vite, dis-je en me précipitant dans ses bras.

— Qu'est-ce que tu crois, bécasse, je ne t'abandonnerai jamais, je suis chargée de famille que diable !

Et Charlotte file à Dieppe avec malles et femme de chambre pour embarquer sur le premier *steamer* à destination de Newhaven. Elle m'écrira plus tard que la diligence envoyée à sa rencontre sur le sol anglais par lord Whitcomb ne suffit pas à contenir tous ses effets. La France et son élégance !

Pierre est appelé sous les drapeaux. Il fait partie de cette escadrille d'élite dont les appareils sont ornés d'une cigogne. Les as de l'aviation française, la N.3 ! Il est engagé dans des offensives aériennes sur l'Alsace et les Vosges et je n'en finis pas de trembler. Un seul mot d'ordre : percuter les Zeppelins ! Villacoublay reste la première base militaire, après chaque journée de combat, c'est dans mes bras que mon aviateur vient chercher réconfort et tendresse. Il est animé d'une fougue et d'une ardeur peu communes. Pierre vit aujourd'hui comme s'il devait mourir demain. Dans une boulimie de plaisirs et de souffrance, il m'aime, me sort, me couvre de bijoux. « Épouse-moi. » « Non chéri. » Abattu sept fois, il repart toujours plus combatif. « J'appartiens aux Cigognes, se plaît-il à répéter, l'unité de chasse la plus victorieuse des ailes françaises. » Après la victoire de la bataille de la Marne – « tu parles d'une victoire », dira mon héros – l'escadrille de Pierre est déployée en Champagne. Fonck, Brocard, Rose, Guynemer, tous les copains sont là. En ces temps troubles, mes pensées voguent souvent vers Pierre de Quinsonas. Comment mon fanfaron vit-il la guerre ? C'est Charlotte, dans une missive parfumée, qui me donne de ses nouvelles. « Il a été vu pour la dernière fois à Londres, au printemps », m'écrit-elle, « il remportait alors un prestigieux match de polo et s'en allait fêter sa victoire en compagnie de Gladys Deacon, duchesse de Marlborough, et de sa sœur la princesse Radziwill. Tu vois, il ne changera jamais », conclut Charlotte avant de se répandre en mille *kisses* et autres *best wishes*.

Je n'en finis pas de m'inquiéter. La guerre, cette infamie... Bataille de la Somme, Lorraine, offensive en Champagne, les pertes sont lourdes à chaque fois et je tremble de ne pas voir me revenir l'homme que j'aime. Pendant la bataille de Verdun, Pierre est gravement blessé mais reprend l'air avec le grade de capitaine et le surnom honorifique d'As des As. Décoré par le Président Poincaré, Pierre est fait chevalier de la Légion d'honneur et reçoit la croix de guerre. Je ne suis pas conviée à la réception. « Indésirable », a murmuré Madame Mère sans desserrer les dents. Je me sens offensée, bien misérable et je m'en ouvre à Coco Chanel qui débarque un matin à l'improviste.

— Tu t'attendais à quoi, Jeanne ? Horizontale tu es, horizontale tu resteras ! En dépit des belles paroles de ton petit baron. Nous vivons une époque monstrueuse. Je suis venue te dire au revoir, je pars, adieu ma jolie !

— Où vas-tu Coco ?

— À Biarritz, ouvrir une boutique, grâce à Boy. Et cette fois-ci, c'est décidé, je raccourcis les jupes, je supprime la taille et je libère le corps de la femme.

— C'est merveilleux, bravo ma belle, tu vas gagner ta médaille pour la postérité !

— Je t'emmène, Jeanne, viens avec nous.

— Non, je n'abandonne pas Pierre.

— Idiote !

— Ma sœur m'a dit la même chose avant de s'exiler en Angleterre.

— Tu es bien trop sentimentale Jeanne, cela te perdra, s'exclame Coco avant de se retirer.

Sentimentale, peut-être bien… Malgré la guerre, Paris vit dans un climat d'élégance et de frivolité, tous les soirs Maxim's fait salle comble et les permissionnaires exorcisent l'horreur des combats dans les cabarets des grands boulevards. On vit aujourd'hui comme si l'on allait mourir demain, profitant intensément du temps qui passe. Rires, souffrances, légèretés.

On ne parle que de la dernière montre imaginée par Louis Cartier, la Tank, dont le bracelet a été inspiré par les chenilles de ces machines de guerre. Il paraît que le colonel Pershing lui-même en porte une à son poignet. Raspoutine a été assassiné et l'on dit que les instigateurs du complot sont le prince Youssoupov et le grand-duc Dimitri, deux figures essentielles de notre monde, l'un a entretenu ma sœur pendant plusieurs mois, l'autre fut le protecteur de cette garce de Gaby Deslys. Mistinguett triomphe aux Folies-Bergère, collier quadruple rang en sautoir, plumes d'autruche, aigrettes et boas, Misia Edwards reçoit le Tout-Paris dans sa bonbonnière du quai Voltaire et quand les sirènes s'élèvent dans le ciel de la capitale, Jean Cocteau, depuis l'appartement maternel du 10 de la rue d'Anjou, soupire : « C'est encore quelqu'un qui aura marché sur le pied de la tour Eiffel, elle se plaint... »

10.

Mort

13 janvier 1917. Aujourd'hui j'ai trente ans. Toujours cantonné à Verdun, Pierre trouve le moyen de me téléphoner.
— Chérie, as-tu un fleuriste attitré ?
— Oui, Cartier !

Ne me jugez pas trop vite, ne condamnez pas cette excessive frivolité. Pierre, mon amour, mon aviateur, vit les heures les plus sombres de son existence. La guerre a pris une tournure qu'aucun gouvernement n'aurait imaginée aux premiers jours du conflit. On s'enlise et on apprend à vivre avec. À vivre dedans. Englué dans la boue des tranchées. Des souvenirs pour seul avenir. Qu'en sera-t-il du prochain assaut ? Il n'amènera pas de possession supplémentaire, on le sait. On dit que certains soldats se révoltent et se mutinent. On parle de comportements bestiaux et d'instinct de survie. Les Cigognes sont de toutes les attaques. Depuis que les avions ont été munis de mitrailleuses, je tremble pour la vie de mon héros. Il pilote sa machine infernale, et derrière lui un observateur doit tirer à travers l'hélice. Qui a parlé de combats, il s'agit là de véritables duels ! Les as sont les héros de cette guerre, ils dynamisent le moral des poilus. Pierre est une gloire nationale, je suis si fière, je lui dois cette désinvolture, entretenir la mémoire de la douceur et préserver la beauté. Mon officier, mon amour, reviens vite, je me sens bien seule.

À Paris, il y a de moins en moins d'autos et de plus en plus de fiacres, estime Paul Morand, le jeune attaché d'ambassade. Les restrictions alimentaires frappent même les endroits chic. Chez Ferrari, magasin de cocagne, on ne trouve plus de jambon de Parme, de caviar, d'olives farcies ou de nougat de Cremone. Plus d'huîtres chez Prunier et les merveilleux tziganes ont déserté Durand. Chez Maxim's, on pique-nique le soir dorénavant, et c'est fort plaisant, on a l'impression d'être des aventuriers échoués dans un monde qui ne veut pas de nous, mais on s'adapte et le champagne est frais, *cheers* ! La valse des plaisirs n'en finit pas de tourbillonner.

J'obtiens enfin des nouvelles de Pierre de Quinsonas. Tout va bien, je suis rassurée. Mon petit marquis est affecté à un poste d'observation pour aider à régler les tirs de l'artillerie. Tous les soirs, il est cantonné à Villacoublay. Il paraît que cette fois-ci, il va y passer, le mariage a été décidé. La fille de la duchesse d'Uzès sera marquise, c'est donc ainsi. Pierre a profité de ses fiançailles pour s'acheter une conduite. Littéralement. Jean Cocteau me dit qu'il a revendu sa maîtresse, Yvonne Printemps, à Sacha Guitry. « Cette jeune personne qui porte le nom d'une saison courte, très courte », poursuit-il. Misia Edwards s'est installée à l'hôtel Meurice. Elle y a transporté ses cristaux, ses laques et son précieux cadre rococo. Nous déjeunons là-bas avec son amant José Maria Sert et Loche Radziwill. Sert raconte que Jacques de Zogheb vient de perdre sa femme et qu'il est inconsolable. Il paraît qu'il l'a fait embaumer et placer dans un cercueil de verre. Puis il prie l'illustrateur Dulac d'en faire un croquis. Il l'invite à dîner, le cercueil fait office de centre de table !

Je croise M. Boldini au Ritz. Quel petit homme au visage ingrat. « Le petit Monsieur Boldini qui n'a pas grandi », Cocteau toujours... Il insiste absolument pour faire mon portrait, il dit qu'il l'exposera au Salon, l'an prochain, et me voici à courir jusqu'à son atelier du boulevard Berthier. Je pensais qu'il peindrait ma tête seulement et je m'étais habillée très simplement avec un de ces ensembles de jersey créés par Coco. Or l'artiste me représente de trois-quarts, le visage appuyé sur une main et l'autre main sur les genoux. Je regrette de ne pas m'être faite plus élégante mais le pinceau de Boldini donne un tel mouvement à la marinière que le Tout-Paris s'enthousiasme pour cette nouvelle matière et la griffe Coco Chanel est lancée.

Le général Nivelle vient d'essuyer une défaite au Chemin des Dames. Les États-Unis de M. Wilson, entrent en guerre à nos côtés le 6 avril. Il faut venger les morts du *Lusitania*, s'écrient les Américains. « Cela dynamise les troupes françaises », m'affirme Pierre, un soir de printemps, sa tête posée sur mes genoux. Le repos de mon guerrier ne dure que de brefs instants crépusculaires et le voici à nouveau sur le front de l'Est. Le général Pétain a remplacé Nivelle et l'on parle d'un débarquement imminent. Je tremble pour mon amant, mais que sera demain ?

Nous sommes le 19 mai, ce soir les Ballets russes proposent *Parade*, argument de Cocteau, musique d'Erik Satie, décors et costumes de Picasso, chorégraphie de Massine, le tout supervisé par Sergei Diaghilev. « Étonne-moi », avait dit Diaghilev à Cocteau, c'est le public qui est étonné, disons même carrément assommé devant le futurisme des premiers cubistes. Les Parisiens hurlent au sacrilège. Sifflets, insultes et tumultes dans la salle comble. Une femme retire l'épingle de son chapeau et se rue sur les artistes pour leur crever les yeux, c'est Apollinaire en uniforme et bandeau de grand blessé sur le front qui s'interpose. Marie Laurencin n'est jamais très loin. Dans une loge de côté, j'aperçois Louis Cartier qui me salue cérémonieusement, il a l'air perplexe et tente de se frayer un chemin jusqu'à moi. Il est obligé d'escalader les fauteuils de balcon et parvient enfin à me rejoindre. Quel charivari ! Nous rions comme deux enfants pris en faute. « Allons prendre un verre chez Maxim's », s'écrit-il enthousiaste.

Louis Cartier est attentionné et séduisant. Les putains du soir frétillent à son entrée mais on ne saute pas sur un homme accompagné. Charmeur, sûr de lui, il est de la race des seigneurs, des Fabergé et des Fulco di Verdura, et les serveurs s'inclinent pompeusement sur son passage. On l'appelle le Roi-Soleil dans la maison, explique-t-il en riant. Mais son sourire se fige et je comprends que rien ne lui résiste. Il me dit que *Parade* le laisse sceptique mais il a adoré le vacarme occasionné. Il trouve que les femmes s'émancipent, elles coupent leurs cheveux, balancent corsets et baleines, cela lui plaît. Il aime mon allure de liane longiligne, de coquine garçonne, et cette subtile élégance qui est la mienne. Il prétend que la finesse de mes chevilles le rend dingue, que mon regard bleu le fascine et plus que tout il adore mes bracelets plats et mon sautoir de perles. J'éclate de rire, et rétorque « Cartier évidemment ». Il a déserté son appartement de l'avenue Marceau et réside au Ritz ces temps-ci : « La guerre, que voulez-vous, jolie Jeanne, la guerre… » Car Louis est réformé, un cœur fragile et les séquelles d'un accident de voiture avec son torpédo Rolls-Royce un soir d'avril au bord du lac Léman. Non, Louis n'était pas seul, ni tout à fait divorcé, on a étouffé la chose et payé la dame grassement. La dame, pas vraiment une dame. Louis raconte la dernière prouesse de son frère Pierre à New York ! Il vient de réussir le coup du siècle en échangeant son collier de perles le plus précieux contre l'immeuble prestigieux du banquier Morton Plant, au croisement de la 5ᵉ Avenue et de la 52ᵉ rue. Un splendide palais style Renaissance de six étages datant du début du siècle.

— Et le collier ? demandé-je.

— Deux rangs de 55 à 73 perles que Pierre a mis des années à réunir. Je l'estime à un million de dollars.

— J'imagine que c'est Mrs Plant qui a mené à bien la transaction !

— Cette chère Maisie, effectivement, c'est un vrai requin, répond Louis en souriant.

Louis, Pierre et Jacques leur petit frère, celui-là même qui est installé à Londres, se sont juré de devenir les plus grands avant même d'atteindre la trentaine. Le roi des joailliers, le joaillier des rois, mais qui avait dit cela déjà ? Édouard VII, bien sûr, « mon très cher père », crie sur tous les toits Olga de Meyer avant d'éclater en sanglots et de se répandre sur la fin trop précipitée du monarque anglais.

— Est-ce vrai, me demande Louis, Olga de Meyer est-elle véritablement la bâtarde du défunt roi ?

— On le dit, mon doux prince, on le dit...

Il me raccompagne jusqu'à la rue des Belles-Feuilles. Louis est l'un des rares à disposer encore d'une automobile en ces temps troubles et je me grise de vitesse, fendant l'air dans sa Rolls Silver Ghost, debout, les bras tendus formant le V de la victoire tant désirée. Oh, cet homme est un ensorceleur, sa séduction est autant physique qu'intellectuelle, tout ce qu'il dit m'enchante, l'opposition qu'il prévoit dans ses futures créations, l'apport des rubis et toutes les gammes du corail opposées au sombre onyx et au rose laiteux des perles. Et sa fascination pour le XVIIIe siècle, son attirance pour les arts de l'Islam, et cet Extrême-Orient secret et envoûtant. Je sens s'affronter en moi envie et désespoir, amour et culpabilité, désir et regret, tout s'entrechoque, et se déchire. Des cabochons de rubis se fracassent sur des rochers d'émeraude, je vois des pampilles de perles, d'or et de pierreries émerger d'une corne d'abondance ornée d'émaux et de cristaux, je m'égare dans la beauté et comprends que mon avenir est là au milieu des boules de turquoise et des saphirs facettés, des broches en brillants et des sautoirs tressés. Louis prend mon visage entre ses mains mais je le repousse fermement.

— Il y a une telle réserve chez vous, Jeanne, tout marivaudage serait-il donc interdit ?
— Il semblerait, Louis, pardonnez-moi.
— Mais pourquoi ?
— Il y a un autre homme, je suis désolée.
— Oui, Jeanne, il y a un autre homme, c'est moi !

Alors je me sauve en courant, laissant retomber derrière moi la lourde porte de l'immeuble. Cet homme-là, c'est lui, je le sais et cela me bouleverse. J'entends la Rolls démarrer, il est parti, oui tout marivaudage est définitivement interdit. Pierre, mon bel amant, reviens vite car ce M. Cartier pourrait bien faire voler notre amour en éclats. « Tiens-toi éloignée de lui », m'écrit Charlotte depuis sa maison en stuc de Mayfair, « et viens me voir, cela te changera les idées et t'évitera de commettre quelque folie regrettable ! » Coco Chanel est plus catégorique encore, elle m'appelle de Biarritz : « Cet homme est un prédateur, il te prendra et te jettera sans plus de façons et pendant que nous sommes dans les confidences, sois bien aimable de ne pas t'approcher de Boy Capel. » Je n'ai jamais touché à l'amant anglais de Coco, mais la jeune femme se fait tigresse quand il s'agit de protéger son grand amour !

Tout le monde ici pense désormais que les Alliés tiennent le bon bout alors que les Allemands essaient de s'en sortir sans trop de pertes. Je m'attends à ce que Pierre me donne de ses nouvelles très prochainement. Et les nouvelles arrivent mais elles concernent mon petit marquis, mon premier amour, celui qui fit de moi la dame de ses plaisirs. Il doit se marier dans quelques jours à Sainte-Clotilde, tout Paris est convié, tout Paris sauf moi. Quelle importance ! Ma vie a changé, Pierre restera à jamais dans mon cœur, c'est vrai mais il est associé à ma jeunesse, à l'insouciance de la Belle Époque. Aujourd'hui, j'ai mûri, la guerre est passée par là, la guerre, non un aviateur plutôt et quelque chose qui se rapproche plus de l'amour que de la passion.

Pierre de Quinsonas a certains principes, il souhaite m'honorer d'un au revoir avant de s'agenouiller devant Notre Seigneur. C'est ce qu'il écrit dans une lettre déposée ce matin par un employé de la maison Cartier, un pli bien serré avec un paquet cacheté... « Chérie, voici pour le souvenir de nos jeunes années, je ne t'oublierai jamais, qu'est-ce que tu crois, beauté ! Je passe demain matin, en frac et chemise Charvet, pour que tu me voles ma virginité ! » Ce garçon est un fou furieux, il ne grandira jamais. Un étui en maroquin rouge que je connais bien. Je l'ouvre avec précaution. C'est tout un cérémonial que de découvrir un bijou. Qui plus est, un cadeau d'adieu. Qui plus est, Cartier... Un vanity panthère s'offre à mes yeux émerveillés. Un vanity émaillé noir sur or, bordures diamants taillés en rose. Sur le couvercle, une panthère miniature en onyx et diamant, une panthère à l'affût entre deux cyprès d'émeraude bien symétriques sous un soleil de rubis. L'animal entier est représenté, je n'en ai jamais vu de tel, c'est tout simplement sublime. Et l'étui à cigarettes assorti. Mon dernier cadeau, mon premier amour, je souris béatement, les souvenirs s'engouffrent, cela me fait un bien fou. La kermesse à Bruxelles, les cafés malfamés de la place Ferrer, la gueuze lambic qui moussait dans les chopes en étain. Et l'hôtel Métropole, le cousin Paul, la diligence qui fait route vers Paris et l'appartement de l'avenue du Bois… Pierre ou le plaisir, Pierre ou la folie, Pierre ou les éclats de cristal d'une vie fracassée…

Car on ne l'attendait plus, personne ne l'a conviée, mais pourtant la mort s'est imposée. Et j'ai si froid soudain, si froid… C'est Jean Cocteau qui me prévient par téléphone. Il vient de l'apprendre, incidemment, par une cruelle indiscrétion. Jean prend le thé au Ritz avec Darius Milhaud. Il y a là la duchesse d'Uzès qui semble très affairée. L'homme de lettres s'approche de la gente dame pour la saluer. Elle lui explique qu'elle a rendez-vous avec les Quinsonas pour la présentation des bijoux à la famille. Tout est prêt et installé dans une suite sous bonne garde, le mariage est prévu pour le 28 juillet et la duchesse ne sait plus où donner de la tête. Les Quinsonas se font attendre, Mme d'Uzès s'énerve, elle croise la duchesse de Rohan qui passe avec un sourire coincé – ces dames se battent pour la présidence des Bonnes Œuvres – mais voici le « confesseur du Tout-Paris » qui se précipite, l'abbé Mugnier lui-même, il s'évente avec son chapeau plat et parvient jusqu'à la duchesse tout essoufflé. Il s'affale à ses pieds et s'écrie :

— Il est mort, Pierre de Quinsonas est mort, fauché dans sa grande jeunesse, la famille est effondrée…

— Comment, mais comment, quel affront, s'étouffe Mme d'Uzès, ma fille, je ne comprends pas, ma fille…

Et l'abbé de narrer avec moult détails et sous le sceau du secret, la mort troublante de l'héritier. Le jeune homme se prêtait à certains jeux singuliers avec ses amis aviateurs. Ils se prenaient pour les chevaliers des temps anciens mesurant leur force lors d'un tournoi des plus étranges. Acrobaties aériennes, grand huit et trompe la mort ! La grande idée étant pour l'un d'entre eux de courir sur la piste de Villacoublay. Surgissait alors un autre, aux commandes de son petit avion. Il poursuivait le coureur, s'abattait sur lui, l'obligeant à se jeter à plat ventre par terre et, au tout dernier moment, redressait son appareil et effectuait un looping parfait. Tournoyer, virer, piquer, rétablir ! Avec vitesse et grâce ! Dextérité et fantaisie ! Le but, pour le coureur, étant de rester debout le plus longtemps possible ! Le but pour l'aviateur étant de raser le sol ! Mais ce matin, une pluie torrentielle est tombée sur l'aérodrome au moment même où l'avion a surgi derrière le coureur. Les essuie-glaces ne marchant pas, le pilote n'a rien vu, une bourrasque a fait basculer l'appareil, le pilote a mis les pleins gaz pour redresser, mais trop tard, il a frôlé le coureur et lui a brisé la colonne vertébrale d'un coup d'hélice. Pierre de Quinsonas est mort sur le coup. C'est un avion Voisin qui l'a frappé. Ensuite, cela a été de mal en pis, le terrain s'est transformé en bourbier, l'ambulance s'est embourbée mais il n'y avait rien à faire de toute façon. « Stupéfiant, je vous l'accorde, conclut l'abbé, naturellement, cela reste entre nous, il y aura une version officielle beaucoup plus en accord avec les temps troubles que nous traversons. Oh, ils ne jouaient pas d'argent, précise le saint homme, c'était juste pour le plaisir. »

Le 24 juillet, en l'église de la Madeleine, on enterre Pierre en grande pompe. Tout Paris, naturellement. Honneur est rendu au jeune homme mort tragiquement en service commandé le 22 juillet 1917. On lui remet à titre posthume la croix de guerre...

Pierre chéri, je suis dans le fond de l'église, petite souris grise noyée dans mon chagrin. Tu parles d'une église, si grande et impersonnelle que même Dieu semble avoir du mal à trouver sa place. Charlotte est revenue de Londres pour être à mes côtés. Elle n'allait pas me laisser affronter ta mort toute seule. Comme elle t'a maudit, si tu savais, comme elle te maudit encore.
— Avec lui, on passait toujours du rire aux larmes, il n'y avait pas de juste milieu, tu vois, Jeanne, tu pleures encore !
— Toi aussi, dis-je en sanglotant.
Même Charlotte ne peut retenir ses larmes, elle me serre dans ses bras et me berce comme un bébé. Oh Pierre, il fallait donc que tu joues les fanfarons jusqu'au bout ! Mais quelle bêtise que cette mort, et quelle violence que cette vie-là ! Pourquoi brûler ainsi ta jeunesse, cette liberté que tu chérissais tant et qui t'a mené à commettre les pires erreurs... Mais qu'avais-tu besoin, Pierre, c'est tellement toi. Tout ça pour ça, le chic de la désinvolture !

Yvonne Printemps, Gaby Deslys, Olga de Meyer, Liane de Pougy devenue comtesse Ghika depuis peu, elles sont là les cocottes de la Belle Époque, leurs joyaux pour toute vertu, défiant la haute société qui fait mine de ne pas les connaître. Petit prince des filles de joie, maréchal des logis. Oh, mon chéri, cela t'aurait bien fait rire, maréchal des logis, croix de guerre, te voici un héros pour la postérité. Que dis-tu, chéri, parle-moi, cela fait si longtemps, tes yeux clairs, ton regard turquoise, à Bruxelles, souviens-toi, au Vrai Tir National, tu as raflé la mise, on avait quoi, chéri, un peu plus de trente ans à nous deux, mon Dieu, comme je t'ai aimé ! Avec force et rancœur. Tu m'as trompée, tu m'as bafouée, je t'en ai voulu. Pardonne-moi chéri, c'est toi qui avais raison, la vie est courte, qu'elle soit légère, la vie est cruelle, qu'elle soit piquante ! Je voulais te donner un enfant, tu m'as couverte de diamants, on ne s'est jamais parlé vraiment, ni tout avoué. Pierre, tu m'as fait naître à la vie, tu as fait de moi ce que je suis. Merci.

Un dernier hommage, tu parles d'un mariage, il y a pique-nique ce soir au Ritz, j'irai en mémoire de toi et je trinquerai à ta folie. La crise russe s'aggrave, la guerre s'enlise, l'inflation fait rage et le magazine *Vogue* lance un appel au patriotisme des Américaines, leur demandant de soutenir le moral de la nation en restant belles et élégantes. Belle et élégante, ce soir c'est pour toi seul que je le suis Pierre, à toi, à jamais !

11.

Mon démiurge

C'est fini. Mes rêves, mes illusions, le peu qu'il en restait. Quelle farce ! Charlotte repart en Angleterre. Définitivement. Comme si une absence ne suffisait pas. Comme si j'étais suffisamment armée pour affronter la vie. Il semblerait que son lord ne puisse se passer d'elle. Et si Charlotte était amoureuse ? Elle ne l'avouera jamais. Tuer l'émotion pour être encore plus forte. Mais je ne veux pas être forte. Juste m'effondrer, ne plus me relever. Charlotte, ma seule famille, ma chérie, pourquoi partir, reste... « Tu as ton joli baron pour prendre soin de toi », fait ma sœur en m'embrassant sur le quai de la gare Saint-Lazare, « surtout ne va pas tout gâcher pour une folie, genre M. Cartier, si tu vois ce que je veux dire ». Oui ma belle, je vois bien, mais la locomotive s'est élancée vers Dieppe, égarée dans un nuage de vapeur, je demeure seule avec mes idées sombres et les sanglots me submergent.

Je suis de toutes les fêtes mais la nuit venue, j'erre comme une âme en peine dans mon appartement trop grand, fumant cigarette sur cigarette et jetant mes pensées folles sur des feuilles de vélin que l'on retrouve éparses le lendemain au pied de mon lit. Ma bonne les ramasse, les dépose sur mon petit bureau, et je crayonne, je chiffonne et je jette à nouveau. Écrire oui mais pourquoi, pour qui ? Ma douleur, les années perdues, cette enfance que j'abhorre et pourtant sans elle, Pierre n'existerait pas. La Belgique comme un secret honteux dont il m'a sauvée. Enfoui, banni, occis, il suffit d'un mot, d'une odeur, même d'une couleur, et tout revient, me submerge et le dégoût m'emporte.

La vie est là, elle étouffe mon chagrin et m'emporte dans son tourbillon de froufrous soyeux et de bijoux étincelants. Champagne et plastrons de perles, je porte les dernières créations de Madeleine Vionnet, le chic inimitable de la désinvolture, et mon portrait par Boldini est le clou du Salon de l'Automne 1918. Mon aviateur est décoré de la croix de guerre et fait officier de la Légion d'honneur. Je suis si fière de lui ! Mais la mort s'en mêle à nouveau, François, le frère de Pierre, s'écrase avec son avion en service commandé à Thorey dans la Côte-d'Or. C'est à moi d'apaiser les douleurs de mon amant. Toucher aux souvenirs enfouis, faire revivre les morts, esquisser leur silhouette et les enlacer avant qu'ils ne s'évanouissent. Pierre ne s'impose jamais, il est là, nous nous appartenons, c'est tout. Je ne le quitterai pas, en dépit de lui, de moi, notre liaison qu'il n'officialisera pas, ses exigences et mon tempérament de braise. Ce soir je lui en fais la promesse, la mort nous lie et plus que cela l'amour, le plus vrai, le plus pur, celui qui ne s'encombre pas de passion ni de rage mais s'épanouit dans la sérénité. Point n'est besoin de vaines paroles, nous sommes attachés l'un à l'autre, inexorablement, nous le savons.

Pierre repart au front et se jette à corps perdu dans la bataille de France. Je n'ai pas fini de trembler. Les nouvelles sont mauvaises, les Allemands refluent vers le nord, évitant de justesse l'encerclement. C'est le général Foch qui commande les troupes alliées. Bientôt nommé maréchal de France par le Président Poincaré et par Georges Clemenceau son Premier ministre. Le bâton de maréchal est une création Cartier. En velours bleu, tendu sur de l'argent, orné d'étoiles en or et vermeil couronnées par l'inscription « Terror Belli – Decus Pacis[1] ».

Les derniers mois de cette guerre sont terribles. Affolés par les bombardements, les Parisiens désertent la capitale. Pas moi, où irais-je ? Le rationnement fait rage et Maxim's ferme ses portes à vingt et une heures trente. Il est plus simple dorénavant d'organiser des repas fins et payants chez ces dames de bonne compagnie. Champagne, caviar et langouste, le dîner est certes onéreux mais c'est notre façon assez singulière de participer à l'effort de guerre.

Un soir d'octobre, je pénètre dans un immeuble cossu de la rue de Grenelle et m'engouffre vivement dans la cabine en bois verni de l'ascenseur. Nous sommes chez l'ancienne protégée du marquis des Boisquarrés, la belle Dahlia, qui possède une ascendance exotique et un salon du meilleur goût. Alors

---

1. Terreur pendant la guerre, bouclier pendant la paix.

que l'ascenseur s'élève, j'entends crier mon nom et la cabine s'arrête brusquement, coincée entre deux étages. Louis Cartier a bloqué la porte avec sa canne en bois clair à pommeau d'ambre, il entreprend de me faire la causette assis sur une marche du grand escalier pendant que je trépigne dans cette cage de fortune.

— Ma chère Jeanne, cette fois-ci, vous n'y couperez pas, assure l'homme conscient de sa séduction.

— Je ne couperai pas à quoi ? répondis-je furieuse.

— À ma cour empressée, à la promesse d'un baiser, à une proposition fort honnête que j'aimerais vous soumettre.

— Le mariage ?

— Et pourquoi pas, répond-il en mordant imperceptiblement l'extrémité de sa fine moustache.

— Savoir me mériter, mon cher Louis, rien d'autre ne doit compter !

Dieu que l'homme est beau ! Il porte en lui le goût du triomphe, j'en frissonne. On le dit froid et condescendant mais je ne vois qu'un regard pâle brûlant d'audace. Il fait glisser sa canne, débloque l'ascenseur et grimpe quatre à quatre les marches de marbre pour m'ouvrir la porte grillagée et faire à mes côtés une entrée remarquée. Je dépose mes gants et mon chapeau auprès du valet de pied et c'est comme si je lui abandonnais ma mélancolie. Dahlia reçoit tout ce que Paris compte encore d'esthètes et d'artistes. Il y a là le peintre des « névroses élégantes » Kees van Dongen et sa précieuse Isadora Duncan, Coco Chanel tout juste revenue de Biarritz et littéralement scotchée à Boy Capel, Misia Edwards sur les genoux de José Maria Sert, et même Proust, l'air réjoui, étonnant, non ! Il y a des nègres qui jouent des ragtimes et des foxtrots, l'ambiance est joyeuse, l'alcool coule à flots et le cristal tinte. Léon Daudet suçote une patte de langoustine, Helleu ne tarit pas d'éloges sur l'étrange beauté des Athéniens et Adolf de Meyer avoue sous le sceau du secret avoir couché avec Mata Hari. Tout le monde sait qu'Adolf préfère les hommes et si quelqu'un s'est envoyé la belle espionne chez les Meyer, cela ne peut être qu'Olga et sa langue de vipère. Boni de Castellane n'en finit plus de disserter sur les mœurs dissolues des Américaines...

Je papillonne, j'embrasse ici, je m'esclaffe là, je m'assieds puis me relève, une coupette, merci, cigarette, oui, du feu je vous en prie et souvent je croise son regard céruléen teinté de langueur. Louis Cartier est gracieux, rêveur et distrait. Il a conscience de son magnétisme et sait pertinemment que rien ne lui résiste. Il porte selon ses états d'âme une pochette ou un œillet à la boutonnière. Ce soir c'est un bleuet, « en hommage à votre regard azur », précise-t-il en souriant. Il est d'une blondeur immaculée, ses cheveux sont plaqués en arrière à la mode de l'époque et l'arête fine de son nez lui confère une morgue aristocratique. L'expression de ses yeux est tour à tour dure puis tendre, un bleu intense l'anime et je n'ai de cesse de m'y laisser voguer. Il dit que je suis suprêmement élégante, que je suis belle, excitante et sans réserve, il dit que je possède ce *je ne sais quoi* qui me rend irrésistible et agace les autres femmes, il dit qu'il m'attend depuis si longtemps, qu'il a payé Hugo, le maître d'hôtel de chez Maxim's, pour être prévenu de chacun de mes passages. Il dit qu'il a couru les premières au théâtre dans l'espoir de m'apercevoir. Il dit que j'attire irrésistiblement le regard dès que je pénètre dans une pièce, que ma bouche est captivante, gourmande, sensuelle. Il dit que mon visage est si fin, mon nez aquilin, mes mains intelligentes. Il dit que je lui appartiens, que rien ni personne n'empêchera cela. C'est ainsi, c'est le destin, le mien est grand et il est à ses côtés, il en est persuadé. Il dit qu'il sent en moi un esthétisme, une sûreté de jugement, une intuition géniale, il dit que mon regard s'allume, qu'il sait qu'il a gagné, qu'il est à deux doigts de naître une deuxième fois. Et puis il dit qu'il m'aime, je sais que c'est vrai. Et je laisse libre cours à la passion…

Une soirée, une nuit, quelques jours avec lui, le Ritz pour écrin, Louis ma folie comme une fulgurance, une évidence, je dis oui, à l'homme, au maître, au plaisir et à la beauté. Mon Dieu, ne me jugez pas, je vous en prie. Tout a été vite, si vite. J'étais irrégulière, adorée et meurtrie tout à la fois, je m'amusais à créer des sacs du soir et Louis Cartier est entré dans ma vie. Il a volé mon cœur. Pierre, mon feu follet, Pierre, mon amour et Louis, ma précieuse folie. Parce que c'est ainsi, parce qu'une femme de goût ne refuse pas le diamant le plus rare, parce que je n'ai eu que des hommes et j'attendais Pygmalion, mon démiurge. À l'heure de la signature de l'armistice dans un wagon aménagé à Rethondes, je m'abandonne à Louis, corps et âme sans reddition ni condition. Pierre, ô mon Dieu Pierre. C'est moi qui pleure et c'est lui qui me console. Pierre me pardonne. Il dit qu'il m'attend, que je reviendrai, il le sait et peut-être que moi aussi. Trop vite, trop simple. Bien sûr que je tremble, mais je ne peux pas résister et je fonce droit devant. Dans les bras de Louis.

Aujourd'hui, si longtemps après, je peux l'affirmer, ce sont là les plus belles années de ma vie. Louis et moi, comme un seul être fait de désir, de chair et d'étincelles, nous aspirons à la beauté sous toutes ses formes même les plus obscures. « J'aime à la fureur les choses où le son se mêle à la lumière », écrivait Baudelaire, oui j'aime à la fureur cet univers dans lequel mon amant me perd. Et dans le jardin d'hiver du Ritz, entre thé anglais et macarons, Louis me raconte Cartier... Trois frères un jour construisent un empire et décident de se partager le monde. Jacques à Londres, Pierre à New York et Louis à Paris...

— Cela commence comme un conte de fées, dis-je captivée.
— La joaillerie, Jeanne chérie, n'est que féerie et magie, s'exclame Louis les yeux brillants et la mine réjouie.
— Explique-moi...
— Mon grand-père, Louis-François, disait toujours : « Joaillier ce n'est pas un métier, mais un sacerdoce, une mission. » Il était un peu visionnaire. Le siècle dernier voit la bourgeoisie spéculer en bourse et faire une fortune. Une nouvelle clientèle de banquiers et d'industriels prend le relais des princes et des aristocrates. Pour se rapprocher d'eux, mon grand-père décide de déménager sur les grands boulevards où les courtisanes font la mode. Car il est dit que le destin de Cartier est lié à celui des femmes de goût, murmure Louis en m'embrassant.

J'aime le sentir tout contre moi, son odeur ambrée, sa bouche qui s'égare dans mon cou, son regard qui s'anime, plus que tout son génie me fascine, je veux comprendre, je veux qu'il m'apprenne, un sacerdoce la joaillerie, non, un destin, le mien !

— Continue, dis-je en repoussant fermement mon amant.

Il sourit, lisse sa fine moustache et reprend son récit :

— Mon père, Alfred, assied le sérieux de la maison en vendant à Londres les bijoux de la Barucci, tu sais la fameuse cocotte, pour 800 000 francs. Et puis le siècle s'éteint et César Ritz inaugure son hôtel de la place Vendôme.

— Que Dieu le bénisse pour cette noble attention, nous lui en sommes gré à jamais, fis-je en portant un toast imaginaire au cher César. Continue chéri, je suis captivée.

— Mon père s'établit au 13 de la rue de la Paix qui devient l'artère commerçante la plus élégante du monde. À nos côtés, la maison Worth habille les élégantes...

— Ta femme était une Worth, je crois... Suis-je indiscrète en te demandant ceci ?

— Non, pas du tout. J'ai été élevé avec Andrée-Caroline, un jour je l'ai épousée mais c'était une erreur. Nous avons eu cette petite fille, Anne-Marie, elle a quinze ans aujourd'hui et j'avoue que cette enfant me déconcerte. Elle est intelligente, fantasque, très proche de sa mère, je la connais si peu mais c'est une autre histoire, Jeanne chérie.

— Oui, pardonne-moi.

— Non, je n'ai rien à te cacher, je t'aime Jeanne.

— Oui, fis-je en l'embrassant du bout des lèvres, poursuit ton histoire s'il te plaît, tes frères, Londres et New York...

Il s'appuie sur le dossier du divan, et d'un geste élégant ouvre un merveilleux étui à cigarettes en émail noir sur or avec motifs géométriques en zigzags. Il m'en offre une, l'allume avec un briquet assorti à l'étui, puis glisse une autre cigarette entre ses lèvres. La fumée fait venir des larmes dans ses yeux clairs, des larmes qu'il essuie timidement. Dieu que cet homme m'émeut, je suis attendrie et exaltée tout à la fois, est-ce possible de s'enflammer pour quelqu'un à ce point ? Il souffle la fumée au-dessus de lui, il me caresse la joue et repousse ma mèche derrière mon oreille, puis il reprend :

— Je me souviens, quand je n'étais qu'un jeune garçon rêveur et étourdi, mon père disait : « Un jour nous vendrons des pierres merveilleuses aux plus grands souverains. » La leçon a porté, aujourd'hui nous sommes incontournables. En 1902, Cartier-Londres a vu le jour sous la férule de mon petit frère Jacques, et Buckingham Palace s'est empressé de commander un somptueux collier résille. En 1909, mon autre frère, Pierre, l'homme d'affaires, s'est lancé à l'assaut de l'Amérique et Cartier-New York est devenu l'adresse favorite des stars hollywoodiennes.

— Trois frères, trois pays, un seul nom et la légende...

— Oui, la légende, peut-être, je ne sais pas encore... Mais nous avons fait le serment à notre père, mes frères et moi, de rester liés les uns aux autres et de garder la maison dans la famille coûte que coûte. Tu vois Jeanne, le monde est à nous, et j'entends bien t'en faire profiter un peu.

Là je m'emporte, le règne des cocottes est bien fini pour moi, Pierre de Quinsonas m'a installée, c'est vrai, mais Pierre Hély d'Oissel m'a offert une respectabilité, ma liaison avec Louis n'a rien à voir avec l'argent, les bijoux, ou les cadeaux, je l'aime et le lui fais comprendre, je ne suis plus une putain, j'ai changé de vie.

— Certes, s'exclame-t-il en riant, une putain peut-être pas, mais un fauve au tempérament de braise ! J'aime quand ces yeux azur se teintent de mauve et que l'orage gronde, Jeanne ma panthère, loin de moi l'idée de te faire des propositions malhonnêtes mais plutôt celle de t'associer à la maison Cartier d'une façon ou d'une autre.

— Pourquoi ferais-tu cela ?

— Parce que je sens en toi quelque chose d'assez exceptionnel, que je n'ai encore décelé chez personne. Une acuité dans le regard, une sûreté du jugement, un esthétisme en accord avec notre temps, j'ai une intuition pour ces choses-là, chérie, et puis… tu seras toujours près de moi. Dis-moi Jeanne, qu'en penses-tu ?

— Je pense que les pierres précieuses sont altérées par leurs montures, elles devraient être invisibles. J'aime la couleur, l'or jaune, l'exotisme, et puis les juxtapositions insolites, la turquoise et l'améthyste, le corail et l'émeraude. J'aime l'originalité des productions de la maison Cartier et je pense qu'il faudrait revenir vers les sources d'inspiration du début du siècle. Regarder vivre un bijou, sa souplesse, le voir glisser entre mes doigts comme un serpent qui m'hypnotise, l'harmonie et la rigueur qui se marient avec la folie, les émaux incrustés de pierreries et les cascades de diamants d'une perfection rare... j'aime être près de toi, Louis... j'aime tant de choses mais je suis incapable de les dessiner.

— Tant mieux, les cours de dessin gâcheraient tout, technique et didactique tuent le talent. Crois-tu que Picasso ait pris des cours de dessin ou Proust d'écriture, non Jeanne, l'instinct, tout est dans l'instinct, le génie ne s'apprend pas, il est là ou pas. Toi tu l'as en toi. As-tu lu Thomas More ?

— Non, pourquoi ?

— More dit que seuls les êtres qui comprennent intimement les réalisations de Dieu les plus exceptionnelles ont un goût inné, tu es de ces êtres, ma chérie.

— Ce que je sais, c'est que les femmes ont un rôle à jouer, un souffle, une audace et cette émancipation doit se retrouver dans les bijoux qu'elles portent.

— Tu vas laisser ton empreinte sur Cartier, je le sens.

— Tu vas laisser ton empreinte sur moi, Louis, je le sens encore plus certainement.

— Tu es engagée, la panthère !

— Bien, patron, cela me plaît.

Louis me serre dans ses bras, il est heureux, on nous regarde et j'en suis fière. On dirait que sa mélancolie s'est envolée à jamais, mes angoisses se sont dissipées. Charlotte, Coco, je sais vous me l'avez interdit, mais si vous saviez comme je suis bien, là, tout contre lui...

— Tu es petite et fragile dit-il, mais ce n'est qu'une apparence, n'est-ce pas.

— Je sais ce que je veux et je le veux une fois pour toutes, toi mon cœur !

— Oh, tu es follement civilisée, ma chérie, j'adore ça.

Et Louis m'initie aux secrets de la joaillerie. Il a dix mille idées à la minute et les jette en pagaille sur les menus du Ritz. Les formes d'art qui le séduisent sont issues du XVIIIe siècle et tout est bon pour s'en inspirer, architecture, décoration, jardins. Les dessinateurs de la maison sont censés se balader dans Paris le nez au vent, volant dans l'air du temps telle ou telle idée sur une statue, le portail d'une maison ou l'ornement d'un bec de gaz. Louis est ambitieux, charmeur, hors du commun. Il est sans cesse à l'affût de nouveautés, c'est un visionnaire, il me fascine. Avant tout le monde, il a su user du platine. Virtuose du style guirlande, il l'exploite de manière éclectique grâce à son dessinateur favori, Charles Jacqueau. Entre ces deux-là, la relation est particulière, Jacqueau est là depuis près de dix ans et je ne cherche pas à m'immiscer. Non, pour l'heure, j'écoute et j'apprends. Cultivé, curieux, inventif, Louis possède une grande connaissance des arts de l'Islam, et l'Orient s'inscrit précisément dans ses inspirations. Il s'intéresse à tout, aux sciences du corps comme à celle de l'esprit, à la philosophie comme à la matière. « Ces vues grandioses sur le lointain passé de notre terre, cette preuve de l'existence de Dieu dans la consistance de l'atome me remplissent d'admiration… »

Une complicité intellectuelle nous unit, il me sourit, mordille sa fine moustache, dessine mon profil avec son index et s'emporte : « Les Ballets russes, Jeanne, les Ballets russes ... tous ces jaunes, orange, carmin, vermillons, bleu de Prusse, vert émeraude rehaussés d'or et d'argent, ils balaient les teintes évanescentes de l'Art nouveau. Les tons criards descendent dans la rue, l'époque est aux couleurs audacieuses et à la géométrie. Égypte, Grèce, tout est triangles, rectangles et autres parallélépipèdes. Nous devons donner vie à cette nouvelle esthétique ! » Oui mon chéri, soyons en accord avec notre temps sans pourtant lui être soumis. Je reste présente et vigilante. Toujours respectueuse des leçons de mon mentor. Et les miniatures persanes des Indes, et les civilisations chinoise et japonaise et les contours du lotus ou les volumes des cubes, oh je sens que nous allons faire des merveilles car nous avançons main dans la main sur un chemin pavé de diamants et c'est nous qui les sertissons. De façon quasi invisible.

Louis me fait part des bonnes petites habitudes qui font la réputation d'une maison. Les fiches clients sont inspirées des carnets secrets d'Hugo, le maître d'hôtel de chez Maxim's. Pour chaque compte particulier, ses coordonnées personnelles, goûts divers, ceux de l'épouse et ceux de la maîtresse, les lieux de résidence été-hiver ou autres garçonnières moins officielles. Ou encore le code confiture, qui attribue une lettre à chaque chiffre et crypte ainsi la valeur d'un bijou. Aventure et mystère, les autres facettes du joyau...

Avec l'effondrement de diverses royautés et surtout la révolution russe, on s'interroge sur l'avenir de la joaillerie. D'autant que depuis 1917, une taxe de dix pour cent frappe le commerce de luxe, mais Louis se veut optimiste, il dit que je représente l'élément de joie de cette année et que rien ne viendra l'assombrir. Moi je dis qu'il est mon éclair révélateur, mon démiurge. Je ne le décevrai pas, foi de panthère ! Il est grand temps de faire face à mes nouvelles fonctions et de pénétrer dans le saint des saints, la boutique sise au 13, rue de la Paix. La rue de la Paix, dont on raconte qu'elle fut ouverte sur l'ancien couvent des Filles de la Passion, capucines repenties, qui accueillirent en leurs murs pieux la divine Mme de Pompadour.

— Encore une femme de goût, soupire Louis, elle repose sous nos pieds, nos joyaux pour toute couronne mortuaire.

— Que rêver de mieux pour la plus grande des courtisanes ! répondis-je en connaissance de cause.

12.

13, rue de la Paix

J'y suis venue tellement souvent, pour un bijou, deux ou trois babioles, un étui à cigarettes ou un collier de chien. Je ne pensais pas qu'un jour j'y resterais. « Je vous présente miss Énergie », s'exclame Louis à l'intention de René Prieur, son secrétaire, « elle sera en charge d'un nouveau département que nous allons créer ensemble, nous en reparlerons ».

Et Louis m'entraîne pour une visite guidée du temple d'or néoclassique aux pilastres de marbre noir. La façade à quatre axes de la rue de la Paix porte les armoiries royales britanniques depuis l'agrément accordé par Édouard VII en 1904. « Mon cher papa », s'écrierait Olga de Meyer. Tout de même, il faudrait lui révéler que sa mère était une putain qui ouvrait son lit et ses jambes au Tout-Londres et rien ne prouve que le roi y trouva refuge. Louis me fait découvrir la grande galerie avec son plafond à caissons et ses peintures allégoriques. Elle court tout autour de la pièce principale aux décorations murales faites de flèches, de lances et de masques. Le client est accueilli dans le salon d'entrée avec ses boiseries de chêne ornées de guirlandes en accord avec l'image de marque de la maison. Il est ensuite entraîné, selon son souhait, dans le salon des joailliers, le salon blanc ou le salon vert anglais, tous pourvus de chandeliers baroques. À gauche en entrant, il y a un endroit particulier que je connais bien. Le salon des perles. Car plus de la moitié du chiffre d'affaires de la maison provient des perles. J'en suis friande et connais le rituel de l'essayage auquel assiste Mme Visage, l'enfileuse.

— Nous vivons par et pour le luxe, poursuit Louis, en m'invitant à pénétrer dans son bureau, toutes les questions que nous nous posons sont superflues, nous devons assurer notre rôle, Jeanne, voilà tout. Worth, Guerlain, Meller, ils sont tous rue de la Paix, ici est la confluence de l'élite parisienne et de son élégance. Aujourd'hui ma chérie, ce que j'attends de toi, c'est que le client emprunte la voie royale, d'abord pour Cartier.

— Bien patron, tu peux être certain que je serai à la hauteur de la tâche que tu m'assignes, répondis-je un peu trop fermement.

— Tu ne vas pas te tuer au travail non plus, Jeanne, j'ai besoin de temps avec toi, mon amour, ma muse, fait-il en fermant la porte qui sépare son bureau de celui de René Prieur. Je te veux Jeanne, pour les affaires, ton souffle et ton génie, ma panthère avant tout, je te veux parce que j'ai l'impression d'être heureux et c'est très nouveau pour moi.

C'est nouveau pour moi aussi mais je ne le lui dis pas car j'ai si peur. Peur de l'effrayer. Peur de le faire fuir. Peur que tout cela s'évanouisse, cet univers précieux, ces ors, ces pierres, ces émaux, cet artisanat d'art que je touche du bout du doigt et qui me fascine. Peur que l'esthète se lasse ou qu'il ne préfère une autre Galatée.

« Il faut savoir s'il t'aime », s'insurge Charlotte tout juste débarquée d'Angleterre. Ma lettre lui annonçant ma rupture avec Pierre et mon entrée dans la vie et la maison de Louis Cartier l'a plongée dans un profond tourment et elle est venue s'assurer de mes états d'âme et de mes sentiments… « Tu avais pour toi la sécurité et l'homme d'honneur. Tu plaques tout pour un grand bourgeois qui se sert de toi, c'est de ma faute, je n'aurais jamais dû te laisser, oh comme je m'en veux », soupire-t-elle. Je ne me disputerai pas avec Charlotte. Elle joue son rôle de grande sœur, qui l'en blâmerait ? Au fond d'elle-même, je sais qu'elle est fière car je vis ma vie de femme indépendante, je suis passée outre la morale et les règles bien établies qui font des femmes des reproductrices ou bien des catins. J'ai un métier, j'ai un amant, je suis libre.

« Et toi, est-ce que tu l'aimes, oh mon Dieu, non ne réponds pas », continue Charlotte. Nous nous sommes retrouvées au Ritz pour un thé, quelques pâtisseries et l'assurance que sa beauté n'est pas altérée. Car ma grande sœur est enceinte et malgré les jerseys de Coco Chanel, elle se sent molle, grosse et cache tant bien que mal son ventre arrondi sous sa zibeline. Dodue comme une caille, certes, mariée, enfin ! À trente-cinq ans, il était temps. Oui lord Whitcomb s'est décidé. Les hommes sont des incapables, ils n'aiment pas rester seuls et celui-ci souhaite un héritier afin de lui léguer son immense fortune. Ah, comme les temps changent ! Les courtisanes de la Belle Époque sont devenues les aristocrates des Années folles. Liane de Pougy est désormais princesse Georges Ghika et Dahlia Dorval vient de remonter la nef de Sainte-Clotilde au bras du marquis des Boisquarrés. Et Charlotte est une lady ! Quand nous nous quittons, j'ai un mal fou à cacher mon émotion. Elle est ma seule famille, je ne sais pas ce qu'il en est de mon frère Édouard, ni de cette personne qui était ma mère et qui n'a jamais cherché à me retrouver. Louis ne m'abandonnera pas, cela je le sais.

— Mais tu pleures, dit Charlotte, bécasse va, file te repoudrer et mets du rouge pour raviver l'éclat de tes lèvres, ne prends jamais un air malheureux, cela fait fuir les hommes et leurs cadeaux.

— Tu vois Charlotte, tes conseils ont fait de moi ce que je suis, si tu t'en vas, si tu t'en vas ma belle, qui me guidera ?

— Les bijoux de M. Cartier, aie confiance, que diable ! Mais regarde-toi, le visage brouillé et dans la main un superbe nécessaire pour dame.

— Onyx et brillants !

— Bien, je le garde, chérie, en souvenir de toi, ton *dear* M. Cartier t'en offrira d'autres, allez ma belle, *a big smile, please* !

Lady Whitcomb embarque mon nécessaire et disparaît dans une nuée de Mitsouko. Je sèche mes larmes, enfile mon manteau en panthère créé spécialement pour moi par les frères Révillon, et pars affronter l'hiver trop rigoureux et cet avenir qui m'enthousiasme et m'effraie tout à la fois. En suis-je capable ? Louis a-t-il raison de m'estimer autant ? Et si je le décevais ? Et si ses employés ne voyaient en moi que la maîtresse du patron ? Qui suis-je ? Jeanne Toussaint, la Panthère, oui moi aussi je veux tellement y croire...

Mon bureau est à l'étage. Cela me permet de longer la galerie, l'air de rien, d'observer nos clients, leur fausse nonchalance, tentation, hésitation, fascination et cet instant de grâce où le bijou s'impose à eux, la révélation. Peu à peu, Louis m'oriente vers une espèce de surveillance artistique qui me donne les pleins pouvoirs, juste après lui-même. Mon credo : préserver l'esprit Cartier. Tous les mardis, lors d'un comité avec René Prieur et Alfred Buisson, le premier vendeur, nous examinons ensemble les propositions des dessinateurs. Edmond Foret, Charles Jacqueau et Gérard Desouches soumettent leurs dernières créations, il s'agit de voir avec l'atelier si elles sont réalisables ou non. Lorsque le bijou sort de l'atelier, un seul regard me suffit pour le jauger et d'un geste rapide j'en évalue la souplesse et la légèreté.

Louis s'appuie complètement sur la sûreté de mon jugement, cela me donne cette confiance en moi dont je manquais. Cette assurance du bien-fondé de mes décisions n'est pas un obstacle aux suggestions des autres, bien au contraire. Le luxe, Cartier ne vit que pour le luxe et par le luxe. Nos vendeurs sont des gens du monde, ils sont bilingues, portent haut-de-forme, redingotes et guêtres grises sur souliers vernis. Le premier d'entre eux, Alfred Buisson, celui que l'on surnomme *l'Étoile*, arrive chaque matin rue de la Paix dans sa Delaunay-Belleville avec chauffeur en gants blancs. Suivi de près par Jules Glaenzer dans sa Delage six cylindres, le spécialiste des clés d'or des grands hôtels. C'est lui le premier averti de l'arrivée de tel ou tel personnage important. Ainsi en est-il de la venue du roi de Siam, un petit homme à l'élégance exotique avec son vaste turban de soie claire à mille plis. Le souverain a à peine le temps de découvrir Paris que Jules est à sa porte, demandant à être reçu pour lui présenter nos collections. « Un nez pincé, des lèvres épaisses et des yeux de tigre effaré », commentera ensuite Jules en riant. L'interprète explique que le roi souhaite voir quelques bracelets. Et les plateaux étincelants défilent devant lui. Il se contente de hocher la tête, Jules, dépité, se dit que l'affaire n'est pas conclue. Le roi fait un signe à son interprète qui traduit : « Sa Majesté prendra celui-là. » « Quel bracelet » ? demande Glaenzer. « Ce plateau-là », répond l'interprète avec une morgue certaine !

L'atelier devient trop petit ou est-ce la production et le succès qui vont croissants. Toujours est-il que Louis achète une enfilade de chambres de bonnes rue Réaumur dans laquelle il installe cinq nouveaux ateliers. C'est le moment que choisit l'horloger Maurice Couët pour nous rejoindre et réfléchir à de nouvelles pendules. Edmond Jaeger peut ainsi se consacrer aux montres qui prennent une ampleur folle depuis le succès de la Tank du général Pershing et de la Santos de l'aviateur brésilien. Louis est sans arrêt à mes côtés, il m'apprend patiemment chaque rouage de la joaillerie, et ce professionnalisme, allié au génie, va donner naissance aux idées les plus flamboyantes.

Bientôt je dis nous, à la place de la maison Cartier, bientôt je dis nous, au lieu de Louis, au lieu de moi. Nous sommes de toutes les fêtes. Paris redevient la capitale du faste et des plaisirs, elle s'épanouit dans l'élégance et la douce licence. L'audace n'est pas encore un art de vivre, la guerre et ses horreurs peuplent toujours les mémoires. Un soir au Ritz, un Américain rouge et aviné s'assied à notre table. Il s'agit d'Ernest Hemingway. Il nous présente au couple le plus charmant qu'il m'ait été donné de rencontrer, Scott et Zelda Fitzgerald. Hemingway en fait trop, il me fatigue, il boit comme un trou, il parle fort, monopolise la conversation, son rire sonne faux, son amitié est trop criante, son intérêt pour Fitzgerald aussi, on dirait qu'il en a peur, comme si le talent de l'un pouvait faire ombrage à l'autre. Mon Dieu, même dans ces milieux d'intellectuels reconnus, on y va de sa petite jalousie, de sa grande rancœur. Je me rapproche de l'étrange Zelda, elle a un regard de chat, quelque chose de Colette, gracieuse, envoûtante, tellement femme et pourtant toute la malice de la petite fille. Son mari l'appelle *Baby*, je trouve cela follement chic et je le lui dis. Elle sourit, serre la main de Scott nerveusement. Ils sont très beaux tous les deux, ils se ressemblent, même blondeur, même regard bleu acier, on les dirait frère et sœur. Deux êtres étincelants pris dans la folie de la nuit parisienne. Zelda tombe en admiration devant mon sac du soir. C'est un de ceux que j'ai créés pour Coco et depuis elle les vend dans sa boutique de la rue Cambon. Une pochette de satin noir avec un zip doré et au bout du zip une perle baroque de la grosseur d'une petite poire. C'est vrai que le sac posé, on ne voit que la perle. Zelda en est folle et je le lui offre tout simplement. Elle aime aussi ma broche en cristal de roche dépoli avec en son centre un cabochon de saphir et quant à mon pendentif, onyx bordé de diamants agrémenté de cinq cabochons de saphirs, il est tout simplement « *crazyyyyyyyyyy* », et Scott prend rendez-vous avec Louis… « Pour la plus belle fille d'Alabama, que ne ferait-on pas ? » s'écrit Hemingway en vidant son whisky cul sec. Mais c'est Fitzgerald qui offre les bijoux.

Chacun de mes sacs à main est une véritable œuvre d'art, et cela donne à Louis l'idée de créer un département spécial qui couvrira de luxe ces petits objets harmonieux dont nous usons tous les jours. Sacs, nécessaires de voyage, papier à lettres aux armes de l'épistolier, coupe-papier, encriers, pendulettes, stylos, que sais-je ? Je deviens la magicienne du quotidien en saupoudrant d'or et de brillants miroirs, boîtes et autres accessoires. Le département S comme Silver est né. Je joue de formes et de couleurs nouvelles adaptées aussi bien aux vêtements qu'à l'humeur du moment. Audacieuse l'époque, un rien érotique, toujours élégante. Je me fournis en étoffes précieuses chez Worth mais aussi chez Wagner, place des Victoires. Pour Mme Clarence Mackay, j'imagine un sac à fermoir pharaon en hommage à lord Carnarvon et pour Mme Martinez de Hoz je propose une pochette en box rouge ornée du simple monogramme de sa propriétaire. Pour ma belle Coco Chanel, voici une bourse en maille d'or brodée de semence de perles fines. Tout objet est digne d'être enrichi par le traitement Cartier. Ainsi du fouet à champagne en ivoire ou du shaker en argent gravé. Je décide d'aller plus loin en contactant les maisons de cosmétiques. J'adapte deux vanitys au nouveau rouge à lèvres Patou, de même pour Coty en incluant poudrier et bâton de rouge dans le vanity. Un homme fou d'amour pour une femme mariée me commande une boîte à poudre en émeraude, le miroir est escamotable, et derrière on peut lire gravé « je t'aime ».

À l'automne, j'accompagne Louis en Espagne pour l'exposition de San Sebastian où Cartier expose le plus gros saphir taillé du monde, une goutte de 478 carats. La reine d'Espagne, Victoria Eugenia, et la princesse de Bourbon viennent admirer avec envie le joyau. Mais le roi Alfonso reste sceptique et coupe court aux désirs de son épouse : « Seuls les nouveaux riches peuvent se permettre un tel luxe. Nous les rois, nous sommes les nouveaux pauvres. » L'exposition est un succès et Louis souhaite rentrer à Paris en prenant le chemin des écoliers. « Quelques jours de vacances ne nous feront pas de mal, ma chérie », dit-il en m'embrassant et nous sillonnons les routes de France dans sa Rolls torpédo, s'arrêtant dans des auberges fleuries quand bon nous semble. Pyrénées, Côte d'Azur, Provence, on dirait que Louis a pour mission de m'apprendre la beauté. Nous pénétrons dans chaque église romane, car j'aime leur dépouillement, la sérénité qu'elles dégagent. Au sommet d'une colline escarpée, au creux d'une vallée, à la lisière d'une forêt, nous nous abreuvons de teintes, de formes, nous recherchons l'harmonie la plus pure. Tourisme esthétique, perceptions artistiques, nous nous laissons envahir par des sensations de beauté, c'est ainsi que naissent les plus beaux bijoux, de nos rêves et des couleurs dont on les pare. « Nous ne sommes pas pressés, poussons jusqu'à Genève, nous y fêterons Noël », fait-il, « je te montrerai le lac Léman et ses ombrages envoûtants ». Mais le voici qui s'arrête, au beau milieu de nulle part, point d'auberge, ni de passage à niveau, je ne comprends pas.

— Jeanne, dit-il.
— Oui patron !
— Jeanne, nous sommes en vacances.
— Oui chéri !
— Juste pour te dire ceci. J'ai quarante-trois ans et pour la première fois de ma vie, je suis heureux. Merci pour ça, la Panthère.
— Moi aussi.
— Quoi ?
— Je suis heureuse.
— Jeanne ?
— Oui.
— Veux-tu m'épouser ?
— Pardon ?
— Tu as bien entendu.
— Mais ta famille ?
— Laisse-moi un peu de temps, je vais leur parler.
— Je t'aime.
— Je t'aime aussi, Jeanne, pour toujours.

Alors que je n'attends rien, il le fait, il me le demande. Être sa femme. À ses côtés. Pour toute une vie. Lui donner enfin le fils dont il rêve. Oh Louis mon amour, oui, mille fois oui. Je suis heureuse, sans arrière-pensée, ni peur de l'avenir, juste cette certitude que c'est lui et que c'est moi et que s'il n'existait pas, pourquoi moi j'existerais. Et je laisse ma tête tomber sur son épaule, il me prend dans ses bras et nous dévorons la campagne, la vie, nos rêves et tous ces projets qui illumineront demain. Nous sommes de la même race, liées par une osmose jusque dans le travail, j'en suis pleinement consciente, aux côtés de Louis, je nais une deuxième fois. Une famille, ma famille, enfin.

Mais en Suisse, la mort nous rattrape. À peine arrivés, c'est par un entrefilet dans *La Tribune de Genève* que nous apprenons la mort de Boy Capel au volant de sa voiture près de Fréjus. La Rolls roulait trop vite, un pneu a éclaté. Boy. Mort. Il allait à Cannes pour Noël et Coco devait le rejoindre un peu plus tard. Je décide de rentrer à Paris immédiatement pour réconforter mon amie mais Louis refuse.

— Chérie, on a prévu de fêter Noël ici, en amoureux, ce sont nos fiançailles en quelque sorte. De toutes les façons, Boy a sûrement très bien pourvu Gabrielle dans son testament, ne t'inquiète pas, elle se consolera vite.

— Comment peux-tu dire des choses pareilles, tu es ignoble !

— Jeanne, ta copine est une grande putain qui se donne des airs de bourgeoise, tu verras qu'avant six mois, elle aura trouvé un nouvel amant, de préférence un aristocrate.

— Je te déteste, fis-je, en claquant la porte.

— OK, la Panthère, répond-il, j'abandonne, on rentre à Paris et je fêterai mes fiançailles en solitaire. Au Ritz et au champagne !

— Oh, Louis, je t'en prie.

Il a raison, Coco est une drôle de fille. Et puis nos fiançailles, et Noël que je gâche. J'ai honte ! Mais l'amitié est quelque chose d'important pour moi, je ne laisserai pas tomber ma petite sœur de cœur. Jamais. Coco, Charlotte, ce sont elles qui ont construit ma vie parisienne, je ne les abandonnerai pas à leurs tourments. Elles sont fières, indomptables et tellement solitaires.

À peine arrivée à Paris, je me précipite chez Coco. Je la trouve en larmes, accroupie, misérable dans l'escalier de sa boutique. « En perdant Boy, je perds tout, Jeanne, je perds tout », dit-elle en sanglotant. Je la serre dans mes bras, je sèche ses pleurs, l'absence, la mort, je connais cela, je pense à Pierre, mon hussard, je pense à mon pauvre papa et les larmes coulent sur mon visage fatigué. « Tu sais ma belle, la peur, la misère, la solitude, je suis passée par là, écoute-moi, chérie, on s'en sort, il suffit d'y croire, le temps, tu sais le temps efface tout et c'est peut-être cela le pire. » Dans les bras de mon amie, je me laisse aller et j'avoue la Belgique et ses tourments. Coco écoute, grave et triste. Je raconte tout, n'omettant rien, même pas l'indicible.

— Et ton frère ?

— Je ne sais pas ce qu'il est devenu, il doit avoir près de vingt ans aujourd'hui.

— Comment s'appelle-t-il ?

— Édouard.

— Et ta mère, est-elle toujours vivante ?

— Je ne sais pas.

— Tu n'as pas envie de savoir, chercher, la retrouver, lui dire la vérité.

— La vérité, parfois Coco, c'est plus simple de la fuir, ou de l'enterrer à jamais, crois-moi.

La nuit est tombée depuis longtemps maintenant. C'est Noël et il neige dans le ciel de Paris. On entend au loin un orchestre de jazz qui salue l'année, cela vient du Bœuf sur le Toit, très certainement, Coco allume une cigarette et pointe du doigt la lune pleine, scintillante...

— Regarde, elle a un certain style, mousseline blanche sur jersey noir...

— Brillant déposé sur un lit d'onyx, astre errant que ses feux trahissent...

Nous éclatons de rire, demain est un autre jour, et c'est à nous qu'il appartient de le dessiner, avec élégance, chic et désinvolture, oui l'avenir sera inimitable !

13.

Conseil de famille

Venise, Florence, Le Caire... Louis m'emmène dans chacun de ses voyages, une quête de la beauté certes, parfois je me dis qu'il ne s'agit peut-être que d'une fuite devant le mariage. Non qu'il regrette sa demande, je pense qu'il a peur d'affronter sa famille. J'ai confiance, il a beaucoup de défauts mais il n'est pas menteur. Louis est terriblement distrait, rêveur, toujours en retard, il est d'un orgueil démesuré, il a le goût du triomphe. Il sait pertinemment ce qui se passe en coulisse, peut-être est-ce la raison qui le pousse à parcourir le monde, éviter l'affrontement, pourtant mon chéri, il va bien falloir t'y coller à un moment ou à un autre. Malte, Gibraltar, Tanger... Et puis Madrid, Tunis... À Marrakech, le Glaoui explique à Louis qu'il aimerait bien nager dans sa piscine en gardant la notion du temps et Louis imagine la première montre étanche. Art oriental, traditions persanes, expressions chinoises, tout est source d'inspiration, je m'abreuve d'exotisme jusqu'à outrance, je me sens messagère des traditions antiques et les plus remarquables visions m'habitent.

— Tu es de la race des instinctives, me dit Louis.

— Et toi de celle des découvreurs de talents, nous sommes quittes, mon chéri.

De retour à Paris, je cherche à imposer l'idée d'une monture invisible, l'idéal serait que les pierres précieuses puissent se porter sans monture. Je conçois le bijou comme un des aspects de la mode et les vêtements des couturiers sont pour moi un décor charmant sans cesse bouleversé par le joyau. L'idée du cristal de roche s'impose ainsi que le retour à l'or jaune. Louis est tout à l'abstraction née du choc esthétique des Ballets russes, « ce coup de vent venu des steppes pour rafraîchir nos rêves confus », dit-il. J'aime la malice de cette tendance Art déco qui joue de l'ambiguïté des volumes, de la stylisation et de la répétition. J'adore la polyphonie de couleurs, éclatantes, riches, orientales. Quelle hardiesse que ces tons criards ! Balayées les teintes évanescentes de l'Art nouveau ! J'émets l'idée d'un bijou transformable, ainsi ce bracelet rigide en or jaune dont le fermoir en forme de boucle se détache pour se porter en broche. Louis souhaite mettre en relief le diamant, cristal cubique par excellence, enchâssé dans un métal moins précieux et plus sec pour en accuser sublimement sa ligne parfaite. Je reconnais que le platine confère à la pierre tout son éclat. Louis est un précurseur qui hisse la joaillerie au niveau de l'art.

— Je vois là un grand avenir pour le bleu et le vert, dit-il.

— Oui, ajouté-je, et les oppositions d'onyx, de corail, d'émeraude, l'apport de laques rouges et vertes dans la réalisation de pendants de cou en hexagones réguliers...

— Ou irréguliers, coupe-t-il.

— Des dessins en svastikas, continué-je, perdue dans mes pensées, que l'on assortira à des peignes en perles et corail facetté à courbes simples comme l'on faisait finalement sous le Premier Empire...

— Tu es le poète de cette histoire, Jeanne.

— Sache patron, que j'en ferai un conte des Mille et Une Nuits.

Les idées fusent en tous sens, géométrie, mouvement, couleur, retour au classicisme tout en prônant la modernité, Louis signe les bons à exécuter, ensemble nous réinventons le monde selon la folie Cartier. Édouard VII, Nicolas II, Alphonse XIII, Charles du Portugal, le roi de Siam, George Ier de Grèce, Marie de Roumanie, l'Aga Khan, le nawab de Rampur, tous nous ont montré leur confiance et honoré de leurs brevets, à notre tour de leur rendre hommage en leur offrant la magie de nos créations.

Misia Edwards épouse enfin son prince catalan. C'est le troisième mariage de Misia mais elle a l'air d'une vierge prête à expirer sur l'autel de la fidélité devant le grand maître de la vertu, cette espèce de barbu luxurieux qu'est José Maria Sert. Quel cocktail étourdissant ! Le cheveu court, la tête ceinturée d'un bandeau de diamants, vêtue de lamé argent, l'œil charbonneux, et les lèvres sanglantes, Misia est peinte comme une idole, Cocteau se penche vers moi et chuchote, « si j'avais su que c'était si bête, j'aurais amené des enfants ». Ma chère Coco est le témoin de Misia, Igor Stravinski celui de José Maria. Grosse fiesta au Ritz, on danse sur les tables au son d'un orchestre nègre, Valentine de Saint-Poix auteur d'un *Manifeste futuriste de la luxure*, prône le viol pour repeupler la France, Paul Morand évoque *Tendres Stocks*, son premier roman à paraître dans quelques mois, on pleure la mort de Fabergé et celle de la grande-duchesse Vladimir, Misia et José Maria filent en catimini pour un voyage de noces en Orient-Express vers la Sérénissime.

Entre trois coupes de champagne, et deux canapés au foie gras, Louis croise mon regard, il comprend qu'il est temps de m'offrir une respectabilité. C'est lui qui initie le conseil de famille. Il réunit son père Alfred et ses frères qui rentrent en France pour l'occasion. Et quelle occasion ! J'ai l'impression de revenir quinze ans en arrière, Pierre, la Belgique et toute la famille Quinsonas pour débattre de mon avenir. Comme Pierre avant lui, Louis a la présence d'esprit de ne rien me cacher, ni ses coups de gueule, ni sa déloyauté, tout au plus cherche-t-il à la masquer pour la rendre plus acceptable. Mais il sait bien que je lui pardonnerai, je suis incapable de lui en vouloir, entre lui et moi, c'est à la vie, à la mort.

C'est chez Louis qu'ils se retrouvent, au 38 de l'avenue Marceau. Je pense qu'ils savent à quoi s'attendre, ils ont prévu l'attaque du grand frère et la riposte du paternel. En tout bien tout honneur, nous sommes entre gens de bonne compagnie assurément. De bonne compagnie puritaine, il faut bien l'avouer. Jacques a épousé Nelly Harjès, fille d'un banquier américain dont les ancêtres étaient des pionniers allemands. Et protestants. Gazé pendant la guerre, Jacques a la santé fragile et vient d'abandonner son poste de président de Cartier-Londres pour s'installer à Saint-Moritz où il a fondé une société qui distribue le département S en Suisse. Pierre a épousé la fille d'un richissime industriel du Missouri, Elma Rumsey, qui lui a donné une fille, Marion, « son plus beau bijou », aime-t-il à répéter. Autant Jacques est sensible et introverti, autant Pierre est un homme d'affaires, un entrepreneur. Et puis il y a Alfred, le patriarche, qui ne dit rien, des yeux bleu clair ancrés dans un visage parcheminé, il attend le moment propice pour abattre sa carte maîtresse. Bien sûr qu'ils se sont concertés. Pour ces gens-là, je reste une grande horizontale, une scandaleuse, et c'est à peu près le discours qu'ils tiennent à Louis. Malheur à celui par qui le déshonneur entre dans la famille ! Mais Louis se fiche bien du qu'en-dira-t-on, il méprise la rumeur, il piétine le ragot de bas étage, quant au snobisme de la bonne société, mais qu'elle aille se faire voir chez les Grecs, la bonne société ! Il est bien au-dessus de cela, la seule chose qui lui importe, c'est moi, Jeanne.

— Elle est la femme de ma vie, explique-t-il à ses frères et à son père, la seule qui ait réussi à me faire douter de moi devant un bijou. Nous sommes en parfaite osmose, tant sentimentale que professionnelle, je l'ai faite, certes, mais elle m'a tant donné et d'abord sa confiance, je ne la décevrai pas, je la respecte. Avant toute chose, je l'aime, elle me rend heureux et je n'existe que par son rayonnement.
— Louis, ton adhésion au golf de Saint-Cloud vient d'être une nouvelle fois refusée, dit Pierre.
— Quel rapport ?

— Crois-tu que tu auras plus de chance en arrivant au bras de ta femme, une ancienne cocotte, poursuit Jacques.

— J'abandonne le golf, très mauvais pour mon cœur, le golf.

— Ne sois pas ridicule, poursuit Pierre, la marginale sera toujours un obstacle pour ton avancée dans le monde !

— Elle s'appelle Jeanne, rends-lui au moins cette justice, Pierre, répond Louis, donne-lui son prénom, elle vaut autant qu'une autre femme.

— Louis, continue Jacques, te souviens-tu mot du baron de Rothschild ?

— Pardon ?

— C'est toi-même qui nous l'as dit, tu étais furieux, Cocteau te l'a répété, « je n'invite pas mes fournisseurs », a répondu Maurice de Rothschild à qui on demandait si tu étais convié à son bal.

— Grand Dieu, vous me parlez de bonne société et de beau monde, mais je réalise aujourd'hui que votre problème c'est Jeanne, uniquement Jeanne, ce qu'elle a été, mais aussi ce qu'elle est aujourd'hui, une femme d'une grande intelligence à l'incomparable talent, cela vous ne pouvez l'accepter, une femme joaillière ! Jeanne Toussaint a sa place à mes côtés, sans elle je n'augure pas de l'avenir de la maison.

— Louis, cela devient comique, dit Alfred Cartier en lissant sa moustache grise.

— Non, père, croyez-en mon instinct, il est infaillible.

— Laisse-moi terminer, ensuite tu feras ce que tu veux. Comme tu l'as toujours fait d'ailleurs. Je ne cher-

cherai pas à résister et tes frères se rangeront à ton avis.

— Je vous écoute, père.

— Ta fille est fiancée au fils Révillon.

— Oui, je suis ravi, il paraît qu'Anne-Marie est heureuse et René va faire son entrée dans la maison.

— René Révillon est apparenté à la famille d'Apreval.

— Où voulez-vous en venir, père ?

— Comment vas-tu t'organiser, Louis ? Ta fille épouse un aristocrate, toi une marginale, il va falloir user de beaucoup de diplomatie. La nouvelle Mme Cartier paraîtra-t-elle aux noces d'Anne-Marie ? À moins que tu ne l'épouses après... Louis, je ne sais pas, mon fils, vraiment, je ne sais pas, tu as quarante-cinq ans, mène ta vie comme bon te semble, mais n'entache pas le nom des Cartier, c'est mon seul souhait.

Louis m'aime, mais il est orgueilleux, le mariage Révillon est un pas important vers la haute société, bien sûr qu'il se contrefiche du persiflage, mais pas de la fin de non-recevoir du baron de Rothschild. Joaillier des rois, tu parles, boutiquier pour ces gens-là !

— Bien, s'écrie Louis, j'accepte de sacrifier Jeanne sur l'autel de l'honneur, je reste pour elle un protecteur et non un mari. Néanmoins voici ma condition, elle est à prendre, je n'y reviendrai pas. Cartier-Paris, c'est moi. Et Jeanne y demeure ma plus proche collaboratrice, je sais qu'elle est la panthère qui imposera sa griffe sur l'image de cette maison. Défier la société, certes, pour imposer le talent, j'en ai le droit. Et la discussion est ainsi close.

Aucune objection de la part de la famille, ils respirent, ils l'ont échappé belle, la marginale reste une employée, pas un membre de la famille. Trois mois plus tard, Louis est décoré de la Légion d'honneur. Et moi, Louis, et moi ? As-tu seulement pensé à moi, mes souhaits, mes préférences ? Être une femme honorable, ta femme, l'épouse du patron, pas sa maîtresse. Dire mon mari, pas M. Cartier. Recevoir à tes côtés, dans notre salon de l'avenue Marceau ! Il reconnaît sa trahison et son orgueil aussi. Il prend mon visage entre ses mains et plante son regard triste dans le mien :

— Pardonne-moi, Jeanne, jolie panthère.
— Peut-être oui, peut-être pas.
— Je me suis dit qu'il était plus important d'asseoir ta place dans la maison que dans mon cœur.
— Imbécile !

Parce que de l'orgueil, j'en ai à revendre moi aussi, Louis mon amour. Je voulais être ta femme, avant tout ta femme. Bijoux, parures n'ont d'importance que celle que l'on veut bien leur donner. Je voulais être ta compagne, voir la fierté étinceler dans tes yeux d'acier, et puis te l'entendre dire, oui, évidemment, oui, je vous présente mon épouse, Jeanne Cartier ! Oh mon Dieu Louis, avant tout je voulais porter ton fils et toi tu me parles de colliers de perles, de bracelets de jade et de bijoux persans. Une famille, ma famille, c'est tout ce que je souhaitais. J'ai trente-trois ans. Je pense à cet enfant qui te ressemblerait. Le bleu de mes yeux teinté du gris de ta mélancolie. La finesse de ton visage et la douceur de ma peau. Et ces fossettes dans tes joues quand tu souris, la trace du baiser de l'ange, dis-moi chéri crois-tu que ton fils aurait eu les mêmes ? Est-ce qu'il y a un Victor dans ta famille ? Je l'aurais appelé Victor, ce petit garçon. Comme mon père. Papa est mort, tu ne le sais pas, je ne t'ai jamais parlé de ma famille. Victor Cartier, cela sonne bien. Mon petit garçon, le soleil de ma vie. Son rire, Louis, entends-tu son rire ? Comme toi, il aime la beauté, comme moi il n'a peur de rien. Un enfant qui vient, son premier regard, il n'a que quelques minutes mais il connaît son père, et sa mère aussi. Cet enfant, Louis, cet enfant de toi... Louis, tu m'as trahie, laisse-moi le droit de t'aimer encore, je t'en prie. Être à tes côtés et au diable la respectabilité !

Et je me noie dans les pierres fines et les métaux précieux. Je ne suis plus « la dame aux sacs du soir dont le prestige grandit », celle dont les employés se gaussaient naguère. Non, je deviens Mlle Toussaint dont le génie est reconnu. Je suis la Panthère. Le cristal de roche s'impose ainsi que le retour à l'or jaune qui est un complément absolument nécessaire à tout bijou d'inspiration indienne, chinoise ou mongole. Je me sens animée d'une folie exotique. Montures insolites, juxtaposition de pierres, saphirs jaunes et tourmalines, améthystes et coraux et puis des aigues-marines, des combinaisons comme on n'en a encore jamais vu. Je veux faire de cette bague la métaphore d'une arche shintoïste, ses couleurs reprendront les grands symboles, noir pour la grandeur spirituelle, blanc pour l'unité et rouge pour la chance ! J'use de pâte à modeler pour contrer mon incapacité à dessiner, je veux que le bijou soit souple et fluide comme les grains d'un rosaire. Je veux les diamants mobiles, suspendus en franges, en glands, en stalactites, oui je vois une cascade de diamants qui se fracasse sur l'étoffe du vêtement ! Je veux habiller les bras des femmes de bracelets antiques se terminant en têtes d'animaux, panthères, chimères ou dragons. Oui, j'aime cette idée de panthère, je vois un pavage onyx et diamants, gardons cela en tête, une goutte d'émeraude pour le mystère du regard, il faut y réfléchir, il faut le développer ! L'Art déco nous mène sur la route de la figuration, j'en suis intimement persuadée. Avec Maurice Couët, je travaille aussi sur les pendules. Cet homme est un génie, il use de plumes de martin-pêcheur pour faire un cadran et ses aiguilles flottent dans le vide, divine étrangeté ! Mon esprit foisonne, je tâtonne, je rêvasse, puis cela jaillit jusqu'à la forme définitive du modèle et les déclinaisons multiples que nous en tirerons, toutes ces variantes inimaginables sur le même thème. Enchantement, magie, folie…

Louis débarque dans mon bureau à grandes enjambées. Lui si calme et réservé habituellement est terriblement excité ! Il vient de vendre au roi Ferdinand de Roumanie le saphir goutte qu'Alphonse XIII avait refusé à sa femme deux ans plus tôt. La négociation a duré deux heures, dans le bureau de Louis. René Prieur avait l'oreille collée à la porte. La reine Marie de Roumanie nous commande aussi un diadème de perles qu'elle porte *à la byzantine* et cela me renforce encore plus dans ce doux songe d'exotisme qui me taraude. Un nouveau dessinateur est entré dans la maison, Peter Lemarchand. Tout de suite, nous nous comprenons, ensemble nous allons faire de grandes choses, je le sens. Louis part en Russie, un carnet d'idées dans la poche droite de son veston et le désir fou de retrouver les bijoux des Romanov. Il me laisse la boutique :

— Apprends à être seul maître à bord, chérie, un jour viendra où tu n'auras plus besoin de moi.

— J'aurais toujours besoin de toi, patron, que cela soit ici ou ailleurs.

— Ailleurs ?

— Dans mon cœur.

— Oh, Jeanne, si tu savais, si tu savais, si seulement je pouvais…

— Je sais, Louis, malheur à celui par qui le scandale arrive ! Compte sur moi, je m'occupe de tout.

Louis rentrera sans le trésor des Romanov, mais avec la fortune des Youssoupov et… une magnifique paire de bottes rouges, achetée à une danseuse slave. Il les confie au célèbre chausseur Perugia avec quelques précieuses gemmes et m'offre le plus imprévisible des cadeaux : les bottes russes rebrodées et incrustées de cabochons d'émeraude, de saphir et de citrine. Oui cet homme est fou, cet homme est imprévisible, le plus grand génie que je connaisse, un artiste, un esthète, Dieu comme je l'aime !

Coco Chanel est à son tour saisie par la frénésie russe. Elle emploie dans sa boutique les aristocrates égarées de Saint-Pétersbourg et se console de la mort de Boy Capel avec le grand-duc Dimitri. Fou d'amour, il la couvre d'orchidées qu'il fait venir spécialement par bateau de la lointaine Crimée. Tout reste possible en Russie pour peu qu'on ait de l'argent. Coco a l'idée géniale de lancer un parfum, un flacon reprenant la forme des flasques de vodka des troupes russes, N° 5… Elle s'en asperge des pieds à la tête mais aussi son amant, sa voiture, sa boutique, ses copines, on la hume à des kilomètres à la ronde, son égocentrisme est à son comble !

Gaby Deslys, la grande putain à mille francs du quart d'heure, attrape la grippe espagnole et en meurt, elle ne connaîtra pas les affres de la vieillesse, ni la solitude qui l'accompagne, grand bien lui fasse ! Et Coco lui rend un hommage à sa façon : « Elle a fini par crever la salope ! » L'époque est audacieuse, on n'a pas peur ni d'oser, ni de choquer, tant mieux, ma quête d'innovation est permanente ! Aujourd'hui, je sais exactement ce que je veux et ne me laisserai influencer par rien, ni par personne !

14.

Rupture

Je règne sur un univers de sertisseurs, d'émailleurs et de lapidaires. De l'artisanat d'art qu'est la joaillerie, je connais chaque rouage. Je suis petite et fragile mais j'impose du respect aux plus grands. Je sais déceler l'erreur, l'incompatibilité, la faute de goût à ne pas commettre. Je suis marquée du sceau de Louis Cartier et lui appartiens corps et âme. Je connais tout de lui, je sais ce que cache sa froideur ou sa morgue. Une feinte pour masquer sa timidité ou son ennui. Je connais ses désirs avant qu'il ne les ressente et ses défauts m'emplissent d'une joie enfantine. Il est le magicien qui a fait de mon univers cet état de grâce permanent d'une insolente beauté. Il est le Roi-Soleil, je suis sa favorite. Il m'a trompée, je lui ai pardonné. Nous nous aimons.

Aujourd'hui… mon Dieu, Louis… Aujourd'hui, il m'apprend que nous ne fêterons pas ensemble la Saint-Sylvestre 1922. Il évoque un voyage en Hongrie, une décision de dernière minute, terriblement improvisée, c'est dans trois semaines mais c'est improvisé. Il est d'une humeur de dogue, cela fait plusieurs jours qu'il n'a pas mis les pieds à l'atelier de dessin. On s'interroge, moi la première. Je lui pose des questions qu'il élude aussitôt. Je comprends qu'il se passe quelque chose ou plutôt quelqu'un. Plus tard, beaucoup plus tard, il me dira que son père et ses frères n'ont pas été étrangers à la chose. Ah cet impôt sur le célibat qui le ligote jusqu'à la gorge. Il est le Roi-Soleil, il lui faut une reine. Le fisc arme le bras des traîtres, le fisc et le conseil de famille. Où a-t-il eu lieu cette fois-ci ? Avenue Marceau, au Ritz ou dans la villa de Pierre à Neuilly ? Qu'a décidé le patriarche quant à la future Mme Cartier ? Est-elle suffisamment bien pour le joaillier des rois ? La dame est jeune, elle n'aura aucun mal à pourvoir le royaume d'un héritier. Elle possède des yeux gris et du sang bleu. Très bleu. Le conseil de famille a donné son accord, Pierre est rentré à New York le cœur léger, Jacques a retrouvé les sommets enneigés de Saint-Moritz et Alfred se frotte les mains, l'honneur des Cartier est sauf. Proust est mort et inhumé, Toutankhamon tout juste déterré et moi répudiée pour la deuxième fois.

Louis n'est pas un lâche, il essaie de m'expliquer. Mais il n'y a rien à dire, l'un aime et l'autre plus, il s'agit d'un état de fait, pas d'une explication de texte. Louis est comblé et inquiet tout à la fois, et puis guilleret comme un jeune premier, c'est ce qu'il essaie de me faire comprendre avec ses mots à lui.

— Je suis désolé, Jeanne...
— Non, tais-toi.
— Je n'aurais jamais cru, toute cette pression, je...
— Parle-moi d'elle.
— Elle est charmante et...
— Non, Louis, parle-moi vraiment d'elle.

— Elle se nomme Jackie, Jackie Almassy, elle descend des princes palatins, elle a tout juste vingt-huit ans, elle est très belle, un charme indéfinissable, slave, tu vois ?

— Oui, je crois que je vois, comment l'as-tu rencontrée ?

— À une soirée chez Marcel Vertès.

— Évidemment le peintre hongrois, mais où étais-je ce soir-là ?

Louis ne sait pas, il ne se souvient pas, juste d'avoir croisé les yeux gris de sa comtesse et de s'être lancé dans une romance quand je me noyais dans le travail. Il raconte que la jeune femme a fui son pays avant la Révolution, depuis elle a beaucoup voyagé, Angleterre, Portugal, Espagne et Paris enfin. Il me fait part de ses doutes, elle est si jeune et lui à l'aube de la cinquantaine. Ils ne sont pas encore officiellement fiancés que déjà la rumeur les précède et l'on ne se gêne pas pour colporter que la belle fut un temps la maîtresse d'Alphonse XIII. Louis m'explique qu'elle souhaite retourner très vite à Budapest, retrouver ses amis, acheter un palais dans la ville haute.

— Et toi Louis, que veux-tu ? demandé-je à cet homme qui m'a faite et décide de m'abandonner.

— Moi ?

Il mordille sa moustache, se lève puis s'assied à nouveau. Il ne porte plus de bleuet à la boutonnière mais une pochette Charvet. Je constate que ses tempes se dégarnissent, ses mains fines sont parsemées de fleurs de cimetière, et ses petites rides au coin des yeux se sont accentuées. Il est soucieux, certes, fatigué aussi.

Il a tout donné à la firme, parfois, je me dis qu'il en a assez, qu'il a perdu l'envie. Non ce n'est pas ça, il est épuisé, c'est tout...

— J'ai envie de m'arrêter un peu, de donner une nouvelle orientation à ma vie. Oui, je voudrais découvrir la vieille ville de Buda, le palais de Jackie, la terre de ses ancêtres, j'ai envie de sérénité et d'un enfant que je pourrais élever, voir grandir, pas comme Anne-Marie que je connais si peu.

— Il faut vivre sa vie comme on l'entend, Louis, fais ce que bon te semble mais fais-le bien.

Je l'embrasse sur la joue, sa peau est douce et j'aime son odeur ambrée. Je me veux réconfortante et souriante, rassurante. Pars, Louis mon chéri, va découvrir la Hongrie de Jackie, la ville aux huit ponts dressés sur le Danube, les palais gothiques et le pays magyar, va Louis, surtout ne te retourne pas, tu risquerais de voir le désespoir poindre au creux de mes yeux. Il se sauve, amoureux, plein d'espoir, vers une autre vie, les honneurs, le grand monde et les règles strictes qui le régissent. Il a toujours cette allure folle, un prince d'ailleurs qui ne doute de rien, surtout pas de lui-même.

Je me fais toute petite, je n'existe pas. Le silence. C'est tout ce que je désire. Ne pas voir, ne pas entendre, ne rien sentir. Cloîtrée dans mon appartement de la rue des Belles-Feuilles. Anesthésiée, comme droguée. Je n'ai rien vu venir, trop occupée par Cartier pour imaginer le désarroi de Louis. C'est ma respiration que j'entends là, le temps a passé, c'est fini, trop tard. Mon amour, ma folie. Partir loin de lui, l'oublier, ne jamais croiser l'autre femme, mettre des océans entre nous et me reconstruire ailleurs. Auprès de Charlotte, peut-être ? Je me suis perdue. Mon Dieu aidez-moi à y voir plus clair...

C'est dans les bras de Coco Chanel que je m'en vais pleurer. Mais la couturière s'est endurcie, la mort de Boy, le ténébreux Reverdy qui lui préfère le bon Dieu, ou le grand-duc Dimitri parti à la chasse aux héritières. Coco est revenue des hommes et sa philosophie me glace : « Nous sommes des inépousables, Jeanne. Nous avons été cocottes. Je suis la plus grande couturière du monde, tu deviendras une joaillière de réputation internationale, nous avons eu nos saint-bernard, moi Boy Capel, toi Louis Cartier, mais nous resterons des éternelles plaquées, des inépousables, des stériles. Nous sommes des irrégulières à jamais, ne l'oublie pas, ma belle, ton destin, c'est Cartier, la maison, pas le patron. » Non Coco, je n'oublie pas, ni cette enfance qu'on m'a volée, ni ma jeunesse de grande horizontale, je ne renie rien, je comprends, je vieillis, je suis sans amertume. Louis m'a aimée, je lui ai donné mes plus belles années. Il m'a offert Cartier, l'envie, la passion. C'est cela ma vie, la joaillerie Cartier, personne ne me l'enlèvera. Louis a besoin de moi. Tout repose sur mes épaules dorénavant, le quitter serait le tuer, mon Dieu comment l'abandonner ?

J'ai trente-six ans aujourd'hui. Louis ne me souhaite pas mon anniversaire, il est à Budapest où il négocie l'achat d'un hôtel particulier dans la rue Verbocki. Ce soir, on sonne chez moi alors que je n'attends personne. Je ne suis pas vraiment malheureuse mais sereine. Je dois être plus douée pour assembler les bijoux que les pièces maîtresses de ma vie. On sonne et j'entends ma bonne qui s'agite.

— On ne peut déranger Madame, elle s'est retirée pour la nuit.

— Et puis quoi encore, je n'ai pas traversé la Manche pour me faire mettre dehors par une malpropre, allez remuez-vous et préparez-nous une chambre. Quoi un berceau, oh, débrouillez-vous, que diable !

Charlotte, c'est Charlotte, elle est revenue, Charlotte ma sœur, mon amie, toujours là dans les moments de doute. Elle entre en chantant « *happy birthday to you* », elle descend tout juste du train et elle n'est pas seule !!!

— Quoi, lord Whitcomb, oh mon Dieu, non, ne me dis pas que tu as amené ton mari...

— Enfin, Charles est à Ascot ! Non, je suis venue avec Teddy.

Et j'aperçois alors un minuscule bonhomme avec de grandes boucles blondes, des anglaises, naturellement, qui lui descendent sur les épaules... Oh le tout petit enfant aux yeux pleins de sommeil, il est accroché au manteau de sa maman. Comme s'il allait tomber. Je penche la tête, il se cache derrière Charlotte. Qu'il est mignon ! On dirait Édouard en plus propre, plus délicat. Mais c'est une poupée que ce bambin ! Je mets mes mains devant ma bouche, mes yeux s'emplissent de larmes. « Ah non pas encore, ça suffit les pleureuses, sinon on s'en va », dit Charlotte en se laissant tomber sur mon lit. Je m'agenouille pour être à la même hauteur que le petit enfant...

— Qu'il est joli ! Est-ce qu'il parle français ? demandé-je.

— Évidemment, répond Charlotte en riant, viens Teddy, viens que je te présente ta tante Jeanne, c'est la plus grande joaillière de tous les temps, normalement elle est très belle quand elle ne pleurniche pas...

— Mais quel âge a-t-il ?

— Six ans maintenant.

— Oh, mon Dieu !

— Ta tante est une bécasse, Teddy, ne t'inquiète pas, on va la remettre sur pied.

Quand Charlotte fait quelque chose ce n'est pas à moitié, elle s'installe à demeure avec pour mission de me requinquer. C'est ce qu'elle explique au charmant enfant qui chaque jour occupe une place plus importante dans mon cœur. Je m'attache à lui plus que je ne voudrais, appréhendant son départ. Je ne serai jamais mère, il est trop tard et puis Louis a choisi. Je ne veux pas revenir là-dessus. Teddy me ravit, je retrouve ma sœur mais aussi mon père en lui, et mon frère Édouard, naturellement. Édouard, Teddy, bien sûr que Charlotte l'a fait exprès, j'en suis heureuse.

Je vais mieux et nous recommençons à sortir. Il faut dire que la compagnie de lady Whitcomb est fort recherchée. Ce soir Marie-Louise Bousquet reçoit dans son appartement très fleuri, place du Palais-Bourbon. Nous croisons là-bas Henri de Régnier, qui explique ses soucis avec *Le Figaro*, la princesse Bibesco, Paul Morand, Misia Sert sans son mari, Paul Iribe et... le baron, mon aviateur, Pierre Hély d'Oissel. « Bonsoir Jeanne », dit-il en m'embrassant comme du bon pain. Je bégaie, je perds complètement mes moyens, gênée certes. Je n'ai pas toujours été honnête avec Pierre, mais il ne pose pas les questions qui m'auraient mise dans l'embarras. Il est là et me sourit. Comme tout le monde, il a entendu parler de la dernière folie du fils Cartier. « Je te vois briller au loin dans le firmament des joailliers, je suis dans l'ombre Jeanne, rien ne presse, j'ai toute une vie devant moi. » Il me raconte que la fin de la guerre a été pénible, psychologiquement, très dure à vivre. Malgré les médailles et les citations, chevalier de la Légion d'honneur, croix de guerre, Pierre s'est senti tout à coup perdu, inutile, sans but précis. Plus d'avion, plus de femme, plus de raison d'être, mais quelques divagations et de trop nombreuses interrogations. À un moment il a même pensé à rejoindre ses cousins au sein de la maison Roederer, mais trop de champagne tue le champagne et comme les vrais dandys, Pierre aime la discrétion. Il décide alors de suivre les traces de son grand-père, et de son père avant lui. Pierre entre dans l'industrie verrière chez Saint-Gobain. Il aime cette idée de filiation, de grande famille, d'une entreprise à l'essor croissant et bientôt mondial, il dit qu'il a un défi à relever, un pavillon à dresser et il entend le mener à bien. Aujourd'hui commissaire aux comptes, il voit beaucoup plus loin mais il prend son temps, demain est un autre jour. Tout ceci n'est pas assez élégant pour une femme telle que moi. Pierre a du cœur, un sens aigu de l'honneur et une modestie rare. Il dit que son appartement de la place d'Iéna est complètement vide et qu'il aimerait avoir mon avis sur deux ou trois choses. « Tu me connais, Jeanne, je n'ai aucune idée quant à la décoration. Je suis persuadé que ton sixième sens, ton goût si particulier pourraient faire des merveilles dans cet endroit, il faut que tu viennes, promets-moi Jeanne. »

Et je promets, oui bien entendu je passerai place d'Iéna et oui, nous dînerons, oui j'aime toujours entendre le champagne tinter dans les verres en cristal de Bohême et oui, on m'appelle toujours la Panthère, mon caractère ne s'est pas assagi avec l'âge. Il me fait rire, il a gagné et il le sait bien. Il se propose de me raccompagner chez moi, je lui dis que je suis avec ma sœur mais où est-elle, elle a disparu ! « Elle s'est sauvée il y a plus d'une heure », m'annonce Marie-Louise Bousquet, « je crois que le jeune lord Whitcomb était malade et Charlotte était terriblement inquiète ». Oh la peste ! Teddy va parfaitement bien. Je connais ma sœur, elle a pris la poudre d'escampette quand elle a vu Pierre, estimant avec justesse qu'il m'escorterait. Je regarde Pierre, il rit comme un enfant, lui aussi a vu clair dans le jeu de Charlotte. Nous partons ensemble, il fait froid ce soir, je me pelotonne dans mon manteau en léopard. Pierre m'ouvre la porte d'une superbe automobile construite par son copain Gabriel Voisin.

— C'est une C5, précise-t-il devant mon regard étonné, elle est rapide et souple comme un félin.

— Alors elle me plaît, répondis-je.

Je n'y connais rien, je n'ai toujours roulé qu'en Rolls. Nous arrivons devant la maison. Je me penche pour voir s'il y a de la lumière à l'intérieur mais tout est éteint et la nuit est noire comme de l'encre. Pierre embrasse ma joue, s'attarde dans mon cou...

— Encore un moment, chuchote-t-il, juste retrouver le goût de ta peau, peau de pêche, cette douceur, ce parfum, nouveau ce parfum...

— N° 5.

— Évidemment, pardonne-moi, Jeanne, je me suis perdu pendant quelques années, tu n'étais plus là pour me guider.
— Je sais, cela ne fait rien, laisse-moi maintenant.
— Jeanne...
— À bientôt.

Non pas de dernier verre, certaines blessures sont longues à cicatriser, les maux d'amour tardent à guérir. Et je m'engouffre dans mon immeuble, sans me retourner, pas un regard pour cet homme franc, fidèle et prévenant. Du temps, Pierre, il me faut du temps, je sais que tu le comprends, je sais aussi que tu m'attends. Aie confiance en moi, même si je ne le mérite pas.

15.

Mariage

Charlotte et Teddy sont retournés en Angleterre. C'est à chaque fois plus pesant de quitter ma sœur. Cet enfant qui me comble. Et je me noie dans le travail. À quoi rêvent les panthères ? À des bouquets de jade et de corail, à des fleurs de lotus faites d'émeraudes et de saphirs gravés, à des vanitys inspirés des sarcophages ornés d'ibis, à des scarabées ailés taillés dans du quartz fumé, aux yeux en cabochon d'émeraude et aux ailes en faïence bleu antique. Je vois un ruissellement de boules d'émeraude et de rubis, de cascades de diamants blancs et mordorés en boule que la lumière enflamme. L'exotisme est à son comble, ce soir à l'Opéra on donne un bal chinois, Mme Paquin nous achète un collier d'émeraudes et diamants et lady Cunard un collier « vase de fleurs ».

Invité aux fêtes de Kapurthala par le vice-roi, Jacques et Louis découvrent le conte des Mille et Une Nuits que j'ai toujours voulu créer. Louis m'écrit une longue lettre. Depuis notre séparation, notre complicité est plus forte que jamais. « C'est le prince régnant de Patiala, à son cou brille le collier de l'impératrice

Eugénie mais il se perd parmi toutes les rivières qui ruissellent sur ses épaules... je ne vois plus rien, j'ai le regard aveuglé... tu vois, Jeanne c'est l'empire des Indes, des splendeurs, j'aimerais te le faire découvrir, il est des panthères aux Indes tout comme en Afrique. »

Panthère qui me fascine, m'obsède, tant que je ne l'aurai pas fait naître à la vie elle ne s'échappera pas et continuera de me hanter. La richissime marquise Casati me fait chercher pour la conseiller dans le choix de ses bijoux. Au Vésinet, je suis accueillie dans le hall de son Palais Rose par un fauve animé, prêt à bondir en avant, toutes griffes dehors, le regard crachant des flammes. « C'est pour décourager les voleurs », me dit la marquise, « vous avez eu peur ? » Peur non, mais une sacrée envie de le voir épinglé au revers de ma veste ! Et j'écris à Louis : « La vue de la panthère empaillée me confirme dans le désir de créer un bijou en trois dimensions, si nous y parvenons, cela sera quelque chose de très grand, Louis. » Il me répond depuis Budapest : « Avec toi, tout est très grand, j'ai confiance, la féline sera à ta mesure. »

Et Louis se marie. Mon amour épouse une autre femme. Mais s'il est heureux, je suis heureuse aussi. Le 10 janvier 1924, Louis Cartier épouse Jacqueline Almassy, il a quarante-neuf ans, sa femme vingt de moins. Je suis conviée mais je connais ma place, dorénavant elle est aux côtés d'un autre. Anne-Marie Révillon, la fille de Louis, vit très mal la chose et cela ne s'arrange guère quand Jackie donne naissance à son fils, Claude, exactement neuf mois après. Notre amour s'est mué dorénavant en une solide amitié et je suis la première avertie. « Très chère Jeanne, c'est un fils, un fils que Dieu m'a donné, te rends-tu compte. À vingt-huit ans de distance, je me redécouvre père... » Louis est émerveillé par son petit prince hongrois et aimerait pouvoir lui consacrer plus de temps. Mais l'enfant réside avec sa mère et ses nombreuses nourrices dans le palais du 5 Tarnock Utca, alors que Louis se partage entre Paris, la Hongrie et San Sebastian où il a acheté une villa.

Pour fêter l'événement, je décide de donner un dîner chez Maxim's. Il y a là Misia Sert, Coco Chanel évidemment, Bébé Bérard, décorateur de génie qui me soumet tous ses projets, et puis Paul Iribe qui travailla pour Louis avant de rejoindre Coco. Coco qui s'agace avec Misia pour une vieille histoire de bijoux, Coco qui essaie désespérément de donner un enfant à son nouvel amant, le duc de Westminster. Nous sommes des inépousables, Coco, c'est toi-même qui me l'as dit il n'y pas si longtemps, crois-tu vraiment décrocher la couronne d'Angleterre ? Mais Coco ne croit rien, elle veut et elle prend. Un peu comme Jean Cocteau d'ailleurs. Fou d'amour pour Nathalie Paley, il commande à Louis une bague « triplement saturnienne », Louis crée une bague trois anneaux, or blanc, or jaune, or rouge, gage d'amour, d'amitié et de fidélité, à la fois sobre et originale. Elle est l'illustration éblouissante de la puissance intemporelle des idées simples. Il la nomme *Trinity*. Peu de temps après, je dîne au Bœuf sur le Toit, rue Boissy-d'Anglas, avec Pierre, Cocteau est là aussi avec sa princesse russe. Une dispute éclate, Natalie arrache sa bague qu'elle balance à l'autre bout de la salle. Par une curieuse coïncidence, c'est dans mon verre qu'elle atterrit. Je l'essuie avec mon mouchoir de soie, je me lève et la remets cérémonieusement à l'écrivain.

— Ah, les amants terribles, dit Pierre...
— Ils écrivent les plus beaux romans.
— Sommes-nous des amants terribles, Jeanne ?
— Peut-être bien, Pierre, peut-être bien, car nous nous quittons et nous nous retrouvons toujours.
— Enfin, dit-il en baisant ma main.

Ce soir-là, je reste coucher place d'Iéna. Et le lendemain aussi. Et puis bientôt tous les autres soirs. Et je suis bien. Heureuse, enfin. Pierre ne parle pas mariage, ni famille, il caresse ma joue, m'embrasse dans le cou, puis il me demande de créer un foyer harmonieux pour abriter notre histoire.

La place d'Iéna, comme un secret que je ne partage qu'avec quelques initiés. Des pièces presque vides, des tons clairs jamais criards, un parquet poli comme une glace et des vases posés à même le sol. Des orchidées et des lilas blancs, des branches de cerisier en fleur, comme si l'on marchait dans un jardin japonais. Dans les angles, des fauteuils XVIIIe, un grand canapé immaculé recouvert de peaux de panthère, des cabarets africains, le buste de Néfertiti, et des paravents en laque de Coromandel comme celui devant lequel Adolph de Meyer m'avait prise en photo avant la guerre.

— Quel univers, c'est merveilleux Jeanne, quel goût ! Quand on me demandera pourquoi et comment, je dirai c'est le « goût Toussaint », voilà tu es cataloguée en diva de l'esthétisme, me dit Pierre. Je me sens bien ici, chez moi, chez toi, si classique mais charmant, rigoureux et pourtant complètement fou ! Dis-moi Jeanne, vas-tu rester longtemps ici ?

— Jusqu'au bout.

— Au bout de quoi ?

— Ma vie, la tienne ?

— Ne dis pas des choses comme cela alors que tu ne sais pas de quoi demain sera fait.

— Ce n'est pas quelque chose que je dis au hasard, Pierre, c'est juste que je le ressens ainsi et cela me plaît.

Il me serre dans ses bras, la discussion est close.

À l'exposition internationale des Arts décoratifs, Louis refuse d'exposer avec les autres joailliers et nous présentons nos bijoux au Pavillon de l'Élégance sur les stands et les mannequins des grands couturiers. Louis veut ainsi prouver que le bijou et la mode sont désormais indissociables. Le bijou de cette année 1925 est terriblement géométrique, relief, sobriété et modération, Louis encore une fois est le précurseur d'un style, son instinct infaillible ne le trompe jamais. Et les grands de ce monde se pressent toujours plus nombreux à sa porte. Comme ce fameux samedi de mai où le prince de Galles se fait conduire rue de la Paix. Un attroupement de midinettes s'agglutine tout contre les vitrines, et le caricaturiste Sem qui passe par là croque en deux traits de crayon « *la visite du prince charmant rue de la paix* ».

Au bal Longhi de Venise, la marquise Casati apparaît, suivie d'un esclave noir et tenant une panthère vivante en laisse, Elsie de Wolfe fait venir de vrais éléphants pour sa grande fête versaillaise, le Tout-Paris est plongé dans une gaieté frénétique, à n'en pas douter cette époque est celle de l'outrance et de la démesure. Dans l'appartement dépouillé de la place d'Iéna, j'apprends le goût du bonheur auprès de Pierre pendant que les frères Cartier font encore parler d'eux en se portant acquéreurs de la couronne des Romanov et des diamants de Marie-Antoinette. Roi des joailliers, joailliers des rois... et de leurs fantômes.

16.

Années folles et Indes galantes

« J'appartiens à cette classe superficielle et inutile de la société dont l'importance réside dans le pouvoir d'inspirer le luxe, en fait de l'exiger. C'est pour nous que sont imaginés des bijoux nouveaux et excitants, que sont réalisés vêtements et fourrures d'une beauté extravagante, que des voitures de plus en plus fastueuses et rapides sont fabriquées. Nous donnons des coups de coude aux instincts créatifs des corps de métier du monde entier », rapporte la journaliste américaine de *Vogue*, Betty Ballard. Elsie de Wolfe devient lady Mendl et nous commande une cantine automobile en émail bleu roi, « tellement plus en accord avec mon nouveau statut », estime-t-elle. Ganna Walska épouse Harold McCormick, elle demande en cadeau de mariage le choix de ses préférences chez Cartier. Misia se fait plaquer par José Maria Sert et se console d'un collier de huit rangs de boules de rubis avec un motif pendant dans le dos au bout d'un cordon de soie rouge consacré à Maya, la déesse indienne des Illusions terrestres. Jeanne Lanvin suit l'exemple de Coco en lançant son parfum Arpège. « Être toujours la première, lancer la mode, mépriser ceux qui la copient, Jeanne Lanvin confond remugle et fragrance, quelle bourgeoise », commente Coco en s'aspergeant de N° 5.

Le dessinateur Peter Lemarchand et moi-même, sommes plus proches que jamais. Cela amuse beaucoup Louis qui persifle « mon Jacqueau, ton Lemarchand ». Comme Louis encourageait ses dessinateurs à arpenter les rues de Paris à la recherche de vantaux et détails architecturaux à même de les inspirer, je creuse l'idée de bijoux animaliers dont Peter s'en va chercher l'âme au zoo de Vincennes. Nous partageons le même univers onirique avec ses félins souples, ses oiseaux de paradis et cette végétation luxuriante qui nous vient des Indes. Les Indes, vers qui convergent toutes nos pensées. Le maharadjah de Patiala nous fait la commande la plus extraordinaire qui sera jamais honorée par la maison. Il décide de nous ouvrir son trésor et nous en confie les pièces les plus fabuleuses afin que nous les remettions au goût du jour. Sa collection compte le fabuleux diamant de Beers, une merveille, un péché, un diamant jaune pâle d'un poids de 234,69 carats qui devient la pièce principale du grand collier de cérémonie. Louis, Charles Jacqueau, Peter Lemarchand, Georges Bezault et moi-même sommes sur les dents pendant plusieurs mois. Tous ensemble réunis vers un but unique, agrémenter les joyaux de Patiala, respecter les formes traditionnelles indiennes tout en usant des nouvelles montures répondant aux tendances Art déco de l'époque. Nous devons produire des anneaux de nez en diamants ! Des bijoux de chevilles et des bracelets de haut de bras en rubis, émeraudes et saphirs typiques de l'Inde du Sud. Mais aussi moderniser l'exotique Hathpul, cette pièce de mariage traditionnelle qui est portée sur le dos de la main et relie les bracelets aux bagues...

Près de deux ans de labeur acharné avant d'exposer ces sublimes joyaux en nos vitrines puis de les livrer au palais Moti Bash à Patiala. *L'Illustration* écrira : « Vision de rêve, incarnation d'un songe fugitif d'Orient, on a pu admirer les incomparables bijoux de la couronne de Patiala remontés par Cartier à l'invitation du maharadjah. Chez Cartier les songes se fixent, les contes des Mille et Une Nuits trouvent leur incarnation, la beauté de ses collections et leur étendue dépasse l'imagination. » Cela nous fait une publicité formidable et il semble bien que les Indes galantes débarquent chez Cartier en ces années-là.

Le maharadjah de Patna souhaite transformer son collier de parade, le souverain de Mandi aimerait voir ses émeraudes montées sur un diadème, quant au maharadjah de Nawanagar, il commande à Louis un collier de six rangs de perles orné d'une émeraude gravée de 62,93 carats, collier pouvant se transformer en ornement de turban. Jacques Cartier, de retour du palais de Jamnagar, nous raconte avoir vu là-bas un esclave noir dont l'unique tâche consiste à porter les perles sur sa peau satinée de façon à en entretenir l'orient naturel. Jacques en a profité pour livrer au maharadjah de Kapurthala un diadème style pagode. Il a été reçu dans un palais construit sur le modèle de Versailles avec des serviteurs déguisés en laquais, portant haut-de-chausses et perruques Louis XV par plus de 35 °C à l'ombre !

Les Indes se gorgent d'élégance toute parisienne et la réciproque est encore plus vraie. Un vent de folie souffle sur Paris, il vient directement du Siam et de Mongolie. Les Occidentaux rêvent de fastes chatoyants, Paul Poiret convie le Tout-Paris à la somptueuse Mille et Deuxième Nuit dont le programme signé Raoul Dufy précise que « rien de ce qui existe n'existera ». Quant à la « Bombay Trading Company », elle devient notre filiale autonome chargée de développer le commerce entre l'Inde, l'Europe et l'Amérique. Je suis submergée par cette inspiration persane. Louis me laisse carte blanche, je contrôle toute la ligne indienne, c'est ma période Kandjar. L'or jaune remplace le platine, les pierres sont rondes et gravées, perles, boules de rubis, de saphir, de jade et de corail, enfilées en une infinité de rangs, donnent vie à des bijoux sensuels, désinvoltes et indociles.

Louis est reparti en Hongrie et je lui écris religieusement chaque semaine : « Or émaillé, pampilles, perles fines, nous obtenons des bijoux de qualité qui séduisent la clientèle, nous maintenons le flambeau, foi de panthère des Indes. » Je porte moi-même des grappes de perles ou de gemmes pendant de broches ou de pendentifs. J'aime cette conception d'une bijouterie souple en perles d'or. J'ai l'idée du motif des « boules de beurre » de Krishna, symbole de l'essentiel pour la vie. Je les fais monter en bague : quatre boules en or creuses et un rubis pâle de Ceylan. Turquoise, lapis-lazuli, coraline, aigue-marine et béryl verte sont utilisés pour des fleurs, fruits gravés ou autres feuilles de manguier. Elles rappellent le culte islamique des empereurs mogols pour la flore et donnent naissance à des fantaisies légères et décoratives. De même chez les hindous Brahma, le principe du monde, a surgi d'une fleur. Muguet ou hortensia, opaline, agate ou pierre de lune, les courbes s'expriment dans mon jardin exotique où s'épanouissent les adaptations européennes de l'arbre de vie et l'on baptise la collection Tutti Frutti. Une profusion de rubis, de saphirs, d'émeraudes gravées et de diamants ramenés d'Inde, et formant des entrelacs de branchages multicolores, couverts de fleurs et de fruits. La couleur de l'émail indien enflamme l'imagination des dessinateurs de la maison. Quant à la nacre et la laque chinoise elles deviennent indispensables à la décoration intérieure et sont présentes aussi bien dans le salon de Madeleine Vionnet que sur le *Normandie.*

Daisy Fellowes, héritière de la dynastie Singer, devient l'une de mes plus grandes clientes. Arbitre des élégances, sa seule vocation est de devenir inoubliable, elle est la reine de la médisance et se plaît à organiser des dîners de gens qui se haïssent. « Sainte Daisy, médisez pour nous », prient ses chers amis. Je suis amenée à lui rendre visite dans son magnifique hôtel particulier de la rue de Lille pour que son couturier favori agrémente ses décolletés en fonction de ses parures Cartier.

Au pied de l'escalier Dorian du Casino de Paris, Cécile Sorel exhibe son collier de feuilles de rubis et de baies d'émeraude avant de lancer son fameux « l'ai-je bien descendu ? », et Paul Morand, tout fier de sa nouvelle Bugatti, nous commande une boîte à cigarettes en forme de voiture, en jade, ornée du caractère chinois « Longue Vie ». La légende orientale se pare aussi de créatures ensorcelantes aux pouvoirs magiques dont nous nous inspirons pour nos ornements de bras.

Nous allons encore plus loin dans la figuration en lançant nos premiers monstres, dragons et autres chimères. L'Orient est véritablement le berceau des mythes. C'est Louis qui demande à Charles Jacqueau un bracelet à têtes de chimères. Pour Jackie. Une véritable petite sculpture précieuse en spirale articulée, composée de corail et d'onyx. La crinière et les yeux sont en diamants ronds. Louis me dit que Jackie est ravie. C'est bien. Je poursuis dans cette idée d'une créature fabuleuse, je suis fascinée par le projet, j'en conserve l'esprit mais j'adoucis le monstre de Louis que je trouve un peu trop féroce. Je demande à Peter Lemarchand de travailler sur un animal plus aimable, un regard dulcifié, des yeux plus ronds sertis de saphirs en obus et un nez retroussé. Le corail domine et induit une sensation de chaleur. C'est Ganna Walska, sûre d'elle-même et raffinée, qui achète ce bracelet chimère en or et émail vert, rouge et bleu, orné de diamants et cabochon de saphirs, portant deux grosses boules d'émeraude de quarante-huit carats.

Peter Lemarchand ne quitte plus son atelier de Montparnasse, il se consacre aux dessins d'animaux et d'oiseaux pour lesquels nous éprouvons un amour commun. Sous ses crayons, les ailes des oiseaux frémissent, les tiges des fleurs se balancent au gré d'un vent invisible et les carapaces des tortues scintillent des feux de mille diamants. Un bestiaire peu à peu envahit la maison et s'impose dans sa grande élégance et sa simplicité. Dragons échevelés, merveilleuses chimères, serpents à plume se déclinent aussi sur les poudriers, les vanitys, les pendules à répétition et autres boîtes à cigares. Le style naturaliste s'impose à moi dans toute son évidence et Louis me soutient avec ferveur et une confiance sans cesse renouvelée.

Pierre Cartier vient d'être fait chevalier de la Légion d'honneur et Elma organise une sauterie dans sa maison de Neuilly. Je suis invitée. Il semblerait que « la marginale » ne soit plus dangereuse pour la famille, bien au contraire, elle devient intéressante. Les frères de Louis reconnaissent enfin mon talent, Alfred le patriarche n'est plus là pour le saluer. Il s'est éteint juste après la naissance de Claude, un Cartier chasse l'autre mais le génie subsiste. Louis est venu féliciter son frère, il est seul, Jackie est restée à Budapest. Il me sourit, il dit que tout va bien, je le trouve vieilli, presque fragile, fatigué. Louis chéri, que se passe-t-il ? Soudain j'ai froid, un sombre pressentiment m'envahit. Louis pose sa coupe de champagne, il me dépasse d'une bonne tête, fait mine d'approcher sa main de mes cheveux, puis il se ressaisit, allume une cigarette, toujours cette élégance teintée d'insolence, il prononce ces mots qui me font si mal encore aujourd'hui :

— Jeanne, ma panthère, si tu savais, si tu savais…
— Tu m'as déjà dit cela, Louis, il y a quelques années, on se quittait alors pour un monde meilleur, n'est-ce pas ?
— Jeanne, j'y ai cru tellement fort, je n'y arrive plus.
— Non, Louis, non. Tu aimes Jackie, tu aimes ton fils, ne gâche pas tout, tu l'as déjà fait une fois. Cette foutue mélancolie qui est la tienne !

Années folles et Indes galantes 171

— Ce n'est pas ça. Jackie, oui je dois l'aimer, certainement. Mais pas tout ce qui s'y rattache. J'aime la Hongrie, pas les amis de Jackie, ils sont horriblement snobs, pour eux je reste un fournisseur, un fabricant, une espèce d'épicier, je ne serai jamais des leurs et je déteste ces chasses à courre sur les milliers d'hectares du prince Esterhazy. Je m'ennuie ou bien je vieillis. Je suis si las, Jeanne, si las. Quelle bêtise ai-je fait de ma vie, regarde-moi, ma beauté.

— Nous vieillissons tous. J'ai eu quarante ans. Sous Louis XIV, je serais déjà une vieille femme.

— C'est moi le Roi-Soleil, la Panthère, tu l'as déjà oublié. Je te rassure tu n'es pas une vieille femme, tu es plus belle que jamais, tes cheveux se parent de fils d'argent, ton regard est inoubliable, j'y vois toute la tendresse que tu y caches et tes souffrances, c'est moi qui les ai occasionnées. Et ton profil aquilin, tes mains qui ont la finesse des grands artistes et ta peau de porcelaine dont je ne peux oublier la douceur...

— Arrête, c'est trop tard.

— Rien n'est jamais trop tard Jeanne ! Je t'aime toujours.

— Non, je t'en prie. Pour moi, c'est trop tard, j'ai trahi une fois Pierre, il m'a pardonnée et il m'a attendue. Aujourd'hui je suis bien à ses côtés et je ne veux pas lui faire du mal. Ni à toi d'ailleurs, ni à moi.

— Alors tu l'aimes vraiment.

— Oui.

— Et moi ?

— Aussi.

— Alors ?

— Alors rien.

Et je fais mine de m'éloigner, tout ceci me trouble à un point, je connais l'égoïsme de Louis, il s'ennuie, il pense à moi, certes, oh mon Dieu, ne viens pas me tenter maintenant !

— Jeanne, écoute-moi. J'ai acheté un voilier, il est ancré à Genève dans la propriété de Pierre, viens avec moi, pour quelques jours, une semaine, viens, je te ferai découvrir la Hongrie que j'aime. Pas celle des mondanités, non mais celle des montagnes et des lacs encastrés, des vallées et des petits villages magyars... et puis j'ai de graves décisions à prendre et certaines te concernent, il faut qu'on en parle calmement.
— En me faisant ta collaboratrice principale, Louis, tu as pris la seule décision à laquelle je pouvais être sensible.
— Toujours ce caractère fier et orgueilleux, la panthère rugit en toi, ton influence fera le tour de la terre.
— C'est que j'ai bien assimilé tes leçons, patron !

Louis repart vers ses terres hongroises, sa femme, son fils. Ce soir, pelotonnée dans les bras de Pierre, je sais que j'ai fait le bon choix. Autour de moi, tout n'est qu'harmonie, sainte proportion et correspondance parfaite entre les éléments et mon état d'esprit. Le faucon du Nil sur la cheminée fixe le bas-relief de l'époque de Seti Ier au-dessus de la porte de ma chambre. Ma cassette mérovingienne sur le petit bureau Louis XVI de Pierre rivalise d'audace avec les trois statuettes chinoises datant de l'époque Ming, jadéite de Birmanie, néphrite du Xinjiang, qui reposent sur ma petite commode Louis XV laquée rouge. Les reflets dorés de la lumière jouent sur Basset, la déesse égyptienne qui trône au sommet d'un socle de bois de rose. Elle semble s'animer d'une vie intérieure. Ombres et lumières, je ne pourrai vivre dans un monde d'où la beauté est absente, combien j'aime tout cela, cet univers qui m'entoure et ce bien-être que je dois à Pierre.

Pierre s'investit chez Saint-Gobain, il entre au conseil d'administration et suit la voie toute tracée des futurs chefs, il ne doute de rien, surtout pas de son bon droit. Comme son père et son grand-père avant lui, Pierre sait que son destin est là, il n'y dérogera pas. Pierre ne commet jamais d'erreur. Ainsi, il ne regrette rien. Toute sa vie est bâtie sur le modèle de la patience et de la tolérance et quand il rentre le soir à la maison, il laisse ses verriers et chimistes derrière lui et ne s'intéresse plus qu'à mes journées, mes bijoux, mes projets. Bien sûr sa famille ne veut pas entendre parler de moi. Encore une fois, il paraît que cela ne se fait pas chez ces gens-là. Cela mais qu'est-ce ? Le sang-mêlé, l'ascendance, quelques absences et puis un monde qui n'est pas le leur, pas le mien, cela tombe bien, on ne risque pas de se croiser. Tout au plus de se saluer. Ces gens-là sont éduqués mais peu enclins à partager leurs fils. Pierre le sait. Et pourtant il essaie :

— Je voudrais tant t'offrir cette fichue respectabilité.

— Oui, chéri, mais ta mère en mourrait, n'est-ce pas...

— Ma mère, oui très certainement, quel monde ! Jeanne, dis-moi, suis-je en dessous de tout ?

— C'est toi qui me demandes cela, toi qui as toujours été là pour moi...

— On aurait pu être une famille, et même avoir des enfants, je ne sais pas, on...
— Oh Pierre, tais-toi, je t'aime.

Qu'est-ce qu'ils ont tous ces hommes à caresser mes cheveux et à vouloir retenir cette mèche rebelle qui passe son temps à s'échapper. Un enfant, bien sûr que je voulais un enfant. L'enfant de Pierre, pas un artiste comme celui de Louis, non. Je le vois très calme mais en lui bouillonne la force et la voracité du fauve. Dans ses yeux, toute la bonté du monde et quand il me regarde, cet enfant de Pierre, je sais enfin pourquoi j'existe. Il y a tant de questions dans ces yeux-là, tant d'attente, un manque, une solitude qu'il essaie de combattre par cette puissance qui l'anime, mais l'enfant de Pierre redevient fragile et tendre quand il se réfugie au creux de mes bras... Non ! Balayer à jamais ces rêves éveillés. C'est ridicule. À mon âge, bâtir des cathédrales de papier, quelle bêtise ! Pas d'enfant après quarante ans.

Et je songe au jeune Teddy Whitcomb avec d'autant plus d'émotion. Je n'oublie aucun de ses anniversaires, il continue à me rendre de nombreuses visites avec sa maman. C'est un adolescent vif et alerte, il n'a plus ses boucles blondes qui descendaient jusqu'aux épaules mais toute la facétie de sa mère dans ses yeux clairs et puis le chic de son père, cette inimitable distinction des Anglais racés. Teddy, mon neveu, une fois de plus, Charlotte, ma grande sœur, m'a tout donné.

L'année 1929 voit une sacrée crise à New York et le somptueux Bal des Matières chez les Noailles à Paris. Charles Lindbergh traverse l'Atlantique Nord, « un véritable exploit » selon Pierre. Le roi Fouad nous accorde son brevet, la reine Marie de Roumanie de même et Louis invente les colliers en volute comme des copeaux d'or, après avoir vu un menuisier aux prises avec son rabot. Le Darjeeling Express ouvre la porte de l'Inde mystérieuse, « attention réserver un compartiment privé », précise Jacques Cartier. Joséphine Baker triomphe au Casino de Paris alors qu'on enterre Diaghilev. Au cinéma Panthéon on se presse pour assister à la première de *L'Âge d'Or* dont on ressort bouleversé. Écœuré. Dégoûté. « L'approbation du public est à fuir avant tout », s'exclame André Breton. Luis Buñuel peut être fier, il vient de réussir son coup ! Coco arrive en marin nègre à la fête coloniale des Beaumont. Elle raconte que Jacques de Lacretelle est en Cinghalais, Nathalie Paley en Siamoise et la belle Lee Miller en danseuse de café africain. Au même moment dans le bois de Vincennes, à l'Exposition coloniale de 1931, Louis choisit d'exposer un collier imaginé par Jacqueau, un collier à motif pattes de tigre, la panthère, toujours cette panthère qui n'en finit pas de me hanter. C'est l'une des dernières grandes décisions de Louis et je ne le sais pas encore.

17.

Des yachts et d'autres choses

Ce sont là dix années de grande euphorie. L'époque est audacieuse et les gens terriblement pressés de vivre. Comme si une autre guerre pouvait pointer le bout de son nez. Ou le malheur s'introduire chez les meilleurs d'entre nous. Et ne plus en décaniller. Le malheur, pas encore mais la peur oui. Peur de le perdre, cet homme que j'ai tant aimé. Peur de le voir gagner par cette fichue mélancolie qui lui a empoisonné l'existence. Louis se sent vieillir, il me l'a dit la dernière fois que nous nous sommes croisés chez son frère, il voudrait « arranger ses affaires ». Mon Dieu, il n'a pas soixante ans ! Arranger ses affaires, pourquoi ? On dirait qu'il n'a plus goût à la vie. Parfois, je ne peux m'en empêcher, mais j'en veux à Jackie. Oh oui, j'ai honte, mais enfin, c'est elle qu'il a épousée, elle se devait de lui offrir le bonheur. Et voici que les choses se précipitent...

En février 1933, Louis est victime d'un accident cardiaque, il se voit contraint à un repos absolu et ne se sépare plus d'une boîte à pilules censées le requinquer en cas de troubles incertains. Il s'installe alors dans la maison qu'il a achetée à San Sebastian. Il aimerait y prendre sa retraite. Il dit que le moment est peut-être venu. Il dit aussi qu'il a besoin de soleil et de chaleur. Je lui rends visite en mars. C'est si facile depuis Ciboure. Car Pierre a acquis une maison là-bas, de l'autre côté de la baie de Saint-Jean-de-Luz. Une jolie demeure de style mauresque avec les armes du pays sur le fronton. On y voit un chêne de sinople avec ses glands d'or, représentant la force, la tradition et la mémoire. Et puis un cheval d'argent sur fond de mer d'azur, pour la vitesse et la légèreté. Pierre est le chêne, moi le cheval, toujours complémentaires, plus que jamais unis dans cette subtile harmonie. Délicieuse douceur de l'air. Je prends le chemin de fer électrique depuis Hendaye. Quelle simplicité pour passer la frontière, mon passeport n'est même pas visé. À la gare, la voiture de Louis est là qui m'attend. Toujours une Rolls-Royce Phantom car Louis aime à répéter la devise d'Henry Royce : « Chercher la perfection en tout. Prendre le meilleur de ce qui existe et l'améliorer. Et quand rien n'existe, le concevoir. » Mon Dieu que cet homme est beau. À chaque fois que je le retrouve, j'éprouve la même sensation. Admiration, désir, tendresse. J'ai l'impression de me retrouver vingt ans en arrière, notre première soirée... Chez qui était-ce déjà, c'est si loin... Louis jeune et fringant, sa canne à pommeau d'ambre. Oh, la Belle Époque et la guerre qui s'en vient... Nos plus belles années... Louis a cinquante-huit ans aujourd'hui et moi douze de moins. L'amour a fait place à la complicité, quelque chose que l'on ne peut définir, une même entente, une compréhension, les mots sont obsolètes, seuls les regards nous trahissent. L'amour est toujours là, en dépit du temps, en dépit de Jackie, de Pierre, l'amour est là même si l'on fait semblant de ne plus y croire. Louis me regarde, il me serre dans ses bras, m'abandonner à son étreinte, à mon âge, est-ce raisonnable ? Son souffle réchauffe ma nuque, il murmure :

— Salut la Panthère, pas grandi depuis tout ce temps-là !

— Salut patron, comment vas-tu, il paraît que le cœur n'est pas très solide...

— C'est de ta faute, tu l'as brisé !

— Oh, Louis, quelle mauvaise foi ! Mufle, menteur, je m'en vais !

Il éclate de rire, démarre sa belle automobile, nous empruntons une petite route tortueuse qui longe la mer jusqu'à la baie de la Concha. Je contemple son profil parfait, cette rigueur des traits et la folie douce du regard. Charme, aplomb, prestance, oui c'est toujours lui, mon seigneur et maître, Dieu qu'il m'a manqué ! Mais nous arrivons *barrio Ayete*, une petite montagne au centre de la ville, un quartier éminemment résidentiel. Voici le *Palacio* du Roi-Soleil, à deux pas du casino et du *Teatro Victoria Eugenia*. Une grande maison d'inspiration gothique, couleur terre de Sienne. Odeur de bon café et de cigares, nous traversons le bureau de Louis, puis le patio noyé sous les orangers et les bougainvilliers, le salon avec ses grands fauteuils en cuir de Russie, sur la terrasse ombragée nous attendent du champagne et des olives. La mer, le soleil, il ne manque qu'une gitane dansant le flamenco. Louis saisit mes mains, il les baise, les pose sur ses genoux et murmure :

— J'aime regarder tes doigts immaculés, je les imagine maniant les rivières de diamants et les cascades de gemmes et je me dis que tu es ma plus belle réussite. Ma plus grande erreur aussi… Si seulement j'avais eu la force de résister… Mon père, mes frères…

— C'était il y a longtemps maintenant, je t'ai pardonné.

— Quelle bêtise, mon Dieu, Jeanne, quelle bêtise !

— Je t'en prie, arrête, ou je m'en vais.

— Ta sœur avait raison finalement, comment m'appelle-t-elle déjà ?

— Le grand bourgeois !

— Un grand bourgeois avide de reconnaissance, quelle perspicacité ! Enfin, c'est d'affaires dont je souhaite te parler aujourd'hui, Jeanne, continue Louis en soupirant. Les temps sont ce qu'ils sont et moi pas beaucoup mieux, vois-tu.

— Tu es fatigué, cela me navre. Où est ta splendeur d'antan, Louis ?

— Avec toi, la Panthère.

— Tais-toi.

Il se penche alors vers moi, caresse ma joue, puis il se lève et va chercher une petite boîte sur le bureau. Il reprend doucement.

— Je dépends d'une boîte de pilules. Je suis condamné à éviter les colères et les excès. Quant aux soucis, je dois les évacuer. Regarde à quoi tient ma vie, c'est maigre. Je ne sais pas combien de temps il me reste à vivre mais ce temps-là j'aimerais le consacrer à mon fils. Je ne veux pas recommencer les erreurs commises avec Anne-Marie. Non, voir grandir Claude, c'est tout ce qui m'importe aujourd'hui. Et puis reconquérir Jackie peut-être. Je pense que c'est possible. Nous nous sommes aimés. Pas de façon aussi intense que toi et moi, mais nous nous sommes aimés. Nous partons le mois prochain faire une croisière sur la Méditerranée. J'ai fait affréter un yacht à Monte-Carlo, le *Cyprius* doit nous mener jusqu'en Crète.

— C'est bien, tu as un but à nouveau, tu vas regarder ta femme sourire et tu seras heureux. Tu fais le bon choix. Mais qu'en est-il de la maison ? Tu sais, quand le roi n'est pas là, Versailles tourne à l'émeute.

— Oui, Jeanne et c'est pour cela que je t'ai fait venir. Je te nomme directrice de la Haute Joaillerie de Cartier-Paris. En gros, la Panthère, te voilà patronne, tu as les pleins pouvoirs, je sais que tu sauras t'en montrer digne.

Je ne peux prononcer un mot, je suis abasourdie. Je ne m'y attendais pas du tout. Mon Dieu, il fait de moi son héritière. En suis-je capable ? Cette confiance dont il m'honore et sa famille... mais déjà, il reprend :

— Mes frères sont au courant, ils sont d'accord. Tu vois finalement, c'est plus simple d'être la patronne que l'épouse, chez les Cartier...

— Mais ton frère Pierre...

— Pierre a fort à faire avec New York et Londres depuis que Jacques s'est installé en Suisse. Jacques continue les voyages et le négoce, cela lui suffit, il est de faible constitution tu sais, depuis la guerre. Donc tu prends les rênes de Paris et tu fais jaillir la magie Cartier ! J'ai confiance en ton génie caustique et en tes fulgurances. Je te veux la légataire des destinées esthétiques de mon empire, je sais que tu sauras l'ancrer définitivement dans la modernité.

Des yachts et d'autres choses 181

— Louis…
— Tu es imaginative, exigeante, tu as une intuition rare.
— Je…
— La première fois que je t'ai vue, souviens-toi, nous étions chez Maxim's et je l'ai senti immédiatement. J'ai le flair pour ces choses-là, Jeanne.
— Oh oui je sais, je…
— Tu es marquée du sceau des êtres auxquels il appartient d'idéaliser le banal et de magnifier le quotidien, tu es une magicienne, Jeanne tu as le don !
— Je ne sais que dire…
— Dis oui.

Il m'offre son empire. Mon Dieu, donnez-moi la force d'être à la hauteur. Faire briller l'esprit Cartier de par le monde. Car Paris donne le ton à Londres et New York. Oui, je le veux. Oui j'y arriverai. Par amour de Louis. Marche ou crève, pour toi mon chéri, j'irai au bout de l'univers. Mais j'ai peur de ce que cela signifie. Sa santé défaillante, son désir de se consacrer à son fils. Et ce retour vers Jackie. Comme pour obtenir l'absolution avant qu'il soit trop tard. Trop tard… Louis, que me caches-tu ? Il y a autre chose. Comme une maladie insidieuse. Un esprit malin. Une menace, sournoise. Inexorable… Il lit en moi comme dans un livre, il aperçoit l'effroi et change de sujet aussitôt. Masquer la vérité, comme toujours. Dissimuler la faiblesse pour l'empêcher de prospérer.

— Autre chose, la Panthère, avant de te sauver. Il y a quelques jours je griffonnais dans mon carnet à l'ombre dans le patio. À l'étage il y avait Maria en train d'accrocher le linge entre deux fils sur un des balcons. À un moment, je ne sais pas trop comment elle s'est débrouillée mais le drap, la pince, son chemisier, tout cela s'est pris ensemble et Maria s'est retrouvée épinglée sur le fil. Et je me suis souvenue de toi maniant cette plaque de nacre en te lamentant « mais qu'est-ce qu'on pourrait faire de ce machin-là, c'est trop lourd pour une broche » et tu disais « il faudrait pincer l'étoffe, mais comment ? ».

— Absolument, je me souviens parfaitement

— Eh bien, Jeanne, regarde avec Georges Bezault, tu sais qu'il fait des merveilles à l'atelier, je suis persuadé que l'on peut fabriquer des bijoux qui se clippent tels des pinces à linge, vois avec Georges.

— Tu es un génie, patron !

— Moi non mais ma lavandière, oui !

Tu parles ! Même affaibli, l'esprit de Louis fonctionne à grande vitesse. Il me fascine toujours autant, cet homme qui n'est plus à moi et qui vient de m'offrir son bien le plus précieux, sa renommée…

Je rentre en France, un seul credo en tête : la perfection absolue. Étonner le Tout-Paris et voir le monde se prosterner devant Cartier. Extravagance, raffinement, intelligence, suivez-moi, jeunes gens, je vais vous ouvrir les portes de mon domaine, le luxe ! Réalisme encore et toujours, nos oiseaux de paradis ont les ailes et la queue articulées. Je ressens le besoin impérieux d'échapper à la pesanteur d'un monde parfois trop lourd pour moi. La somptuosité de l'oiseau-lyre, son plumage et sa grâce permettent toutes les audaces. Le tracé de Lemarchand, la maîtrise remarquable de nos sertisseurs font du rêve une réalité. L'éventail des réalisations est très large. Du canard au hibou, du martin-pêcheur à l'oiseau huppé, tout est permis et merveilleux. Ils volent ou s'agrippent à une branche, ils sont inséparables ou protègent leur nid, ils sont en cage ou tout juste libérés, mes oiseaux s'envolent vers des cieux pailletés. Platine, or jaune, améthyste, turquoise, saphir, brillants, voici un perroquet et puis un coq, celui-ci est une broche et cet autre un clip, quelques canards espiègles, un moineau tenant une fleur de rubis en son bec, j'avais oublié le paon, gouttes de rubis et diamants. À ma volière féerique, j'ajoute quelques insectes et autres bêtes à bon Dieu, faites de corail incrusté de diamants sertis clos et laque noire. Je les décline partout, elles passent du buste aux oreilles, du briquet au poudrier, toujours les ailes fermées et les pattes pavées de diamants. Papillons, libellules aux ailes tremblantes ou tortues saphir et lapis-lazuli. Peter Lemarchand déserte le zoo de Vincennes pour le quai de la Mégisserie ou le Muséum d'histoire naturelle. Le Louvre aussi, le Louvre surtout. Et les voyages de chacun. Tout est bon pour capter un monde fascinant et renouveler notre inspiration. Rome, l'Égypte, les Balkans, partout nous glanons la vision qui deviendra bijou puis affaire de goût. Au Kenya avec Pierre, je reste saisie par la vision de cette panthère à l'affût, je la transposerai en un fabuleux bijou, Peter y réfléchit, croquis et dessins se succèdent mais ne conviennent pas. Non ce n'est pas encore cela, il ne faut pas que nous nous trompions, persévérons. Des représentations de la panthère, il y en a déjà eu chez Cartier mais je veux un animal en trois dimensions. Je vois des brillants, de l'onyx et des émeraudes pour le regard mystérieux, oui Peter, il faut s'y atteler très sérieusement car de cette panthère je ferai le bijou fétiche de Cartier.

C'est une véritable panthère que je vois débarquer un matin de janvier dans mon bureau. Une très jeune femme, blonde et capricieuse, fabuleusement riche; « je suis une héritière », m'explique-t-elle, « je veux les plus beaux bijoux qui soient car je me marie avec un prince, je veux les joyaux d'une reine, il paraît que vous faites des merveilles, c'est ce que l'on dit à New York, prouvez-le ». Elle se nomme Barbara Hutton et épouse quelques mois plus tard le prince Alexis Mdivani, beau comme un acteur hollywoodien, à la cathédrale orthodoxe Saint-Alexandre-Nevski de la rue Daru. C'est le mariage le plus en vue de l'année. José Maria Sert est le témoin du prince et son nouveau beau-frère. Ganna Walska porte son bracelet chimère et son collier saphir et émeraude que nous lui avons livré pour l'occasion, l'honorable Daisy Fellowes a vu sa tenue agrémentée de deux manchettes d'inspiration indienne fournies par nos soins. Quant à la mariée, somptueuse dans sa robe de Patou, elle exhibe fièrement sa bague de fiançailles, une perle noire de 105 grains dont Georges Rémy, notre super baguiste, a dessiné la monture. Miss Hutton porte sur la tête un diadème de mariage balinais en écaille à motifs de diamants, reproduisant les fleurs de son voile. C'est Louis le créateur de cette petite merveille. Mais la commande la plus prestigieuse reste le collier de cinquante-trois perles ayant appartenu à Marie-Antoinette. À San Sebastian, Louis reçoit ma lettre qui lui narre le grand moment : « Les perles d'une reine pour faire d'une boutiquière une aristocrate, les temps changent, Louis mais pas les mentalités. » Un yacht de quarante-neuf mètres est affrété pour emmener les jeunes mariés en voyage de noces autour de la Méditerranée, on parle d'une escale à Porto-Cervo d'une autre dans les Cyclades, sans oublier l'héritage byzantin et ottoman de la Turquie.

Car l'époque est aux navires de luxe. L'ancien fiancé de Coco, le duc de Westminster, fait entièrement réaménager le *Flying Cloud*, un trois-mâts goélette, quant au commodore Vanderbilt il a décidé de passer d'un hémisphère à l'autre à bord de l'*Alva* et de tenir un journal qu'il publiera à son retour. Et Mona Harrison Williams emmène son troisième mari en Chine à bord du somptueux *Warrior* équipé d'un court de tennis. *Bel espoir*, *Oiseau des îles*, *Boudeuse*, on parle beaucoup ces temps-ci de yachts et d'autres choses, « vous vous ennuyez chérie, achetez-vous donc un yacht », lance la potineuse Elsa Maxwell à Gloria Swanson, scrutant jalousement ses bracelets en cristal de roche, platine et diamants. Mais Gloria ne l'écoute pas, pressée de filer à Cannes retrouver Pierre Duruy et ses vingt hommes d'équipage sur l'*Arduna*. La concurrence est rude. Daisy Fellowes bat pavillon anglais sur le *Sister Anne*, Pierre Lebaudy mouille à Monte-Carlo avec *La Résolue* et Pierre Cartier, en compagnie de Ganna Walska, Walt Disney et Mrs Jay Gould, s'en retourne de la traversée inaugurale du *Normandie*. Il offre à ses chers amis une boîte à cigarettes Cartier avec une montre incorporée et l'itinéraire du bateau gravé sur le couvercle. À chaque traversée d'un grand transatlantique au mois de mai, des télégrammes nous sont adressés par Cartier New York afin de nous prévenir de l'arrivée de Mrs Vincent Astor sur le *Mauritania* ou de Mrs Clarence Mackay sur le *Kronprinzessin Cäcilie*...

Pierre Cartier vient de marier sa fille Marion au fils de Paul Claudel, poète, écrivain et ambassadeur. Louis souhaite ouvrir une boutique à Monte-Carlo, la Côte d'Azur attire une élite cosmopolite et l'on raconte que le roi Édouard VIII a rendez-vous chaque après-midi à l'Hôtel de Paris avec une Américaine divorcée répondant au nom de Wallis Simpson. Louis ne parle plus de Jackie, il semblerait qu'ils aient atteint un point de non-retour. Il décide de s'installer définitivement à San Sebastian et fait transférer toutes ses collections depuis la Hongrie. Il laisse le palais de Verbocki Utca à Jackie.

Le Front populaire, la poudrière des Balkans, l'époque s'emballe, Louis s'inquiète et parle de conflit mondial. Pierre est nommé président de Saint-Gobain, il est tout à son entreprise et souhaite la marquer de son empreinte en la conduisant vers une nouvelle approche fédérative. Et moi, sur les conseils de Louis, je me consacre aux pendules en compagnie de cet artiste fabuleux qu'est Maurice Couët. L'ingénieux Maurice invente la pendule mystérieuse, celle dont les aiguilles sont suspendues dans le cristal de roche, vision féerique, objet d'admiration et de questionnement. Bientôt il agrémente la chose d'une tortue d'écaille aimantée qui flotte dans l'eau d'une assiette d'argent... Il faut savoir, mais c'est un secret, que j'envoie régulièrement un jeune apprenti quai de la

Mégisserie, récolter les carapaces de tortues mortes que nous habillons ensuite de corail ou de lapis-lazuli. Et pourquoi pas une panthère sur les pendules ? Pourquoi pas ? Et Peter Lemarchand retourne à ses croquis. Avec Edmond Jaeger, je reprends la production des montres de Londres et lance l'idée cadeau de la montre gousset Domino, en ivoire et émail noir. Grand succès, Mme Martinez de Hoz en achète quatre d'un coup à l'exposition de Deauville. Quant au maharadjah de Kapurthala, il semble nous avoir pris plus de trois cent quarante-huit pièces horlogères et il a à son service une personne employée exclusivement à l'entretien et au remontage desdits objets. Louis vient de vendre le diamant Jubilé, pierre taillée de 245,35 carats, à l'homme le plus riche de France, Paul-Louis Weiller, un vieil ami de mon Pierre. C'est moi qui ai transformé sa monture d'origine, aigrette pour turban, en broche diamants baguette rappelant une étoile à six pointes. Car j'ai mille pensées à la minute, notamment celle de lancer un parfum. Je ne suis pas la première certes. Coty a fait des merveilles capiteuses avec Vertige, Poiret et le subtil Nuit de Chine ou encore le flacon en laque d'Elisabeth Arden pour contenir son merveilleux Ming. Je prends contact avec Pinaud pour les essences et je fais réfléchir l'atelier à un flacon à facettes, je pense à des noms de diamants célèbres tels Cumberland, Jubilé ou encore Nassak. Mais tout cela reste à l'état de projet car l'époque est peu propice à la légèreté. Nancy Cunard crie sur tous les toits que « les événements en Espagne sont le prélude à une nouvelle guerre mondiale ».

On lit des horreurs dans *Le Figaro* : Hitler secoue l'Allemagne et parle d'annexion. L'Italie quitte la SDN. Le franc est dévalué et Léon Blum annonce une pause dans les réformes. Mais dans un certain monde, les gens refusent de voir l'évidence, ils dansent et tourbillonnent sous les lambris dorés des hôtels particuliers. La richissime Américaine Louie Macy donne un grand bal dans le Marais avec le prince de Faucigny-Lucinge. Les tables sont fleuries de milliers de roses et de muguets, Claude Terrail est en charge des cinq cents couverts. Daisy Fellowes, Barbara Hutton, Ganna Walska, Elsie de Wolfe, elles sont toutes là, couvertes de joyaux, débauche insolite de brillants, saphirs, émeraudes, rubis qui scintillent de mille feux et ruissellent d'une insolente beauté. Et lady Granard croule sous le poids de son diadème Kokochnik avec ses gouttes en diamants inestimables... Quelques jours après, on peut lire dans le *Harper's Bazaar* sous la plume de sa rédactrice Carmel Snow : « L'alliance de l'organisation américaine et de la passion française pour la qualité est la meilleure combinaison du monde ! » À l'Exposition internationale des Arts et Techniques de 1937, le pavillon allemand aux lignes inflexibles est conçu par Albert Speer, le pavillon russe glorifie ouvriers et kolkhoziennes, le pavillon espagnol fait scandale avec la toile de Picasso, *Guernica*, qui dénonce les massacres franquistes ; quant au pavillon français, il est un véritable défi à la crise avec l'étalage des créations audacieuses de la maison Cartier !

18.

Guerre

Aux comités du mardi, dessinateurs et techniciens se bouffent le nez à propos de ma panthère. Georges Bezault juge irréalisables les propositions de Peter Lemarchand et ce dernier repart furieux avec ses croquis sous le bras. Par contre, nous récoltons tous les suffrages avec une main en laque noire tenant une fleur de corail et rappelant le geste délicat des empereurs sur les miniatures mogholes du XVIIe siècle. Exotisme toujours que nous poursuivons selon la même technique de broche-pince avec une tête de Sioux ou de squaw en laque rouge couronnée de plumes d'ivoire, le cou recouvert d'anneaux d'or ou encore une tête de Maure aux lèvres d'or et coiffée d'un turban de laque ivoire orné d'un cabochon. Carmen Snow dans *Harper's Bazaar* conseille de porter les têtes d'Indien par trois, de l'épaule à la poitrine. Dans la série « des petites choses », j'ai l'idée, à l'occasion de la venue en France du nouveau souverain britannique George VI, d'une broche-bouquet comprenant rose, chardon, jonquille et trèfle symbolisant l'Angleterre, l'Écosse, le Pays de Galles et l'Irlande du Nord. « Toutes les Anglaises en sont folles », titre le *Vogue* anglais. « Bravo », m'écrit Louis depuis San Sebastian, « ton talent est immense, mais n'oublie pas que tu n'as toujours pas relevé le défi de la panthère. » Oui la panthère, nous y travaillons, Louis. À propos de fauve, c'est une véritable furie qui débarque dans mon bureau ce matin, en faisant claquer les portes. Coco Chanel est folle furieuse et se répand en injures de toutes sortes sur la petite nouvelle de la mode, Elsa Schiaparelli. Car la *snob society* s'enflamme pour les couleurs vives et ardentes de l'Italienne, un *rose shocking*, à tomber par terre et qui se marie parfaitement avec mes colliers Tutti Frutti.

— *Rose shocking, rose shocking*, mais c'est d'une vulgarité ! s'exclame Coco. Ah, le règne des putains ! Et ce flacon de parfum, un torse de femme moulé, mais c'est ignoble !
— Mae West, ma belle, la divine Mae West.
— Encore une sacrée garce ! Et cette nouvelle collection inspirée du cirque, tu as vu ces tons criards !

Je ne peux en placer une, Coco est verte de rage et je vois bientôt pâlir ses perles dangereusement.
— Et d'où sort-elle sa Bettina ? Qui est cette fille qui dessine ses vitrines et se pavane dans ses oripeaux ? Encore une Américaine ? Je déteste les Américains, aucune allure, tu crois qu'elles sont lesbiennes ?
— Coco ! Mon Dieu arrête, tu ne peux pas être la seule couturière de Paris. Tu as révolutionné la couture, certes mais il y a de la place pour tout le monde. Que devrais-je dire ? Crois-tu que je doive saccager les vitrines de Boivin ou Mellerio ? Coco, tu es à la tête

d'une entreprise de près de quatre mille ouvrières, tu fournis quoi ? Quinze mille commandes par an ?

— Vingt-huit mille !

— Oh Coco, ma chérie, s'il te plaît, sois raisonnable.

Coco est tout sauf raisonnable, la cinquantaine venue, elle n'est disposée à aucune concession, grande prêtresse du style, elle règne sur un empire, le sien et n'admet pas la concurrence, ce sera Schiaparelli ou Chanel mais Paris n'est pas assez grand pour deux modistes ! Elle peste, gronde, menace et finalement quitte mon bureau dans un fracas du tonnerre. J'ai juste le temps de me remettre que la voici à nouveau qui passe sa tête de moineau par l'entrebâillement.

— Au fait, et ta sœur que devient-elle, voilà une éternité que je n'ai pas de nouvelles ?

— Lady Whitcomb ne quitte pas la comtesse de Grey et passe ses après-midi à siroter du thé de Chine en persiflant sur l'ascendance douteuse de la duchesse de Marlborough. Non plus sérieusement, Charlotte va bien, son fils Teddy a vingt-deux ans maintenant, tu sais.

— Oh Jeanne arrête, vingt-deux ans, serions-nous donc déjà dans la catégorie vieilles peaux ? Il fait quoi dans la vie, le play-boy ?

— Étienne Bellanger, le directeur de Cartier-Londres, l'a pris sous son aile et Teddy se montre prometteur. Pour les relations publiques, c'est un as, il tient de sa mère. Il est magnifique, grand, très blond, une allure de guerrier et le regard bleu azur de Charlotte. Il paraît que toutes les filles en sont folles mais il n'en regarde qu'une, une certaine Miss Parker-Jones, sa mère en est malade, la jeune fille n'est paraît-il pas très fréquentable...

— Les hommes n'aiment que les traînées, tu es bien placée pour le savoir !

Et Coco se sauve, la tête haute, le menton volontaire, ses perles semblent danser autour de son cou trop mince... Elles sont fausses, incroyable ! Coco porte de fausses perles, elle risque d'en faire une mode, il faut que je lui ordonne d'arrêter cela immédiatement. Cette fille est une véritable peste mais quelle allure ! Sa jupe à volant virevolte, elle vient de lancer le style gitane et c'est une réussite. Oh non, la griffe Chanel n'est pas près d'expirer, j'en mets ma main au feu !

Mon esprit s'envole vers le beau Teddy. C'est vrai que Charlotte s'inquiète des fréquentations de son fils. En vieillissant, elle devient d'un snobisme épouvantable. Comme moi, elle a occulté sa vie d'avant, en Angleterre on ne médit que sur les gens du cru, les autres ont droit au bénéfice du doute. Voilà trop longtemps que ma sœur n'a pas traversé la Manche, elle me manque plus que je ne saurais le dire. Elle débarque habituellement pour sécher mes larmes, or ces temps-ci mon esprit est bien calme. Il n'y a guère que la sourde inquiétude concernant Louis qui vient troubler mes nuits. Il maigrit, il se tasse, ses yeux ont pâli, ils sont d'un bleu délavé, presque évanescent. Il dit que tout va bien, je sais qu'il me ment ou qu'il se ment à lui-même. C'est pareil, après tout. Lui, moi et tous ces mensonges pour nous rassurer.

Ces temps-ci, Pierre est perturbé, il dit que la paix dans le monde est en train de rendre l'âme. L'Europe est brisée en profondeur, bouleversée par de puissantes crises économiques et sociales. « Elle s'est gorgée d'illusions pendant vingt ans », soupire Pierre en jetant son journal d'un geste las. « L'Allemagne affaiblie en a profité, elle a instauré une dictature pour parvenir à combler les manques de ressources. » Pierre est pessimiste pour l'avenir. En 1934, Hitler est devenu le *Reichsführer* avec pour seule devise : un peuple, un empire, un chef. Il se venge de la défaite de 1918 et resserre les liens avec le Japon et l'Italie. Puis il viole le traité de Versailles en remilitarisant la Rhénanie. À partir de ce moment-là, la guerre est en marche. En août, il signe un pacte de non-agression avec l'URSS. Cette irrésistible ascension aboutit à l'invasion de la Pologne et à la déclaration de guerre le 3 septembre 1939.

« Pour l'instant, on ne change rien, voyons venir les choses », me dit Pierre, « mais à la première alerte, tu files à Ciboure et tu n'en bouges plus ». Ciboure, oui, et Cartier, j'en fais quoi, je ferme la boutique ? Pierre hausse les épaules, je sais ce qu'il pense, Cartier possède un patron, un patron planqué en Espagne. En fait Pierre se trompe, Louis est en France, il a réuni toute sa famille à Biarritz pour une dernière réunion avant que chacun n'envisage la guerre à sa manière. Pierre et Elma Cartier retournent à Genève. Leur fille Marion prend la direction de Cartier-New York, Pierre Claudel, son mari, doit la rejoindre bientôt, Jacques s'installe à Biarritz et Louis se prépare à emmener les siens à New York. Naturellement Anne-Marie refuse de suivre, elle ne supporte pas Claude et encore moins Jackie. Avant de partir, Louis vient à Paris pour me dire au revoir. Il passe la matinée à verrouiller son départ. Il nomme Mlle Decharbogne fondée de pouvoir et entérine mes fonctions à la tête de l'entreprise. Nous déjeunons au Ritz comme au bon vieux temps. Louis a soixante-quatre ans et pourtant je ne vois en face de moi que le beau gosse d'une quarantaine d'années qui un jour m'enferma dans l'ascenseur d'un immeuble du Cours-la-Reine et ne m'en laissa sortir que sur la promesse d'un baiser.

— Moi qui suis profondément misogyne, je laisse mon empire à une femme, enfin pas vraiment une femme, une panthère c'est vrai, les Boches n'ont qu'à bien se tenir ! dit-il en allumant une cigarette.

La fumée le fait pleurer, une larme s'égare sur sa joue, il s'essuie l'œil, je craque comme une gamine prépubère. Dieu que j'ai aimé cet homme ! Est-ce pour moi qu'il porte un bleuet à la boutonnière ? Mais je ne montre rien, ma carapace est à l'épreuve de Louis et je réponds doucement.

— Ne t'inquiète pas, patron, ton empire est en de bonnes mains. Je me battrai pour lui jusqu'à en mourir.
— Je sais, Jeanne, je sais.

Il écrase sa cigarette à demi consumée. Son beau visage patricien est strié de rides, sa peau est dorée par le soleil basque, marquée de petites taches rousses. Mais ses joues sont creuses et l'on dirait qu'un masque fatal s'est abattu sur lui. Il le chasse d'un coup sec et voilà que brille à nouveau dans ses yeux clairs cet éclat qui me faisait fondre.

— Tu sais, la Panthère, j'ai failli divorcer il y a cinq ans, je me suis dit que peut-être tu accepterais de… me retrouver et puis, enfin… Pierre Hély d'Oissel, j'ai eu peur, c'était perdu d'avance, on dirait bien que cet homme-là a réussi à te garder.
— Ne reviens pas sur le passé, Louis, c'est ainsi et c'est bien. Tu as fait ce que tu as cru bon pour toi et les tiens.
— Jeanne, toi seule pouvais me rendre heureux, toi seule, et j'ai tout gâché, parce que j'étais trop con, trop arrogant, présomptueux. Oh chérie, je suis si fatigué.
— Et moi j'ai de l'énergie pour dix, je te jure de faire tout ce qui est en mon pouvoir pour préserver le prestige de ton nom.
— Je sais, tu ne m'as jamais trahi, je ne peux pas en dire autant, me pardonneras-tu un jour ?
— Je t'ai pardonné chaque jour depuis que tu m'as quittée, Louis.
— Alors je peux partir tranquille.
— Oui, tu peux… Louis ?
— Oui ?
— Dis-moi, est-ce que tu me caches quelque chose ?
— Non rien pourquoi…
— Je ne sais pas, un mauvais pressentiment, j'ai comme l'impression que je ne te reverrai plus, je sais c'est bête.
— C'est très bête, et tu vas encore pleurer, et ta sœur va être obligée de prendre le premier bateau pour venir maudire « ce satané grand bourgeois ».

— Elle t'aime bien, en fait, Charlotte.
— Je sais.
— Louis...
— Oui ?
— Non, rien...

Il s'en va. Moi comme une idiote sur les marches du Ritz. La Rolls blanche pour la dernière fois, mais il fait le tour de la place et revient, sa grande écharpe de soie immaculée flotte dans le vent, un héros fitzgéraldien, Jay Gatsby quand il croyait encore que Daisy l'aimait. Louis s'arrête et je réalise que je suis toujours sur le perron du Ritz avec le planton qui ne sait pas où se mettre.

— Oublié de te dire quelque chose, la Panthère !
— Oui, patron ?
— Je t'aime !
— Je sais, qu'est-ce que tu crois !
— Quel foutu caractère !

Il éclate de rire, cette fois-ci il est vraiment parti. Et j'ai peur. Et froid aussi, une angoisse folle m'étreint. Cet homme, c'est toute ma vie et toute ma vie s'exile à New York. Non, ce n'est pas possible. Qu'il ne soit plus à moi, certes, mais travailler à ses côtés me comble, puiser dans ses yeux la force de mes créations et deviner dans son sourire la fierté du travail bien fait. Quand reviendra-t-il ? Et dans quel état ? Louis, mon Dieu, comme c'est dur !

Je marche doucement vers la rue de la Paix et passe devant la toute nouvelle boutique d'Elsa Schiaparelli.

Ça y est la flamboyante Italienne a pignon sur rue, sa dernière collection sur le thème de la commedia dell'arte a enflammé les sens des Parisiennes. Coco en a fait une véritable crise existentielle. Sur un coup de tête, elle a fermé sa maison et licencié l'intégralité de son personnel. Depuis elle rumine à Monte-Carlo en maudissant celle que l'on n'appelle plus que la Schiap'.

Charlotte, plus anglaise que les Anglais, rêve d'une aristocrate pour son fils. Elle m'écrit son inquiétude croissante devant le règne de l'argent et tous « ces nouveaux bourgeois qui se jettent à la tête de nos enfants pour épouser leur titre ! ».

Et Louis a décidé de quitter la France pour un monde meilleur en me confiant les rênes de son empire. Je me sens meurtrie, abandonnée, seule à nouveau... Nous sommes en train de vivre la fin d'une époque... Elle était belle, elle était folle, élégante, les hommes qui la firent apparaissent aujourd'hui comme les princes fatigués d'un ailleurs qui ne reviendra pas. Et si je laissais tout tomber à mon tour. Si je partais moi aussi, comme eux, courir derrière les rêves d'un temps révolu, et si à mon tour j'arrêtais d'y croire et que... Non, marche ou crève est ma devise...

19.

Résistance

La guerre se précipite, le commerce de l'or est interdit et le platine est introuvable. La situation devient impossible mais certaines femmes sont au-delà de telles circonstances. Ainsi d'Elsie de Wolfe ou de la duchesse de Windsor. La première commande une broche fleur tout en diamants qui conjugue la fragilité d'une tige, simple ligne de quatre diamants baguette, et la somptuosité d'une corolle épanouie autour d'un cœur de diamant marquise. Quant au flamant rose de la duchesse, il est au repos, perché sur une patte comme il se doit, son corps est pavé de brillants qui se perdent dans un plumage multicolore fait de saphirs, d'émeraudes et de rubis. Bien entendu, ce sont là des pièces uniques, elles reflètent la personnalisé de leurs propriétaires, de tels bijoux ne sont jamais dupliqués. Cela serait d'un mauvais goût ! Bientôt nous sommes rattrapés par les événements.

L'armée allemande mène à bien son invasion foudroyante, on parle de « Blitzkrieg », c'est-à-dire de guerre éclair. Mainbocher, Vionnet, tous les ateliers ferment les uns après les autres, les matières premières se font beaucoup trop rares. Et je vois les Allemands entrer dans Paris. Ils défilent sur les Champs-Élysées en ordre parfait. On se croirait dans un opéra de Wagner. Les hôtels de la rue de Rivoli sont réquisitionnés, les drapeaux du IIIe Reich flottent aux balcons et les panneaux indicateurs en allemand envahissent la capitale. Métro et autobus ne fonctionnent plus, les taxis ont disparu. À vingt heures, c'est le couvre-feu, plus personne dans les rues. Sans *Ausweis*, il est interdit de sortir la nuit. Les contrôles sont nombreux, censure et propagande font de notre existence un enfer. Il faut vivre ou bien survivre, je marche droit devant et qui m'aime me suive ! Voici revenu le temps du combat. Dieu, arme nos bras et sus à l'envahisseur !

Onze membres de la maison sont arrêtés et emprisonnés, dont Louis Devaux, Pierre Claudel, le mari de Marion, et les dessinateurs Georges Rémy et Lucien Lachassagne. Louis est à Lisbonne en attente d'un visa pour les États-Unis. Il m'ordonne de plier bagages et d'emmener tout ce que je peux avec moi ! Tout ce que je peux ! Nous fermons l'atelier de la rue d'Argenson et laissons la rue de la Paix ouverte pour ne pas éveiller les soupçons du *Reichmarshal* Goering cantonné au Ritz. Nous courons le risque de voir le stock confisqué et embarqué à Berlin. Or les bijoux laissés en dépôt par nos clients atteignent une valeur de près de 50 millions de francs. Toutes nos pièces sont secrètement transférées à Biarritz et nous ouvrons une boutique en zone libre avec cinquante-quatre employés. Le stock de Londres a été envoyé sur l'île de Kyntire en Écosse, c'est la dernière décision de Louis avant de s'embarquer pour New York et c'est Étienne Bellanger, le directeur de Cartier-Londres, qui l'exécute.

Bellanger qui croise bientôt le chemin du général de Gaulle... Il me racontera quelques années après cette folle période, ce sentiment irréel d'avoir appartenu pour un temps à la grande histoire, celle qui s'écrit avec un H majuscule... Mon neveu Teddy Whitcomb y ajoutera les détails romanesques propres à émouvoir sa mère, ma chère Charlotte. C'est par l'Alliance franco-anglaise qu'Étienne Bellanger est mis en rapport avec le général de Gaulle. Celui-ci vient de débarquer à Londres avec pour mission de coordonner l'action avec le Royaume-Uni pour la poursuite du combat. Il a besoin d'un quartier général, d'une voiture et d'une demeure. Bellanger se plie en quatre et met à la disposition du Général nos bureaux de New Bond Street, sa propre Bentley ainsi que sa maison de Putney Hill. Le Général en use à loisir et avec discrétion. Au-dessus de la boutique, dans le bureau même de Jacques Cartier, le général de Gaulle dicte au téléphone *l'anglo-french unity* de Jean Monnet à Paul Reynaud, le président du Conseil. Le 16 juin, il apprend la démission de Reynaud, son remplacement par le maréchal Pétain et la demande d'armistice. « Les cons », fait-il en frappant du poing le bureau marqueté de Jacques sous l'œil médusé de Teddy Whitcomb, dépêché à ses côtés pour faire office de traducteur. « Il est fascinant », dira plus tard Teddy à sa mère, « c'est un chef, un vrai ».

Le 18 juin, de Gaulle se prépare à parler au peuple français via Radio Londres de la BBC. Tout au long de la journée, il fait les cents pas dans le bureau de

Jacques, attendant l'approbation de son texte par le conseil des ministres britannique. Étienne Bellanger et mon neveu Teddy subissent ses foudres. « C'est un véritable fauve en cage », expliquera Teddy à Charlotte, « il ne supporte pas de devoir rendre des comptes aux Anglais ». La jeune Elisabeth de Miribel, première secrétaire et bénévole, fait du café. Étienne Bellanger est accroché à son téléphone et Teddy regarde distraitement par la fenêtre les passants remonter New Bond Street. Mais le téléphone ne sonne pas et le Général doit patienter. Car les anciens munichois, derrière lord Halifax, veulent ménager Pétain et attendre de voir s'il va signer l'armistice ou pas. Mais Winston Churchill est partisan de la fermeté contre Hitler et de la poursuite de la lutte. Churchill soutient le Général qui obtient le droit de prononcer son texte, mais doit accepter d'en modifier les deux premières lignes dans un sens moins dur pour le gouvernement français. C'est Elisabeth de Miribel qui tape la déclaration, un texte finement écrit et surchargé de ratures. C'est Teddy Whitcomb qui la relit puis la traduit pour la presse britannique. C'est Étienne Bellanger qui transmet la déclaration aux journalistes. L'heure passe, le temps presse, ils ont conscience de participer à un événement exceptionnel.

Ainsi donc, à 18 heures, le 18 juin 1940, depuis *Broadcasting House*, le siège de la BBC, en présence notamment d'Étienne Bellanger, Elisabeth de Miribel et de mon neveu Teddy Whitcomb qui n'en perd pas une miette, le général de Gaulle lance son fameux appel, des paroles irrévocables s'envolent vers la France :

« Ici Londres, la BBC parle à la France, un Français parle aux Français. Nous sommes submergés par la force mécanique, terrestre et aérienne de l'ennemi. Mais le dernier mot a-t-il été dit ? L'espérance doit-elle disparaître ? La défaite est-elle définitive ? Non ! Car la France peut faire bloc avec l'Empire britannique qui tient la mer et continue la lutte ! Quoi qu'il arrive, la flamme de la résistance française ne doit pas s'éteindre et ne s'éteindra pas... Je convie tous les Français où qu'ils se trouvent à s'unir à moi dans l'action, dans le sacrifice et dans l'espérance. Notre patrie est en péril de mort. Luttons pour la sauver ! Vive la France ! Demain comme aujourd'hui je parlerai à la radio de Londres ! »

À la suite de la déclaration, on verra le Général s'engouffrer dans la Bentley d'Étienne Bellanger, Teddy est au volant, il a pour mission de le conduire dans la grande maison avec jardin de Madeleine Bellanger, au 11 Lytton Grove à Putney, SW15.

Dès le lendemain, Teddy s'engage dans les Forces Françaises Libres à la légion étrangère. Charlotte a beau crier, pester, hurler, rien n'y fait. Lord Whitcomb est fier de ce fils qu'il reconnaît pour le sien, même s'il craint pour sa vie. Et puis risquer sa peau pour ce bout de pays qu'est la France... Lord Whitcomb reste dubitatif. Au mois de juillet, Teddy participe au terrible malentendu de Mers el-Kébir. « Je n'y comprends rien », m'écrit Charlotte, « des Anglais qui attaquent des Français, c'est un véritable bordel, et mon fils au milieu de tout cela. Charlie est horrifié, il dit que du temps de la grande Victoria, les choses auraient été plus autrement radicales et que les navires français auraient vite fait de rentrer dans le giron britannique ». Teddy est blessé pendant l'opération, rien de grave, mais le Général lui-même veille à son rapatriement et reconnaît en Teddy Whitcomb, le premier Anglais à avoir versé son sang comme Compagnon de la Libération. Il a droit à une médaille que Charlotte exhibe fièrement et dont elle m'envoie la reproduction exacte dessinée par son mari. Je ne connaissais pas de tels talents à Charlie Whitcomb ! Ma sœur est rassurée, elle a retrouvé son fils, il se repose avant de se consacrer à nouveau corps et âme à Cartier-Londres aux côtés d'Étienne Bellanger.

« La France a perdu une bataille mais la France n'a pas perdu la guerre », estime le général de Gaulle. Il fait entrer le mot résistance dans le vocabulaire politique et les Français répondent en masse à son appel. Dans notre appartement de l'avenue d'Iéna, Pierre éteint la radio, il se dirige vers la fenêtre et l'ouvre pour croire à l'insouciance d'un été comme les autres, il prononce doucement mon prénom sans me regarder, je sais déjà ce qu'il va me dire.

— Jeanne...
— Non, Pierre, c'est non, tu es trop vieux.
— Jeanne... C'est ainsi, c'est décidé, je n'épiloguerai pas sur une décision qui est prise depuis longtemps.
— C'est cela ! En découdre, à cinquante-quatre ans, mais quelle folie ! C'est non Pierre !
— C'est oui Jeanne, je suis désolé.
— Ainsi donc est mon destin, abandonnée par les hommes que j'ai tant aimés ?
— Je ne suis pas un planqué, Jeanne, je ne peux rester là sans rien faire, ne me le demande pas. Quand je

reviendrai, je t'épouserai, il y a longtemps que j'aurais dû le faire.

— Mon chéri, cela m'est passé, tout ce qui m'importe c'est toi. Pierre, je n'ai que toi, mariée ou pas tu es ma seule famille, ne pars pas.

— Si je reste, ma belle, ils m'arrêteront. Toi, à la moindre alerte, tu files à Ciboure ou tu vas rejoindre Charlotte à Londres. Et je t'interdis d'aller rugir contre les Allemands, fais profil bas pour une fois.

Et Pierre disparaît. Un matin je me lève, il n'est plus là. Qui sait quand je le reverrai. Je n'ai aucune nouvelle. Je sais qu'il agit dans l'ombre et continue à diriger Saint-Gobain tout en faisant sauter des ponts. Mais il n'est pas l'heure de s'appesantir, nous n'avons plus le choix. À Londres, Étienne Bellanger assiste le général de Gaulle. Nos ateliers anglais fabriquent croix de Lorraine et pièces d'aviation pour la Royal Air Force. Et nos dessinateurs Rupert Emerson et George Charity dessinent les insignes et médailles pour les actions de résistance. Étienne m'écrit à propos du Général : « Il est formidable, il ne peut pas perdre. » À New York, Louis convainc le directeur de la boutique, John F. Hasey, d'aller à Londres pour seconder Étienne auprès du Général. Et John à son tour tombe sous le charme du chef de guerre.

Pendant l'été, les bourses et les banques ouvrent à nouveau et il est indispensable pour moi de rentrer à Paris. Le stock reste à Biarritz mais il n'est pas question de faire de la rue de la Paix le boulevard des fantômes. Non, bien au contraire, je décide de paver mon domaine des couleurs de la Résistance. À ma façon, la seule que je connaisse, en mettant l'inspiration et la fantaisie au service de la France. Je demande à Peter Lemarchand de me ressortir cet ancien projet d'oiseau en cage des années 30 et de le mettre au goût du jour. Un oiseau, avec des yeux tristes et le bec clos à jamais, un rossignol qui ne sait plus chanter. Peter fait un travail remarquable, je signe le bon à exécuter et l'oiseau est fabriqué en quantité. Bientôt, il se pavane dans les huit vitrines de la rue de la Paix. Cet oiseau bleu, blanc, rouge, derrières les barreaux d'une cage dorée.

— Tout de même, Mademoiselle, me dit Peter, la chose est culottée.

— Certes, Peter, certes, mais c'est ma façon à moi d'exprimer mon désarroi.

20.

Majestic

Ainsi ils m'ont arrêtée. Interrogée, jetée en prison. Comme une malpropre. Ah ce fichu orgueil qui est le mien ! Entrer en résistance à mon tour, participer à l'effort de guerre et rugir plus fort que tout le monde. Que Louis soit fier de moi, que Pierre admire mon courage, exister, quelle folie, finalement tout n'est qu'une question de reconnaissance !

Et le garde, ce beau garçon qui ne doit pas être beaucoup plus vieux que mon neveu Teddy, Heinrich m'a bouclée dans une cellule. On aurait dit que cela l'ennuyait, qu'il le faisait contre son gré. Très bien élevé, Heinrich, un français remarquable, presque sans accent, pour un peu on croirait que ses parents ont été clients chez nous. Qui sait ? Ses parents ont forcément été clients chez nous. Penser à ouvrir une boutique à Berlin après la guerre. Voir cela avec Louis de toute urgence. Berlin, Vienne aussi évidemment... Et sortir, surtout sortir de ce trou à rats !

Trois jours que je suis enfermée avec pour seules distractions mes souvenirs. Une éternité. Heinrich dépose mes plateaux repas et s'excuse d'un sourire contrit. Je me sens bien avec lui, c'est étrange. Je suis rassurée, comme s'il faisait partie de ma vie. Je ne sais pas. Je songe à ma mère, à Charlotte, les bras dans lesquels j'aimerais oublier le moment présent. Les bras d'Heinrich. Un Allemand. Quelle folie ! Ses traits sont fins comme ceux d'une femme, et malgré son casque de soldat, son regard est enjôleur, presque allègre. J'ai l'impression d'entendre résonner les rires de mon enfance. Charlotte, le Manneken-Pis et les bonnes sœurs qui se cachent sous leur cornette... Heinrich... Il est là à nouveau. Il dépose une soupe infâme. Il approche une chaise près de ma cellule. Il s'assied, retire son casque et plonge sa tête entre ses mains. Il ne me regarde pas. Il plaque ses cheveux blonds en arrière et garde ses mains sur ses tempes. Le visage d'un enfant qui porte une faute trop lourde pour lui. Sa peau est claire comme celle d'une jeune fille mais déjà striée par les marques du temps. On dirait qu'il a pleuré. Pourquoi ai-je envie de lui prendre la main ?

— Madame ?
— Oui ?
— Il faut que je vous parle...
— Oui ?
— Nous sommes séparés par des grilles de fer, madame, je suis désolé... je n'y arrive pas.

Avant que j'aie pu répondre quoi que ce soit, il se lève, remet son casque, et disparaît. J'ai froid comme jamais...

L'attente. Pourquoi me gardent-ils ? En quoi puis-je leur être utile ? Un exemple peut-être. Des pas, toujours ces pas, les bottes qui claquent et la frayeur s'installe. Quelqu'un vient. Le général von Stülpnagel, Werner Best ? Vont-ils me rendre mon rossignol ? Où est l'oiseau de corail et d'or ?

Non, c'est Heinrich encore une fois. Va-t-il me parler cette fois-ci ? Quel est son secret ? J'aime cet éclat dans son regard, une certaine tendresse empreinte de délicatesse. Il raconte qu'il est allé à la boutique, il a eu une entrevue avec Mlle Decharbogne. Il l'a rassurée à mon sujet. Il dit que la dame s'est montrée très froide au début et puis elle a éclaté en sanglots. Il paraît que Monsieur Louis est aux quatre cents coups. « Qui est Monsieur Louis ? », demande le jeune homme. Oh évidemment, Monsieur Louis Cartier. Il cherche une place sur le prochain bateau mais dans ce sens-là, les traversées sont rares. Mlle Decharbogne a très peur pour le cœur de Monsieur Louis, il était si faible au téléphone, une voix rauque et caverneuse. Malade, oui, elle pense qu'il est malade mais il veut absolument prendre le bateau. La guerre, cette infamie ! Heinrich est bien d'accord. Il esquisse un petit sourire, il dit que les choses sont en train de s'arranger, il en est certain. Bien sûr qu'il sait que je ne suis pas juive. Et quand bien même, il n'a rien contre les juifs mais les autorités, que voulez-vous, les autorités ! Et ce Best, une véritable peste, dangereux évidemment, il faut faire très attention. Le général n'est pas mauvais mais il a peur de Best et les gens qui ont peur sont susceptibles de commettre les pires méfaits. Les papiers ont été requis en Belgique, ils ne devraient pas tarder à arriver.

— Ah oui, précise Heinrich, une femme est venue. Elle a demandé à vous voir, elle avait un laissez-passer en bonne et due forme ainsi qu'une autorisation. Elle viendra demain, aujourd'hui elle avait rendez-vous chez le coiffeur et la journée est bien entamée. La dame revient demain.

J'ose lui poser cette question qui me brûle les lèvres :
— Je pensais que vous souhaitiez me parler, m'entretenir de quelque chose, la dernière fois...

Il baisse la tête, il retire son casque et lève vers moi ces yeux azur, ses lèvres tremblent, il m'émeut, ce visage d'ange, si parfait...

— Madame, c'est plus fort que moi, je ne peux pas, pardonnez-moi...
— Expliquez-moi, je vous en prie.

Mais il me quitte, me laissant seule avec mes interrogations. Le mystère d'Heinrich. Et cette dame, qui est-elle ? Charlotte ? Non impossible, elle n'aurait jamais quitté l'Angleterre. Charlotte a bien trop peur que Teddy en profite pour s'engager à nouveau dans une opération militaire bancale. Nous avons vieilli. Ma sœur va avoir soixante ans ! Bien sûr qu'elle pense à moi, mais son fils, son rayon de soleil, sa plus belle réussite, passe avant tout, Charlotte ne traverse plus la Manche à la moindre occasion pour sécher mes larmes. Et puis ma sœur se plaint de son cœur, elle m'écrit qu'elle paye ses excès passés, elle s'essouffle vite et cela l'effraie. C'est une chose que je ressens étrangement quand elle arrive. À peine a-t-elle posé le pied sur le sol français qu'une chaleur bienfaitrice m'envahit. Pas aujourd'hui, je suis glacée comme si j'avais perdu mon âme. Une dame ? Mlle Decharbogne, non c'est hors de question, elle ne passerait pas son après-midi chez le coiffeur. Je ne vois pas. Et si ? Et si c'était ma mère ? Et si ? Et si elle avait su ? Oui la Belgique, les papiers requis, a dit Heinrich ! C'est cela, les Allemands sont allés faire des recherches en Belgique. Ils ont remué ciel et terre, ils ont retrouvé ma mère et mon frère Édouard. Quel âge peut-elle avoir maintenant. Pas tout à fait quatre-vingts ans. Ma mère, une vieille dame. Non une dame, le général a précisé une dame. Maman a la peau claire et les yeux bordés d'azur. Et ses mèches blondes qui s'échappent de son bonnet en coton. Le petit nœud juste sous le menton. Bien sûr qu'elle a les doigts abîmés à force de tisser sa dentelle. De toutes petites mains, fines et intelligentes. Des mains d'artiste, comme moi. Maman est là, elle viendra demain. Le coiffeur, maman, chez le coiffeur ? Après tout pourquoi pas, on a vu des choses plus étranges. Je sais que c'est elle. Demain est un autre jour.

La nuit est longue, les souvenirs ont laissé la place à l'avenir, et puis vient l'aube, l'espoir... Heinrich est là pour me rassurer : « Ne vous inquiétez pas, la dame est revenue, elle ne va pas tarder mais elle prend un verre avec l'*Obergruppenführer*. »

Quelle est cette vilenie allemande ? Est-ce que l'on se fiche de moi ? Une cavalcade. Les bottes qui claquent et d'autres pas, tout petits mais affirmés, secs et rapides, comme une mitraillette. Des éclats de voix, un rire, oh mon Dieu, un rire que je connais trop bien. Quelle folle ai-je été! Trois jours d'enfermement et la raison qui flanche, pauvre démente, regarde-toi, cinquante-quatre ans, déjà sénile, ma mère, que d'illusions, c'est la belle Coco que voilà, perles, strass et cigarette, petit tailleur de lin, encolure carrée et canotier, Coco a le chic pour réussir ses entrées!

— Alors chérie, au trou comme les pauvres et les homosexuels, dis-moi Jeanne, tu vires de bord?

— Coco, je t'en prie, sors-moi de là, je n'en peux plus.

— Et tes mecs, ils sont où ma belle? C'est toujours quand tu as besoin d'eux qu'on les cherche. Bon Quinsonas est pardonné, je te l'accorde, mais le Roi-Soleil, il avait vraiment besoin de conquérir New York? Et ton baron? Parti en Vendée rassembler les Chouans? Jeanne, tu es une véritable gourde, tiens, prends une cigarette, ça requinque!

— Merci, dis-je en tirant une bouffée de ma drogue favorite.

— Bon, on va te sortir de là, continue Coco, esquissant un sourire protecteur.

— Apparemment tu connais du monde.

— Le plus beau, le plus jeune, le plus craquant de mes amants, ce n'est pas un homme, c'est une divinité.

— Allemande, la divinité?

— Oh chérie, à soixante ans, quand on découvre la passion, on n'est pas regardante sur le passeport et puis attends que je te présente Spatz.

— Spatz?

— Hans Gunther von Dincklage, il est véritablement le meilleur d'entre eux.

— Coco, méfie-toi, à quel jeu joues-tu?
— Je l'aime et je te fais sortir, cela ne te suffit pas.
— Si, merci ma belle.

Et j'émerge de ma prison, comme la sublime Coco me l'a promis. C'est Heinrich qui ouvre la porte de la cellule et m'escorte à l'entrée de l'hôtel maudit. Avant de poser le pied dehors, je me retourne pour lui dire au revoir. Il est aussi troublé que moi. Quelle est donc cette chose qui nous lie et dont il ne veut rien me dire? J'ai envie de prendre son visage entre mes mains et je lui dis...

— J'aurais tant aimé savoir...
— Nous sommes en guerre, madame, mais un jour viendra où nous nous retrouverons, je vous le jure.

Il me salue et s'en retourne à son armée. Je pense alors que je ne le reverrai jamais plus. Et je l'oublie...

Rue de la Paix, enfin. J'ai l'impression que cela fait des siècles. Marcelle Decharbogne est sens dessus dessous. Les autres collaborateurs viennent d'être libérés aussi. Apparemment *Herr* von Dincklage a la main longue et les choses rentrent très vite dans l'ordre qu'elles n'auraient jamais dû quitter. Louis au téléphone. Cela fait dix fois, vingt fois qu'il appelle, « oui, elle est là, elle est revenue, ils l'ont relâchée », crie Finette dans le combiné. Je lui arrache des mains l'appareil. Une voix d'outre-tombe à l'autre bout et un ordre :

— Jeanne, oh Jeanne, enfin. Viens, viens à New York, immédiatement.

— Non chéri, non, je suis mariée à la maison Cartier, j'y suis, j'y reste.
— Ne te fiche pas de moi, dit-il dans une quinte de toux.
— Qu'est-ce qu'il y a, Louis, je t'entends à peine et ce n'est pas la communication.
— Je suis essoufflé, Jeanne, j'ai eu si peur. C'est tout.
— Est-ce que tu vas bien Louis, dis-moi, quelque chose d'étrange me...
— Je vais bien, la Panthère, j'ai juste besoin de te voir, encore une fois, encore...
— Louis, qu'est-ce qu'il y a ?
— Ne me fais plus jamais de frayeur comme cela d'accord ?
— Oui patron, mais je ne viens pas à New York.
— Tu sais que je t'aime.
— Je sais.
— Non Jeanne, je t'aime, comme au premier jour, les Ballets russes, souviens-toi.
— Je me souviens, Louis, qu'est-ce que tu crois, bien sûr que je me souviens...
— Fais attention à toi ma belle, s'il t'arrivait malheur, j'en mourrais.
— Il ne m'arrivera rien, je suis la plus forte !

« La Panthère et son caractère », soupire Louis en raccrochant. Peut-être bien, mais il fallait au moins cela pour affronter un tel oiseau de paradis. Louis me manque et je suis au désespoir de le sentir si faible. Ma place est rue de la Paix, rien n'y personne ne m'en délogera.

Et puis il y a Pierre, mon amour, tendre et mystérieux, toujours prévenant et pourtant si souvent absent... je n'ai aucune nouvelle. Mais comment aurait-il pu savoir ? Que cette période est difficile pour les gens qui rentrent seuls le soir chez eux. Je ferme les yeux, je laisse monter en moi le passé comme un parfum enivrant, c'est celui de Louis qui s'impose. Invisible présence qui n'en finit pas de me hanter...

Je me fends d'une visite à Coco et son amant pour les remercier. La politesse ne connaît pas la guerre. Oh oui, l'homme est beau, il doit avoir une dizaine d'années de moins que mon amie. Il a l'air véritablement épris mais comment résister à Coco ? Elle est de ces femmes chez qui le désespoir ne trouve pas de prise. Cacher ses sentiments, ne jamais pleurer, nous sommes de la même étoffe, elle et moi, de la bure, rêche et tenace. Coco, mon amie, celle des bons et des mauvais moments. Toute ma vie je me demanderai si elle a couché avec Louis. Je suis certaine que oui. Et qu'elle l'a plaqué. Il n'en a jamais parlé. Mais il lui en a voulu, c'est pour cela qu'il est si amer à son égard. À l'entendre, Coco s'est tapé toute la terre, de Churchill à Poincaré en passant par Howard Hawks. Pour l'heure le Ritz abrite ses amours avec Spatz sous le regard bienveillant des dignitaires nazis qui font du prestigieux hôtel leur quartier général. Un petit sourire à Goering, un autre à Arno Breker, tiens voici Carl-Heinrich Abetz, et puis ces dames, Arletty, Corine Luchaire, Josée de Chambrun, décidément l'époque amène bien des surprises et je m'empresse de filer sans demander mon reste, le diable n'est pas un gentleman. Le bruit court que l'on a arrêté Lili de Rothschild, il semblerait que la vraie guerre vienne de commencer. Si nous devons êtes sauvés, cela sera par la beauté.

21.

Mort

Avec la guerre, l'or et les matériaux se raréfient et je puise dans le répertoire infini de la maison en l'enrichissant d'une once de modernité. « Ta divine touche », avait coutume de dire Louis quand il était à mes côtés. Je veille comme une lionne sur le stock, on ne sait pas encore de quoi demain sera fait. Je passe mon temps à chercher des idées nouvelles, mon esprit virevolte comme les feuilles d'automne, c'est ma façon de survivre, braver l'angoisse, Pierre, Louis, ne pas savoir. Où sont-ils, comment vont-ils ? Je fais des maquettes avec de la pâte à modeler, on trouve beaucoup de pâte à modeler même en période de guerre, tout est bon pour cogiter. Chaque mardi, toujours nos comités et cette grande table autour de laquelle dessinateurs et chefs d'atelier se chamaillent. Ce bout de peau de panthère qui me nargue depuis plusieurs semaines, la chute de l'un de mes manteaux que j'ai fait raccourcir, la mode change n'en déplaise à Coco. Ce bout de peau de panthère de vingt centimètres, je le tends autour de mon bras, je vois un pavage de brillants jonquille et d'onyx.

— Est-ce que ça peut se faire ? demandé-je au chef d'atelier.

— Ah ça mademoiselle Toussaint, ça va être difficile, me répond Georges Bezault.
— Avec eux, on ne peut rien faire, jamais, y a toujours un problème, s'exclame Lucien Lachassagne.
— Je veux que cela se fasse, Georges, vous n'avez pas le choix. Je le veux, c'est tout.
— Mademoiselle, ça va être raide comme la justice ce bracelet, j'vous dis que ça peut pas aller.
— J'en peux plus des non, non et non de l'atelier, s'enflamme Peter Lemarchand, avec eux, on en serait encore à enfiler les perles.
— Vous y arriverez, Georges. Regardez Maurice Couët et ses merveilleuses pendules, qui aurait cru qu'une tortue aimantée puisse un jour indiquer l'heure. Allez, un peu de nerf l'artiste, que diable ! poursuivis-je. Et surtout n'oubliez pas. De la souplesse, toujours de la souplesse, rien que de la souplesse. Un bijou est vivant, il respire, il s'abreuve de l'âme de son propriétaire, et la restitue au travers de son éclat.
— J'adore quand la panthère rugit, chuchote Peter Lemarchand en faisant un clin d'œil discret à Lachassagne.

Pas assez discret, rien ne m'échappe, c'est mon équipe et je les tiens. Ils ont besoin d'un chef qui les pousse, qui leur montre que la limite n'existe pas. Et je suis ce chef. Car si le dessinateur est le poète qui pose des mots sur mes idées, le chef d'atelier est celui qui donnera vie à mon projet. C'est à une véritable naissance que nous participons tous ensemble... une première maquette, en cire souvent, suivie d'une autre en cuivre que l'on peindra et que l'on présentera au client. Il nous donnera son accord, alors il sera temps pour le joyau d'exister dans toute sa splendeur. À chaque fois mon cœur bat comme si c'était la toute première fois. C'est mon enfant à moi, celui que je n'ai pas eu. Toute ma vie tient là-dedans. Sept lettres et deux syllabes, Cartier. Un amant, un mari, un bébé, toute une famille, oui, la seule que je connaîtrai jamais. C'est pour cela que je peux me permettre de les rudoyer, mes dessinateurs, ces salopiauds comme Lachassagne qui ne peuvent s'empêcher de faire des taches d'encre sur les planches de croquis. Ou bien ces têtes de mule à l'atelier comme Georges Bezault qui trouve toujours le moyen de me dire que c'est infaisable.

L'atelier est juste au-dessus de la boutique. Une galerie court tout le long et me permet de les observer chacun à leur travail. Polisseurs, sertisseurs, horlogers, voici le coin du guillochage où l'on grave en creux et en entrelacs et puis ici c'est Jacques à la cheville et Maurice au ciselage, là c'est Paul à la maquette et Julien à la finition. Jules est le roi du « serti invisible », cette technique inspirée d'une mosaïque de la Renaissance italienne dont il restitue l'extrême finesse. Finette est la fille de Lucien, c'est elle qui m'aide pour les vitrines. Car on entre chez Cartier pour toute une vie, c'est un sacerdoce, et la plupart des enfants de nos artisans mettent leurs pas dans ceux de leurs parents. Ils ont été fidèles à Alfred puis à Louis, aujourd'hui c'est à moi qu'ils rendent des comptes, même si la guerre vient chambouler notre belle organisation. Nous nous tenons, nous sommes un, envers et contre tous, dans l'euphorie comme lorsque le prince de Galles débarque à l'improviste et dans la peur aussi, comme ces temps-ci où les Boches décident de nous chercher des noises. Oui, nous sommes un et nous nous nommons Cartier. Fragile équilibre soumis aux circonstances extérieures, parfois nous les contrôlons, parfois non.

Ainsi de cette terrible nouvelle qui nous frappe de plein fouet. Jacques est mort. Jacques Cartier est mort. L'homme qui a fait Londres, celui qui a baisé la main des tsars et des maharadjahs, Jacques, si sensible, introverti, fou amoureux de sa femme Nelly. Jacques est mort. À Biarritz. Il avait cinquante-huit ans. C'est Nelly qui me prévient. Jacques est mort. Elle me laisse le soin de l'apprendre à Louis. Elle dit qu'il n'y a que moi pour le faire. Je lui envoie un câble immédiatement. Il arrive à me joindre au téléphone mais nous sommes coupés aussitôt. Juste eu le temps d'entendre le son de sa voix et de comprendre qu'il a pris connaissance de mon câble. Une heure plus tard, Louis à nouveau. Il est effondré. Il dit qu'il ne peut pas bouger, quitter l'Amérique maintenant, cela serait une folie.

— Je suis bien d'accord, surtout ne viens pas Louis, cela servirait à quoi ?

— À rendre un dernier hommage à mon frère, dit-il, d'une voix sourde.

— J'irai au Pays basque Louis, j'irai dire adieu à Jacques pour toi, je te le promets.

Et Louis parle de Jacques, le petit dernier, l'artiste. Il se souvient de l'adolescent vulnérable, du jeune homme tendre qui sut égaler ses frères et devenir un homme d'affaires à la dimension internationale. Et cette soirée chez Maxim's pour ses seize ans où il lui expliqua ces dames du demi-monde... Oh Jacques, doux et rêveur Jacques. Sa connaissance extrême des perles fines, son jugement sans faille sur les pierres, Jacques qui, en dépit de tout, m'aimait bien et m'avoua un jour, parlant de Louis :

— Jeanne, vous seule pouviez le rendre heureux et nous le savions, pardonnez-nous d'avoir gâché votre vie.

— Vous n'avez pas gâché ma vie, Jacques, mais celle de Louis peut-être...

Jacques est parti mais je ne songe qu'à Louis. Être présente pour lui. Sa douleur est aussi la mienne. Nous partageons les mêmes espoirs, les mêmes peines. Je voudrais qu'il revienne. Saisir sa main, sentir sa chaleur, son assurance. Je sais la perte de l'être cher, le petit frère, celui qui aurait dû partir le dernier. Être aux côtés de Louis à nouveau et continuer la route ensemble. Vers la perfection, le bijou le plus pur, la symbolique exemplaire. Mais Louis ne vient pas. Il dit qu'il est si fatigué. Qu'il a besoin de temps. Que l'avenir est gris. Non l'avenir est noir. Oh Louis, cette fichue mélancolie qui me glace ! La mort de Jacques est une épreuve, j'ai peur qu'elle lui soit fatale. Ses lettres se font rares et son écriture est de plus en plus illisible. Serrée, penchée, des ratures. Lui d'habitude si soigné et raffiné. On dirait qu'il a perdu le goût. Le goût du chic et de l'éclat, non, le goût de la vie.

Maintenant, je sais qu'il est malade. Bien sûr, je m'en doutais, mais il souhaite conserver son secret. Une indiscrétion de Pierre Cartier à l'enterrement de Jacques. Un mot à peine chuchoté qui sonne le glas de ma sérénité. Cancer. J'appelle Louis, je lui dis que j'ai parlé avec Pierre, que je suis au courant. Il ne relève pas. Il ne me dit rien. Pire, il réfute la chose dans sa totalité. Il en fait une totale abstraction. Ne pas montrer sa faiblesse, tenter de trouver la solution chez les Américains. Et moi ? Le revoir, juste une fois. Mais je n'ai rien à dire, ma place n'est pas à ses côtés. Louis, le téléphone, c'est tout ce qui nous reste. Pour la première fois de ma vie, je suis comme anesthésiée, je vais affronter quelque chose qui me dépasse. Il est si loin. Il est entouré des siens et je n'en fais pas partie. Il y a des questions que je ne peux poser car personne n'y répondra. Surtout pas Louis. Il n'en parle jamais. Revenir aujourd'hui, je le supplie à demi-mot mais il reste ferme. Non, il ne remettra pas les pieds en France dans cet état.

— Quel état ?
— Celui de la France évidemment !
— Est-ce que je te reverrai, Louis ?

Je l'entends sourire au téléphone et d'une voix caverneuse il murmure : « Bien sûr, la Panthère, qu'est-ce que tu crois, je n'en ai pas fini avec toi. »

En ces temps troubles, les liaisons entre l'Amérique et la France sont difficiles. L'éloignement, la maladie, à cela s'ajoute l'incertitude. Ne pas savoir. Quand appellera-t-il ? Est-il chez lui ? Ou bien soigné à la clinique ? Quelle est la progression de cette maladie ? Peut-on guérir ? Je ne sais rien. Et Pierre Cartier pas beaucoup plus. Il dit que Jackie paraît confiante. Nous nous concertons mutuellement, l'angoisse ne me quitte pas. Des jours sans rien. Pas un mot, pas une lettre, pas un appel et la vie qui continue. L'Occupation toujours plus pesante. On se dit qu'on l'a échappé belle, chaque journée passée est une journée gagnée et cette guerre s'en finira peut-être plus vite que la maladie. Alors, je le reverrai, alors je serai là à ses côtés pour le voir guérir et l'aimer encore un peu, et lui donner ce bijou parfait qui sera lui, qui sera moi, qui sera d'abord Cartier. Un jour, puis un autre jour, « un câble de Monsieur Louis », s'écrie Finette. Je me précipite, tout va bien, tout va bien, mon Dieu c'est si difficile. Non, tout va mal mais pas si mal, il entre à l'hôpital, « une broutille », dit-il. Et puis ce cœur qui fatigue, ils vont le relancer, c'est certain, la famille est là, il n'y a aucun souci. Quel hôpital ? Les Américains sont-ils de bons chirurgiens ? Qui a dit qu'on l'opérait ? Non c'est juste mon imagination qui s'emballe. Personne n'a parlé d'opération, juste de clinique et de cœur épuisé. « Un câble de Monsieur Pierre », et Finette se précipite. Les nouvelles semblent rassurantes, je me remets à y croire. Il y a de très bons médecins en Amérique, oui il se repose et il a tout à fait bonne mine. Le moral est au plus haut, comme d'habitude, il n'y a aucun souci. Pieux mensonge. Le moral n'a jamais été au plus haut avec Louis. Pierre me raconte n'importe quoi. Quelqu'un a parlé d'opération. Non, ce n'est pas trop tard. Au fond de moi-même, je le sais. Il y a forcement un moment pour nous encore quelque part, bientôt… avec des bijoux et des projets par milliers, des créations comme jamais on n'en a imaginé, une révolution, une anticipation, Louis Cartier, le roi des joailliers, le génie, l'esthète, Louis, mon amour. Oui un autre temps, un autre monde, un ailleurs rien que pour nous… « Un autre câble », dit Finette, « c'est Madame la comtesse ». Jackie. Le téléphone ne sonnera jamais plus. C'est fini.

Je descends dans son bureau. Je ferme la porte derrière moi et m'assieds doucement dans le fauteuil en velours. Je regarde autour de moi. Les boiseries, la bibliothèque, tiens, la photo sépia des trois frères avec leur père Alfred. Jackie, Claude, Anne-Marie, la famille. Et puis ce sous-main en cuir de Tolède sur lequel il s'appuyait pour crayonner. Le porte-parapluie dans lequel il déposait ses cannes à pommeau et cette odeur ambrée qui semble incrustée dans les moindres recoins de la pièce. Je ferme les yeux, je vois le merveilleux garçon qui m'emprisonna dans un ascenseur du Cours-la-Reine. Charmeur, ambitieux, superstitieux. Chic à en crever. Un héros fitzgéraldien. Louis. Il n'y a pas de mots. Juste le souffle, la sensation, l'absence. L'absence…

22.

Rideau baissé

Funérailles. Te dire au revoir une dernière fois. La chapelle de l'Annonciation du faubourg Saint-Honoré est bourrée à craquer. Il y a là Jackie et Claude, Pierre et Elma, Marion et Pierre Claudel, Anne-Marie, René Révillon, Nelly Cartier. Et puis aussi les amis, Coco Chanel, le comte Stephan, Sacha Guitry et tellement d'autres que je ne connais plus, que je ne vois même pas. Car les meilleurs d'entre nous sont partis depuis longtemps. Alberto Santos-Dumont, Boni de Castellane, Jean-Philippe Worth, Gabriele d'Annunzio, Pierre de Quinsonas, où sont-ils aujourd'hui ? Au paradis des artistes, des feux follets et des rêveurs. Dernier endroit où l'on sort, cela doit être d'un chic ! Louis, si tu m'entends… Toi et moi, quelle aventure ! Nous deux, et puis Cartier. Nous deux, c'était Cartier. Et maintenant, Louis ? Je suis en noir et cette mousseline bleu clair à mon poignet, comme tes yeux teintés de brume, comme ce bleuet que tu accrochais à ta boutonnière, quand tu voulais me séduire. C'était hier et j'étais si pressée…

Rideau baissé

Aujourd'hui j'ai fait fermer la boutique. Les rideaux de fer sont baissés et les drapeaux en berne. J'ai donné leur congé aux employés et aux ouvriers. Et je viens t'attendre devant la porte. J'ai demandé à Jackie que le convoi funèbre qui te mènera au cimetière de Versailles soit détourné et passe devant le numéro 13 de la rue de la Paix où il s'arrêtera un court instant. Pour un ultime adieu. Jackie trouve que c'est une bonne idée. Cela lui plaît. L'hommage de la maison à son patron. Je pensais que l'endroit serait désert. Enfin presque. Je n'avais pas prévu qu'ils viendraient aussi. Car ils sont tous là. Amassés sur le trottoir. Tes employés, Louis, sont venus pour te saluer, célébrer la mémoire du Roi-Soleil. Charles Jacqueau, Peter Lemarchand, Georges Rémy, Maurice Couët, Georges Barbier, André Denet, Lucien Lachassagne, Gaston Guillemard, Gérard Dessouches, Edmond Foret, Edmund Jaeger, Georges Bezault, Marcelle Decharbogne, Finette Pinaud, Alfred Buisson, René Prieur, John F. Hasey et Jules Glaenzer de New York, Étienne Bellanger et Arthur Fraser de Londres et tellement d'autres… Le pavé est noir de monde. Louis si tu voyais cela, tu rirais bien, on se croirait revenu au temps des princes et de leurs visites impromptues chez nous. Il ne manque plus que le caricaturiste Sem pour croquer la foule empressée. Sauf que cette foule-ci est digne, muette, elle verse des larmes de cristal.

Le convoi pénètre place Vendôme. Passe devant la colonne de la Victoire, Napoléon semble vouloir s'incliner devant toi. Mais tu t'en fiches bien de Napoléon, toi tu regardes la base de la colonne, c'est du porphyre d'Algajola, pierre plutonienne par excellence. Tu te dis que le poli est merveilleux, que c'est une véritable caresse pour l'œil, et que l'on pourrait bien en user pour quelque pendule mystérieuse…

Le fourgon emprunte la rue de la Paix. Je me souviens quand nous traversions en riant, tu me tenais par la main et tu m'expliquais que l'on marchait peut-être sur les restes de la Pompadour, enterrée avec les petites sœurs de je ne sais quel couvent détruit à la Révolution. Mon Dieu, c'était hier !

Le fourgon s'approche doucement. Nous le voyons venir, imposant, effrayant et captivant tout à la fois. Il s'arrête devant le numéro 13. Temple jaune et noir élevé à la Fortune et la Beauté. Tu es chez toi, Louis. Un silence impressionnant s'abat sur nous. Les hommes se découvrent et les femmes baissent la tête. À toi Louis, à ta vie, à ton génie, à tes amours ! Regarde, tu es chez toi ! C'est ta dernière escapade, et nous ne nous en remettrons pas. Au revoir, mon amour.

Et tu t'en vas… Suivi de ta famille, tes amis, tes enfants. Je reste là. Je suis la gardienne de ta maison. Tu vas voir chéri, on n'a pas fini d'entendre parler de Cartier, crois-moi !

Puis vient le temps de la succession. C'est Pierre Cartier qui s'en charge. Les avoirs personnels de Louis, la Hongrie, San Sebastian, tout cela me passe par-dessus la tête. Ses enfants, sa femme je suppose, sauront bien y trouver leur compte. Moi, je souhaite que la maison soit protégée. Cette unité qui liait les trois frères Cartier, un seul esprit dans trois corps, et Paris envoyait son souffle de vie jusqu'à Londres et New York. C'est cela qu'il faut préserver à tout prix. Pierre Cartier le sait, le génie de ses frères, l'empire de son père, Pierre Cartier en est pleinement conscient et il a toute confiance dans la descendance. Pierre prend la direction générale. C'est Jean-Jacques, le fils de Jacques, qui chapeautera Londres, Claude me rejoint à Paris et Marion poursuit la tâche de son père à New York.

— Vous verrez, Jeanne, me dit Pierre, vous verrez, tout marchera comme sur des roulettes, l'esprit demeurera.

— Peut-être, Pierre mais après vous, qu'en sera-t-il ?

— Tant que vous êtes là, fascinante Jeanne, l'esprit demeurera, vous êtes la gardienne de ce temple d'or et de diamants. Sachez qu'aujourd'hui, près de vingt ans après, je regrette, oh oui, comme je regrette d'avoir empêché mon frère de vous épouser.

— Cela n'aurait rien changé, Pierre.

— Si ma chère Jeanne, j'aurais cru en l'avenir. L'avenir après nous.

L'avenir, mais qui a inventé ce mot plein de sous-entendus ? L'avenir en temps de guerre, c'est quoi ? « C'est toi et moi », dit Pierre. Il est revenu. Comment a-t-il su ? Je ne le lui demanderai pas. Il est là. Il m'attend dans le noir de cet appartement que j'ai voulu sobre et dépouillé. Il est celui qui n'abandonne jamais, qui tient ses promesses et fait passer la tendresse avant toute chose. Point n'est besoin de mots. L'homme de l'ombre serre dans ses bras la vieille maîtresse, on pourrait presque en rire si la chose n'était pas sinistre. Il dit qu'il repart aussitôt. Car Pierre a rejoint le général de Gaulle. Un adieu, non, la mort me va trop mal. J'attache autour du cou de mon aviateur un carré en sergé de soie sur lequel est imprimée la carte de France avec moult détails. « Pour que tu ne te perdes pas si tu dois sauter en vol. Tu n'as plus l'âge pour jouer les héros, Pierre ! » Il sourit, il ne se bat que pour son pays, il n'y a pas d'âge pour cela, c'est une question d'honneur et l'honneur, chez les d'Oissel, c'est sacrément important. Tenir son rang avec dignité et discrétion et toujours ce clin d'œil comme s'il pouvait braver son destin. « Si je reviens, je t'épouse. » Je souris, ce coup-là on me l'a fait un peu trop souvent !

La boutique tourne au ralenti, on ne fournit plus que les dignitaires nazis, la guerre s'enlise, on parle de milliers de morts. Les drapeaux du Reich flottent un peu partout dans Paris. La capitale connaît une pénurie d'essence et les stations de métro sont transformées en refuges. Au début de l'année 1944, on projette *Lifeboat* d'Alfred Hitchcock au cinéma Gaumont des Champs-Élysées. Cocteau m'accompagne pour l'occasion. C'est l'histoire de neuf passagers échoués sur un canot de sauvetage après le torpillage de leur paquebot par un sous-marin allemand. Pour survivre, une seule solution, la pêche. Mais ils n'ont pas d'appât. Royale, Tallulah Bankhead propose... ses diamants. « Nous avons un appât... de Cartier. J'y ai moi-même mordu ! » Elle est divine, conclut Cocteau.

23.

Libération

La bataille de Normandie a été longue et acharnée. Les échos qui arrivent jusqu'à nous sont effrayants. On parle de véritable boucherie, de milliers de morts. « Un débarquement ? non une hécatombe », assure Mlle Decharbogne qui a de la famille à Arromanches. Ici, à Paris, on attend les Américains. La Résistance s'organise, elle est commandée par Rol-Tanguy et Chaban-Delmas, et bientôt les derniers îlots allemands sont encerclés. Le Majestic a été évacué. Parfois je me surprends à penser à Heinrich, qu'est-il devenu ? S'en est-il sorti ? Heinrich, jeune homme mystérieux, je ne connais même pas son nom de famille. Le 25 août 1944, par une chaleur infernale, des éléments de la 2e DB font leur entrée dans la capitale par la porte d'Orléans, rejoints par la 9e compagnie sous le commandement du général Leclerc de Hautecloque. Nous vivons ces heures dans l'incertitude, la radio relayant les informations au compte-gouttes. René Prieur passe ses journées l'oreille collée au récepteur. C'est lui qui nous informe de l'arrivée de Charles de Gaulle, chef du gouvernement provisoire français, au ministère de la Guerre, rue Saint-Dominique. Face à la population exsangue, de Gaulle s'exclame : « Paris outragé ! Paris martyrisé ! Mais Paris libéré ! » « Enfin », soupire René, « voici venir des temps meilleurs ». Que Dieu l'entende, j'en ai besoin.

J'ai retrouvé Pierre... assagi ! « Beaucoup trop vieux pour faire la guerre », dit-il en souriant « mais pas pour célébrer la victoire ». Il est nommé président-directeur général de Saint-Gobain et croule sous les responsabilités écrasantes. En cette période de bouleversement, il doit préserver le niveau de vie de ses ouvriers et ne pas négliger les voies nouvelles, comme l'industrie du pétrole, la chimie organique, la recherche de laboratoire. S'y ajoute la charge de reconstruction des usines dévastées. Pierre est l'animateur infatigable du formidable déploiement de l'entreprise. Je suis fière de son travail, nous avons tellement de temps à rattraper.

Comme un dernier pied de nez aux Allemands, je fais exposer dans les huit vitrines de la boutique l'oiseau qui m'a valu mon arrestation. Enfin pas tout à fait, celui-là, je l'appelle « l'oiseau libéré ». Peter Lemarchand a fait un travail remarquable. Le rossignol est tricolore, il a les ailes déployées et s'égosille de joie devant la porte ouverte de sa cage, le corps est un cabochon de corail, les ailes sont en lapis-lazuli et la tête est sertie de roses sur platine. Une petite merveille dont je suis si fière. Ma façon à moi de fêter la libération. Ma vitrine de la Victoire. L'époque se veut tricolore ! Voici un arc de triomphe souple comme un drapeau, composés de myriades de rubis, de saphirs et d'émeraudes ou encore une pendule mystérieuse modèle A à la base en lapis-lazuli que Charles de Gaulle, en visite à Moscou, offre à Staline.

On ne roule plus qu'à vélo dans Paris, l'essence et les chauffeurs se font rares ces temps-ci. Le problème de la bicyclette, ce sont les perles qui se prennent dans le guidon et j'ai un mal fou à me passer de mes perles. « Ah les petites manies de la vieillerie », persiffle ma chère Charlotte débarquée en même temps que ses compatriotes. Manies je ne sais pas, mais ce collier me vient de Louis et je ne l'ai plus quitté depuis sa mort. Cinq rangs de perles fines tenus par une poignée de diamants. Et je les glisse sous mon petit pull-over en jersey, mais rien n'y fait, on dirait que mes perles veulent vivre à nouveau, voir le soleil et se gorger de Paris libéré !

Je dois retrouver l'inénarrable Christian Bérard à l'hôtel Meurice. Christian que ses amis n'appellent plus que Bébé, tant il a la bonne bouille toute ronde du baigneur Cadum de la publicité. Démangé par le désir de briller en société, il tient absolument à me présenter Cecil Beaton, le grand photographe anglais. Celui-là même qui, parlant de la couture et de la joaillerie, a écrit : « Les Français sont passés maîtres dans l'art de vivre. Un peuple vraiment civilisé ne maîtrise pas les arts mineurs, car il sait combien importante peut être toute manifestation de son style de vie, même quand celui-ci s'exprime dans les formes moins durables que le marbre ou l'encre indélébile. » Je sens que je vais adorer l'Anglais. Une averse me surprend et j'arrive rue de Rivoli dégoulinante de pluie avec mes colliers emmêlés. J'ai les cheveux trempés, plaqués comme un garçon, Bébé va adorer, tiens le voici. À ses côtés Beaton très certainement. Grand et mince, le profil féminin, un rien aristocratique, beaucoup d'allure, tellement britannique. Nous entrons ensemble et nous installons au bar. Bébé s'est lancé dans mon panégyrique, on ne peut plus l'arrêter !

— Délicieuse Jeanne à la sagesse antique, toujours environnée d'une senteur de roses... Vois-tu Cecil, je tiens Jeanne pour la plus grande coloriste de tous les temps, je lui soumets tous mes projets, mes décors de théâtre, mes costumes et je ne les exécute jamais avant d'avoir obtenu son approbation. Son influence a fait le tour de la Terre, elle aurait pu être architecte ou sculpteur, elle a voué son talent à l'art du bijou qu'elle a extrait de son carcan en lui donnant l'expression des femmes qui le portent...

— Bébé, je t'en prie, j'ai honte.

— N'en faites rien, chère Jeanne, vous êtes exquise, je suis ravi, nous allons faire des choses remarquables ensemble, je le sens, répond Beaton. Il continue : Vos bijoux sont splendides et cette divine chose autour de votre cou comme le plastron d'une Égyptienne...

— J'avoue pouvoir porter plus de colliers et de bracelets que je n'aimerais en voir sur une autre, répondis-je au photographe.

— Vous êtes admirable, ma chère, d'ailleurs on n'entend que des louanges vous concernant, toutes ces femmes qui normalement caquettent comme de vulgaires poules de luxe n'en finissent pas de chanter votre génie !

— Quelles poules de luxe ? fis-je en riant.

— Oh tu sais bien Jeanne, s'écrit Bébé en pouffant, les Gabrielle Chanel, Misia Sert ou encore Marthe Bibesco…

Ces homosexuels sont les pires langues de vipère de la création et pourtant comme j'aime les moments passés en leur compagnie. Comme moi, ils aiment le beau, méprisent le médiocre, la facilité, ils ne visent qu'à la perfection et savent la teinter de désinvolture. Bébé se jette sur mon sac à main en piaillant tel un enfant devant un magasin de douceurs :

— Oh je vais encore découvrir un nouveau trésor, dit-il en sortant une boîte d'onyx et de corail et puis un pommeau de canne Louis XVI avec un gros saphir étoilé entouré de diamants.

— Mon miroir et mon bâton de rouge à lèvres, je doute que cela te soit utile. Les femmes m'agacent quand elles cherchent fébrilement leur tube perdu dans le fouillis de leur sac. Celui-ci, on le trouve facilement.

Beaton éclate de rire, il souhaite absolument écrire un article sur moi pour *Vogue*. Et puis il veut faire une photo pour l'illustrer, quelque chose d'intemporel. Je lui réponds que l'intemporalité à cinquante-huit ans, c'est difficile, et qu'elles sont bien loin les années 1910 quand je posais pour Adolf de Meyer en odalisque devant les paravents Coromandel. Mais Beaton insiste et nous nous mettons d'accord pour une séance, un matin de la semaine suivante, à mon appartement.

Le jour dit, Beaton est à l'heure comme un militaire. Je le reçois dans une tenue des plus simples, un lainage marine et un pantalon assorti que j'avais trouvés chez Balenciaga à San Sebastian. Je me souviens, c'est Louis qui m'y avait emmenée. Il avait dit « tu vas voir, cet homme va révolutionner la mode et cette peste de Chanel va pouvoir se rhabiller à l'espagnole ». C'était il y a un peu plus de dix ans, oui Louis voulait m'entretenir de mes nouvelles responsabilités en tant que directrice de la Haute Joaillerie. Divin Balenciaga, à quand la boutique à Paris ? J'en rêve. Je porte les bottes rouges rebrodées de pierreries, celles que Louis avait achetées à une danseuse russe. Que de souvenirs, je m'égare et M. Beaton me dévisage étrangement.

— Pardonnez-moi, je pensais à Louis Cartier, vous savez, il m'a tout appris et d'abord la passion.

Beaton acquiesce, il est discret. Il scrute mon appartement, il m'amuse. Il le trouve savamment décoré. Mes dessins de maîtres, les Watteau, les Fragonard, le ravissent, il regarde le tailloir ornant l'encadrement de la chambre à coucher, l'horloge d'un pâle gris-bleu, ma minuscule commode Louis XV en laque rouge, il dit que l'esthétique de l'ensemble surprend singulièrement. Il dit que mon goût est à l'opposé de celui des décorateurs modernes, il dit que j'ai un instinct sûr et inébranlable comme un granit et qu'il n'a jamais senti si extraordinaire indépendance. On sonne à nouveau, c'est Charlotte, grande amie de Beaton depuis des années, elle vient donner son avis sur la prise de vue.

— Cher Cecil, quelle joie !
— Divine Charlotte, il faut que je vienne à Paris pour vous croiser enfin.

Ma sœur a changé, disons que le mariage l'a embourgeoisée. Le mariage ou est-ce la bonne société britannique ? Plus snob qu'elle, c'est assez difficile à imaginer, Charlotte a oublié d'où elle venait et nous n'avons pas abordé la chose depuis longtemps. Je me demande si Teddy est au courant de ses origines. Un grand-père propriétaire de la moitié du Sussex et l'autre d'une boutique de linge de maison à Bruxelles. L'écart mérite-t-il d'être souligné ? « Non », estime Charlotte pragmatique avant d'avaler un énième macaron Ladurée. « Ma folie », dit-elle, « on n'en trouve pas à Londres, c'est épouvantable ! » Ma sœur a grossi, elle s'essouffle vite, cela m'inquiète, elle a le cœur fragilisé, son médecin lui prescrit un grand repos mais elle n'en fait qu'à sa tête. Toujours courir en tous sens, pour être certaine d'exister. Mais qui passerait outre Charlotte ? Elle voudrait me voir poser pour Beaton dans le pyjama oriental que Louise Boulanger a créé pour moi il y a trente ans. Le photographe préfère la rigueur de Balenciaga, les perles qui tranchent sur le marine, de profil c'est mieux, il aime la tête de Néfertiti, il la verrait bien posée là, sur le bonheur-du-jour, le cou entouré de perles aussi. Oui, quelle grande idée, il aime cette pose, il y trouve de l'agrément et de l'élégance. Cecil Beaton est heureux de son travail. Il me sourit avec bienveillance et soupire :

— Chère Jeanne, vous êtes frêle comme un oiseau et vous possédez un sixième sens dans le domaine du goût.

— C'est évident, estime Charlotte.

— Louis Cartier ne s'y était pas trompé, poursuit Beaton. Je vais vous avouer quelque chose. Mes amitiés avec les hommes ont toujours été plus merveilleuses qu'avec les femmes. Je suis vraiment un terrible, terrible homosexualiste et j'essaie tellement de ne pas l'être. Pourtant, divine Jeanne, je pourrais tomber amoureux de vous. Peut-être même vous épouser.

— N'en faites rien, cher Cecil, tous ceux qui ont voulu m'épouser sont morts de n'avoir pu tenir leurs promesses. Restons donc sur nos positions, vous avec vos garçons et moi avec mes bijoux...

Mes bijoux... C'est à cette époque que Jean Cocteau adapte le conte du XVIIIe siècle *La Belle et la Bête* pour en faire un film au cinéma avec Josette Day et Jean Marais. Devant le masque chimérique imposé à l'acteur, une espèce de tête de lion à la crinière onduleuse et tortueuse, je ne peux m'empêcher de songer que je n'ai toujours pas relevé le défi de Louis, la panthère... Ma panthère, cet animal me hante et me poursuit, il faut que je la fasse naître mais avec constance et subtilité, inspiration et virtuosité. Ma panthère, bientôt, je la sens...

Cocteau, toujours lui, se prend d'amitié pour le nouvel ange de la couture, un petit homme rondouillard qui n'a l'air de rien, « ce génie léger, propre à notre temps, dont le nom magique comporte celui de Dieu et or ». Et Christian Dior célèbre la messe pontificale d'une nouvelle collection, le *New-look* : taille de guêpe, seins pigeonnants, et retour au corset. Je suis trop vieille pour ce genre d'excentricités. « Mais non Jeanne chérie » me dit Pierre en souriant, « tu as la jeunesse d'un tempérament que l'âge n'a pu altérer ». Quant à ma compagne des jours heureux et des autres, Coco Chanel, elle fait oublier en Suisse les amitiés allemandes qui lui ont valu quelques ennuis à la Libération. Cela ne l'empêche pas de me téléphoner pour vomir le couturier.

— Moi, j'ai libéré le corps de la femme et cette pédale à trois francs six sous a décidé de l'emprisonner dans un corset. Mais c'est lui qui devrait porter la guêpière, je déteste les pédés, je suis effondrée.

Coco s'en remettra, elle a toujours été plus forte que tout. La pauvreté, l'opprobre, la mort, Coco s'en fiche bien, elle a décidé qu'elle était le bon Dieu et que son nom brillerait au firmament pour l'éternité. Pas osé lui dire qu'elle ne serait pas seule au paradis des créateurs.

Après Cecil Beaton, c'est la princesse Bibesco qui souhaite écrire à mon sujet. Elle est fort aimable mais j'aimerais que l'on mette en avant la maison Cartier plutôt que mon soi-disant talent. Je n'ai pas d'ego particulier, ni démesuré. « Reçois-la », me conseille Charlotte au téléphone. Elle vient de retrouver son « *home, sweet home* » de Belgravia et reprend quelques forces. « C'est une poseuse », continue ma sœur, « elle en fait toujours trop mais cela ne peut pas te nuire, et puis la femme est intéressante. Je viendrais bien te retrouver mais je me sens un peu faible ces temps-ci, tu sais toujours ce cœur... la faute des hommes, que veux-tu ma belle... ». Repose-toi Charlotte, ma sœur, ma seule famille, reste en Angleterre et surtout ne fais pas de folies, je n'ai plus que toi... Et je convie Marthe Bibesco place d'Iéna. Elle tombe en admiration devant mon portrait par Boldini. Elle aussi a posé pour le maître.

— C'était il y a si longtemps, fis-je.
— Qu'il était laid, se souvient la princesse, comment l'appelait-on déjà ?
— « Le petit M. Boldini qui n'a pas grandi ! »
— Oui ! Mais quelle précision, quel génie, comme vous ma chère Jeanne, finalement.
— Non, pas moi, Marthe, mais la maison Cartier ! Je ne suis rien, d'ailleurs, je ne laisserai aucune trace, aucun dessin signé de ma main, aucun bijou que l'on pourra m'attribuer très certainement, juste le souvenir...
— Le souvenir de quoi ?
— Je ne sais pas, une marque, une manière d'être, non je ne sais pas, et pour tout vous dire, je m'en balance un peu !

La princesse éclate de rire, puis elle s'enflamme, elle s'emporte, et cite La Fontaine :
— « Un jour un coq détourna une perle qu'il donna au beau premier lapidaire... », un jour Jeanne Toussaint trempa dans la Fontaine aux Fées une grappe de glycine, elle en sortit une broche merveilleuse ornée d'améthystes, d'émeraudes gravées et ciselée d'entrelacs d'or. Et le style Tutti Frutti naquit ! Mais qui donc êtes-vous, Jeanne Toussaint, qui parfumez les diamants et rendez la richesse poétique alors que partout ailleurs elle est laide et lourde ? Oui qui donc êtes-vous, Jeanne Toussaint ?
— Je n'étais rien, mais un homme un jour m'a aimée. Et il m'a tout appris. Quand ce fut fini, il disparut de ma vie. Il m'avait légué son génie. Louis... Aujourd'hui il ne se passe pas un jour, pas une nuit, sans que je pense à lui.

Libération   239

— Ma chère Jeanne, on dirait un poème de Claudel qui recommence et grandit comme le jour avant qu'il ne finisse. Non, c'est une histoire sans poète qui n'est encore dans aucun livre. Mais j'en ferai un conte des Mille et Une Nuits.

— Si vous voulez, Marthe, à votre gré, tant que vous n'évoquez que Cartier.

— Je dirai qu'un style existe pour certains objets précieux, qui se reconnaissent à travers le monde pour être des bijoux Cartier...

— C'est parfait !

— ... mais je ne savais pas encore que c'est à l'esprit d'une femme qu'ils doivent d'être inimitables !

— Non Marthe !

On ne peut rien contre une femme d'esprit, qui plus est une femme du monde, et la princesse Bibesco vante mes mérites dans le numéro d'octobre du *Jardin des Modes*. « *Wonderful* », s'exclame Charlotte à qui j'ai envoyé le magazine !

En cette année 1947, on marie la princesse d'Angleterre. La jeune Elizabeth convole avec le prince Philippe de Grèce dont on dit qu'elle est folle amoureuse. C'est Charlotte qui le dit. Elle le tient de source sûre de la duchesse de Devonshire. Elle le vérifiera d'ailleurs par elle-même lors de la cérémonie à laquelle lord et lady Whitcomb sont élégamment conviés. Ma sœur est surexcitée et j'ai peur que cela cause un préjudice à sa santé. « Cela lui fait tellement plaisir », m'écrit Charlie Whitcomb... En prévision de ces noces, j'ai fait venir mon neveu Teddy à Paris. Il a pris des photos de nos dernières créations afin que l'actualité des styles de la rue de la Paix rejaillisse sur

Londres. Depuis le droit de douane de 1929 qui rend prohibitif l'envoi de bijoux, on se débrouille comme on peut et ce cher Teddy, qui a pris l'allure de son père et le culot de sa mère, rentre à Londres avec deux mallettes remplies de pierres précieuses. À la douane il n'est pas inquiété, sa désinvolture associée à son charme ont raison de tous les obstacles.

Le géologue Williamson a trouvé en Tanzanie un diamant rose de 54 carats. Il demande à Teddy si Cartier ne pourrait imaginer une broche qu'il offrirait à la princesse à l'occasion de ses noces. C'est Frederick A. Mew qui dessinera l'edelweiss dont le diamant Williamson sera le cœur. Quant au nizâm d'Hyderabad, il remet à la future mariée un collier de diamants et un diadème de roses épanouies venant directement de la boutique de Paris. Et Barbara Hutton, devenue entre-temps princesse Troubetzkoy, souhaite donner un coup de jeune aux émeraudes des Romanov. André Denet et Lucien Lachassagne supervisent la création d'un bijou de style oriental, à la fois collier et diadème.

Plus que jamais ma vie se confond avec Cartier. Je suis bientôt confrontée à la mémoire de Louis et de cet empire dont il a voulu qu'il lui survive envers et contre tout. Pierre et Elma Cartier quittent New York. Pierre a soixante-dix ans, il est fatigué de l'Amérique, et Elma souhaite s'installer en Suisse dans leur propriété qui borde le lac Léman. La villa Elma est l'ancienne résidence de l'impératrice Joséphine, autrement plus calme que la 5ᵉ Avenue. Marion Claudel et son cousin Claude échangent leurs parts, Claude file s'installer à New York et Marion prend la direction de Paris. « Il faut vivre éperdument », estime Claude en me disant au revoir, et le fils de Louis quitte définitivement la rue de la Paix. Mais pour Marion et Pierre Claudel, après dix-sept années passées aux États-Unis, l'arrivée en France n'est pas aisée. Nos relations non plus. Je ne suis que Jeanne Toussaint, la directrice de la Haute Joaillerie, et si je dois continuer à soutenir les descendants de Louis, je le ferai envers et contre tout. Car je lui dois bien cela. Son empire, faire vivre son empire. À jamais.

Pour la grande fête des Beaumont, les hommes sont gantés de blanc et les femmes portent un diadème. Le cou de Marie-Laure de Noailles s'orne d'un collier assorti à son diadème émeraude et diamants, la princesse Bibesco exhibe un bandeau moiré en diamants travaillés en motifs concentriques rappelant les reflets de la soie de sa robe, quant à Josée de Chambrun, loquace et crépusculaire, elle arbore fièrement le diadème Cartier que son père, Pierre Laval, lui offrit pour son mariage. Paris peut recommencer à tourbillonner, les jazz-bands sont indomptables et les diamants éternels !

24.

Dragonfly

Grande, mince, racée, terriblement chic, Bettina Ballard, la rédactrice en chef du *Vogue* américain, cherche à enfermer la folie de Paris dans ses articles. « Mais d'où venait le paon de Mme Robert Lazard, accroché au décolleté d'une robe noire de Piguet ? Cartier évidemment. » Beaucoup moins jolie, mais vibrante, débordante d'énergie, irlandaise, catholique et passionnée, Carmel Snow, du *Harper's Bazaar*, s'enthousiasme pour cette légèreté qui s'accorde au sentiment de soulagement éprouvé depuis la fin de la guerre : « L'oiseau de paradis de Cartier est promesse d'un bonheur éternel, ses couleurs sont changeantes et donnent différents reflets suivant l'incidence de la lumière. » La scandaleuse Violette Leduc dans *Paris-Soir* : « Une libellule un soir se posa sur la table de ma vaste chaumière à Faucon, dans la lumière avaricieuse de ma lampe à pétrole. Deux heures je la crus morte, sans oser la balayer. Elle s'envola, elle disparut sans me quitter puisque les fenêtres étaient fermées, la porte close. Ma libellule a été changée en bijou d'été chez Cartier. Ses ailes remuent, elles portent des diamants et des émeraudes. Cette métamorphose ne regarde que

Mlle Toussaint ». Et la divine Pamela Churchill de balayer une fois pour toutes les éventuelles culpabilités : « Nous avons gagné la guerre mais aussi le droit de nous offrir du bon temps. Quelle époque glamoureuse, Dior et Cartier l'ont compris, ils l'ont provoquée, mise en scène, ils en sont les catalyseurs. »

Oui l'époque est formidable, audacieuse, délirante, avant-gardiste. Mais je ne peux m'empêcher de douter. Que penserait Louis de mon travail, aujourd'hui ? Quelle lettre m'enverrait-il de Budapest ou de San Sebastian ? Attention, Jeanne, renouvelle-toi, tu tombes dans la facilité, tu te répètes... Oui, la Panthère, c'est bien continue, accroche-toi... Charles Jacqueau, qui connaissait Louis avant moi, ne se prononce pas. La guerre a enterré l'Art déco et sa géométrie variable. Je me suis précipitée dans la figuration sans regarder derrière moi. N'ai-je pas été trop vite ? « Non », répond Peter Lemarchand, « il faut que nous poursuivions dans cette voie ». « Je ne sais pas, je ne sais plus », fait Lucien Lachassagne. « Monsieur Louis vous aurait appuyée, Mademoiselle », me rassure André Denet. Ai-je raison, ai-je tort ? Et cette débauche d'animaux, de fleurs et de fruits, Louis, dis-moi, ton avis compte tellement ? Mais Louis ne répond pas. Je fais part de mon tourment à Pierre qui a toute confiance en moi. Louis m'aurait soutenue, il en est persuadé. Il disait que j'avais le Don. Le Don, si proche du Doute. Le succès est là, le public semble ravi. Oui c'est vrai, mais nous n'avons plus d'identité. Les diadèmes ont été notre spécialité, le style guirlande a lancé la maison mais aujourd'hui nous ne sommes plus les seuls. Boivin, Mellerio toujours et puis Chaumet et Van Cleef. Comment nous démarquer ? « Les colliers Tutti Frutti ont beaucoup fait pour l'image de la maison », dit André Denet. « Et nos oiseaux », continue Peter Lemarchand, « nos merveilleux oiseaux ». Je ne sais pas, je ne sais plus. Il fait si chaud ce soir, je me sens vieille, les Parisiennes tombent amoureuses des Américains et je me désaltère avec du Coca-Cola. « En voilà une sacrée découverte », s'enthousiasme Finette. Une sacrée découverte, il faut que j'invente l'élégance, encore et encore... Louis, aide-moi, où que tu sois, ne m'abandonne pas, c'est toi qui le touches du bout du doigt, le goût, l'inspiration, toi l'unique prophète en ton royaume, je t'en prie, parle-moi...

Le plan Marshall vise à reconstruire le monde et l'on dit que la richesse s'expose avec moins de conviction. Oui, tout dépend évidemment d'où vient la conviction, le règne est à la consommation, et les gourmandes ne se privent pas de croquer les diamants. Les gourmandes, des Américaines pour la plupart, venues en Europe épouser l'aristocratie et son histoire. Ou des actrices au succès aussi éphémère que leur jeunesse. La ravissante Elina Labourdette fait doubler d'ocelot l'intérieur de sa Jaguar. Elle débarque un matin avec une valisette remplie de joyaux et demande que je la reçoive. « Mademoiselle Toussaint », s'exclame-t-elle avec une joie tout enfantine, « il va falloir me moderniser tout cela », et telle une cascade, les plus gros diamants, les plus sombres saphirs, les plus épais rubis et les plus lourdes perles s'échappent du bagage pour venir former un dôme étincelant sur mon petit bureau. Elsie de Wolfe, devenue lady Mendl, ne se remet pas de l'abdication d'Édouard VIII. Il faut dire que Wallis Simpson avait déjà programmé une redécoration complète de Buckingham Palace et c'est Elsie qui devait s'y coller. Pour se consoler elle se précipite chez nous où elle commande un collier résille en or ponctué de brillants. Car le fil d'or, dont je fais grand cas, marque désormais chacune de nos créations. Fin et lisse, il laisse place aux espaces et donne naissance à des bijoux empreints de légèreté. Souplesse, aisance, mouvement, voici les maîtres mots de ma joaillerie des années cinquante. À l'atelier, on tresse, on torsade, on sculpte, on entoure, on souligne le fil d'or. Et toutes sortes de formes naissent de cette juxtaposition de fils, spirales, ressorts, cordons simples, résilles ou rubans souples, l'or devient étoffe bientôt parsemée de brillants ou de pierres fines. La bague Trinity, imaginée par Louis pour Cocteau il y a vingt-cinq ans, revient en force et tous se targuent d'en posséder une, Clark Gable, le prince du Népal, Doris Duke...

De même que la montre Tank offerte en 1916 au général Pershing. Jamais modèle ne fut plus copié, la pureté de sa ligne, le raffinement des chiffres romains, le remontoir en cabochon, toutes ces qualités en font un archétype qui continue à séduire. « L'important est que cela soit une Cartier », précise Truman Capote, fin connaisseur. Le retour au classicisme, disait Louis, être en accord avec ses valeurs mais tenir compte de l'époque, c'est ce qui fera le succès de la maison Cartier et lui donnera sa place pour la postérité. Oh Louis, mais l'époque va si vite qu'elle me donne la nausée, le vacarme de la rue est insupportable, je suis épuisée, une cigarette, et puis une autre, et encore une autre. Ma voix est si rauque et mon miroir renvoie le visage d'une vieille femme.

Une après-midi de janvier et le coup de fil qui fait basculer ma vie. « Lord Whitcomb, au téléphone, pour Mme Toussaint », fait la standardiste. Je suis assise à mon bureau, je ne m'entends pas répondre à la jeune fille, mais soudain la voix de Charlie, sourde, comme s'il chuchotait...

— Jeanne, dit-il, Jeanne, tu es là ?
— Oui.
— Jeanne, écoute-moi. Charlotte... Elle s'est couchée avec un roman, hier soir. Ce matin, elle ne s'est pas réveillée. Charlotte est... Jeanne ?
— ...
— Jeanne, tu es là ?
— Oui.
— Son cœur était usé, a dit le docteur.
— ...
— C'était *J'irai cracher sur vos tombes*.
— Quoi ?
— Le titre du roman, c'est *J'irai cracher sur vos tombes* de Vernon Sullivan.
— Oh mon Dieu, Charlie, mais qu'est-ce qu'on va faire ?

Mais je n'entends pas la réponse de Charlie Whitcomb, j'ai déjà raccroché. Le cœur usé, c'est le comble pour une ancienne cocotte ! Charlotte, ma sœur, mon étoile dans un monde de météores et de feux d'artifice. Une allure et un chic pour inspirer les peintres à la mode. Une sensualité et un naturel pour enflammer les sens des hommes. Et puis ce mariage de raison et Charlotte tombe folle amoureuse de son aristocrate. Charlotte et ses contradictions. Charlotte et ses émotions. « La vieillerie ce n'est pas bon pour les femmes », m'a-t-elle dit encore la semaine dernière, « je suis très tentée par un lifting », un lifting ! Elle n'aura pas eu le temps d'essayer... Une libellule un soir se posa sur ma table de chevet... elle s'envola, elle disparut... Qu'écrivait déjà Violette Leduc ? Une libellule se changea en bijou Cartier... Comment dit-on libellule en anglais déjà ? Oui, *dragonfly*, ma sœur...

« Il faut changer d'air », estime Pierre, mon amour. Non, je n'ai pas le temps, juste celui d'avancer, avancer encore vers cette idée qui révolutionnera Cartier. Mes nuits sont blanches, mes migraines me démolissent, mes journées m'effraient, j'ai l'impression de tourner en rond. « Stop », fait Pierre, « on arrête tout, je t'emmène à Ciboure. Où sont tes grands yeux clairs et l'éclat qui me ravissait. Regarde-toi Jeanne, dors, dors un jour ou deux mais reprends-toi. Je ne veux pas te voir dans cet état. Partons, viens allons chez nous, rien que nous deux ». Impossible, encore une cigarette, j'ai l'impression de tout oublier, les ans m'ont blessée et je ne peux tenir ma promesse.

Et pourtant le prince Ali Khan, les Duff-Cooper ou encore Elie de Rothschild, Marie-Blanche de Polignac, plus que jamais les grands de ce monde font étinceler notre réputation. Il faut que je gagne. Je gagnerai. « Se battre, pilonner », me souffle Pierre. Oui chéri, des guirlandes et des rubans. Oui, des pierreries mais pas celles que l'on attend. La figuration, la figuration, au bout de ton doigt, attends, elle vient à toi... Louis, je t'entends...

25.

Fifties

En cette année 1947, je rencontre les Windsor pour la première fois. Le duc est certes une légende vivante mais en réalité un homme simple et charmant qui n'aime rien tant que se faire houspiller par celle que l'on appelle toujours Mrs Simpson. Un soir, il demande à se faire ouvrir la boutique au milieu de la nuit et surtout que je sois là pour le recevoir. Il porte une longue cape de cachemire doublée de soie rouge et c'est magnifique. Il vient pour commander un collier. Il nous apporte des améthystes et des diamants. Nous sommes dans mon petit bureau à l'étage avec Peter Lemarchand et André Denet. Il ne doit pas être loin d'une heure du matin. Le duc a des idées arrêtées mais je me permets certaines suggestions. Je vois des turquoises mêlées aux améthystes. Il est sceptique. Pierres fines et précieuses ne font pas bon ménage selon lui.

— Il est tentant parfois, Sire, d'unir ce qui ne l'est pas, a priori, cela s'entend.

— Certes, répond le souverain déchu, peu convaincu.

Les améthystes sont de taille émeraude et le gros cœur facetté est superbe. André Denet estime qu'il faut y mettre diamants et or torsadé pour ajouter lumière et chaleur au mystère de la gemme et moi je pense que la froide vivacité de turquoises disséminées en petits cabochons sur toute la surface du bijou le transfigurera en un objet joyeux et séduisant. Peter Lemarchand ne dit rien, il dessine, vingt-sept améthystes de taille émeraude, une améthyste de forme cœur. Et les turquoises. C'est absolument sublime, le duc esquisse un sourire, il est d'accord. Il nous quitte sur un léger signe de tête et nous restons tous les trois devant nos améthystes. Au bout de la nuit, c'est la magie qui pointe... Et l'espoir très certainement.

Comme Louis l'a toujours prôné, je suis persuadée que joyaux et mode sont étroitement liés. Robert Piguet, le célèbre couturier, ne bâtit jamais un défilé avant de m'avoir consultée. C'est l'occasion d'un moment divin en compagnie de Marie-Louise Bousquet, Gabrielle Dorziat ou encore le superbe Hubert de Givenchy. Linge brodé, porcelaine fine, thé anglais, rien n'est trop beau pour ces instants de grâce. J'arrive accompagnée de deux gardes du corps et de mallettes cadenassées, remplies de nos dernières créations. « Ou comment reconnaître au premier coup d'œil, entre une gorgée d'Earl Grey et un macaron Ladurée, un saphir de Ceylan ou un rubis birman », s'exclame judicieusement Givenchy qui devient imbattable !

Le tailleur appelle la broche, le revers ordonne la chute, nous nous faisons sculpteurs de volumes et gravités. Retombées d'or et de gemmes ou grappes de perles, telles cette broche que je ne quitte pas, un bouquet de clochettes en corail un peu fané avec des diamants à la fois nichés et apparents, que Violette Leduc décrit dans *Paris-Soir*. L'art de la chute ou de la langueur étoilée pour ces pendants d'oreilles que se disputent Hélène Rochas et Jacqueline Delubac, la nouvelle égérie de Sacha Guitry. Faire naître sur une étole de fourrure Jacques Fath une cascade de platine et diamants. C'est d'un raffinement exquis et les actrices américaines dament le pion aux aristocrates européennes. Qui d'Ava Gardner ou de Louise de Vilmorin lancera la mode du collier draperie ou du bracelet platine ? « Le platine ? Jamais après dix-sept heures », estime la duchesse de Windsor, « cela serait déplacé ». Nous nous le tenons pour dit.

Au Bal de la Lune sur Mer donné par Marie-Laure de Noailles, Maxime de la Falaise est habillée par Hubert de Givenchy. Il me raconte avoir imaginé une robe entièrement recouverte de fougère, et pour imiter le ruissellement de la pluie, il a fixé sur chaque feuille des éclats de cristal de roche fournis par nos soins. À Venise, chez Charles de Beistegui, Daisy Fellowes porte pour la première et unique fois son collier Tutti Frutti, platine, diamants, rubis gravés et treize saphirs couleurs caractéristiques des saphirs de Ceylan, taillés en briolette. Quant à Leonor Fini, elle est déguisée en chouette avec des plumes sur la poitrine agrafées à son plastron par deux broches hiboux, or, émeraudes, cabochon et diamants taille baguette. Cartier évidemment.

Car notre plus belle vitrine, ce sont ces femmes de goût. L'une d'elles devient bientôt ma cliente favorite. Nina Dyer s'installe en France à l'aube des années cinquante. Fille d'un planteur de Ceylan, jeune et ravissante, elle est appréciée pour sa beauté et sa repartie. Son premier mari, le richissime baron von Thyssen, la couvre de cadeaux plus majestueux les uns que les autres, dont une île des Caraïbes ou l'un des quatre manteaux de chinchilla existant au monde. Son second époux, le prince Sadruddin Aga Khan, opte pour des bijoux magnifiques et Nina Dyer pénètre dans le monde merveilleux de Cartier... Quant à Mona Harrison Williams, « la femme la mieux habillée au monde », elle décide de parer sa résidence parisienne de miroirs peints par Drian et relance la mode des vanitys aux laques chinoises. Le Bouddha assis et le Hotei japonais, dieu pansu du bonheur, sont des motifs anciens qui reviennent de plus en plus souvent aujourd'hui et que l'on retrouve sur les vanitys, mais aussi en trois dimensions en ornements de broches ou bien sur des bracelets en fleurs gravées.

Poussée par Peter Lemarchand, je décide d'agrandir la ménagerie Cartier. Après les oiseaux et les insectes, voici les chimères, dragons et autres créatures mythiques, qui poursuivent l'exotisme en vogue des années trente. Louis avait aimé l'idée de la chimère, il en avait fait un bracelet pour Jackie. Je redonne vie au motif, j'en conserve l'esprit mais le modernise. Oui, Louis, je suis à bonne école, la tienne ! Elle revient, je la sens à nouveau l'inspiration, je suis dans la bonne direction, le génie créateur ne m'a pas abandonnée. La magie à nouveau, la transmutation des valeurs enfin. Daisy Fellowes acquiert un bracelet rigide orné de deux chimères, platine, or blanc, or jaune et corail gravé. La duchesse de Windsor nous commande une pièce remarquablement agencée, deux têtes de corail incrustées de diamants et d'émeraudes avec une charnière basculante, l'équilibre et la subtilité des formes mêlant judicieusement figure et géométrie. Être toujours à la frontière entre l'abstraction et la figuration, c'est ce point qu'il faut atteindre pour toucher au sublime.

Odyssée marine, cortège fantastique, bestioles poétiques, le règne animal est infini, il me semble pourtant que ma mission n'arrivera pas à son terme tant que je n'aurai pas relevé le défi de Louis, cette sacrée féline que je suis incapable de dessiner. Pourtant elle est là, je la vois, dans mon esprit, il est temps que Peter Lemarchand reprenne ses crayons et ses pinceaux. C'est elle la panthère qui marquera de sa griffe la maison Cartier et la distinguera de tous les autres joailliers. J'ai trouvé l'esthétisme qui va marquer de son empreinte ce monde fou. Je vais révolutionner l'art de la joaillerie et créer un fauve d'une rare perfection. Le champagne peut recommencer à couler à flots. Réceptions, champs de course, défilés de mode, hôtels particuliers, attention, elle arrive pour vous envahir, la panthère, ma panthère, quelle joie, j'ai tant de choses à lui dire. À toi Louis ! Je jure de ne pas te décevoir !

Et Paul Claudel, le beau-père de Marion, me dédicace ses poèmes « à Madame Jeanne Toussaint, interprète de l'inaltérable »… L'inaltérable… il y a trente ans exactement je rencontrais Louis Cartier, ensemble nous allions sombrer dans la passion... l'inaltérable, oui peut-être bien à l'image du prestige universel de la maison Cartier. Qu'il continue à vivre pour l'éternité !

26.

La panthère

À quoi rêvent les panthères ? À quoi songent les joaillières ? Je me souviens des temps anciens quand la toute jeune Cécile Sorel exhibait son corps sur des peaux de panthère. Je me souviens du succès d'Elsie de Wolfe et de son décor particulièrement brillant du Colony Club, sofas recouverts de dépouilles de léopard et rideaux en chintz tigré. Je me souviens du salon du couturier Mainbocher, tapissé de peaux de panthère, et de celui de Paul Poiret, rond-point des Champs-Élysées, où ces mêmes attributs ornaient le sol. Je me souviens de Sarah Bernhardt, après son triomphe dans *L'Aiglon*, qui recevait ses admirateurs en tenant une panthère en laisse. Et cette photo d'Ida Rubinstein et de son léopard dans le *Vogue* américain. Je me souviens de Louis, du carton de l'exposition de 1914, *La Dame à la Panthère*, dessiné par Georges Barbier, et du Pavillon de l'Élégance en 1925 avec ses balustrades en fer forgé célébrant la panthère en quête de proie... Louis qui riait : « Mais si, la Panthère, tu vas y arriver, elle rugit, il n'y a que toi pour ne pas l'entendre... » Louis qui montait, quatre à quatre, le petit escalier et débarquait dans mon bureau pour voir ce que j'avais encore bien pu inventer.

Aujourd'hui je suis prête à donner vie à la féline. La panthère, le fauve qui va placer la maison Cartier au-delà de ses concurrents, lui offrir sa personnalité et l'inscrire dans l'éternité. Si seulement Louis était là. Il a toujours su avant les autres. S'il pouvait esquisser un sourire pour me rassurer. Le doute vient avec l'âge et je n'ai plus droit à l'erreur. Mais la panthère n'a pas le temps de tergiverser, elle est prête à bondir, je l'entends gronder en moi, animal en cage qui va recouvrer sa liberté, la panthère surgit du néant, vêtue de sensualité et d'exotisme démoniaque pour griffer l'existence des femmes fatales. Prédatrices et remarquables, capricieuses et solitaires, puissantes et enchanteresses, évidemment riches à millions, elles sont trois à faire de mon bijou une gloire, le symbole de la féminité, la force et l'élégance, avant tout l'emblème de la maison Cartier.

La première panthère est dessinée à l'intention de la duchesse de Windsor. « Souvenez-vous du bleu tendre des yeux de mon épouse », souligne le duc, étrangement docile en nous commandant ce qu'il souhaite être son plus beau cadeau. « Les joyaux sont sa grande histoire d'amour, vous savez, ma femme adore les surprises », poursuit le duc comme sous le sceau du secret d'État. Puis il se sauve, il n'a rien dit ou déjà oublié. Est-ce qu'il me fait de la peine ? Non, il a choisi, chacun est maître de son destin et doit en assumer les conséquences. Sa silhouette mince étonne les clients qui se retournent sur cet homme discret au sourire affable. Il n'est pas question d'argent entre nous, « nous ne sommes pas des épiciers, que diable », s'écriait Louis quand on lui parlait facture. Émotion, sensation, insuffler l'âme de la duchesse dans cette panthère prête à dévorer le cœur d'un roi.

En ce mardi matin d'octobre, dans mon bureau les imaginations s'emballent ! Un bijou c'est d'abord une communion d'esprits géniaux, un bijou c'est ensuite la personne qui le porte... J'ai réuni Peter Lemarchand, Lucien Lachassagne qui fait des merveilles quand il soigne ses dessins, Georges Bezault, André Denet et Jacques Houziaux, un jeune loup dont les mains n'arrêtent pas de m'étonner. La porte de mon bureau est ouverte, chacun sait de quoi il retourne et peut entrer pour faire part d'un avis, d'une idée, d'un sentiment.

— Le duc a dit : « Souvenez-vous du bleu tendre des yeux de mon épouse. »
— Souvenez-vous du blizzard qui souffle dans son regard, répond Peter Lemarchand.
— Elle le castre, elle l'asservit, continue Lucien Lachassagne.
— Un éternel adolescent et une maîtresse d'école, coupe Georges Bezault.
— Elle le gronde, elle le rudoie, elle lui ordonne d'aller se coucher.
— Pas la peine de demander qui est le maître et qui est l'esclave, souligne Peter Lemarchand.
— Elle fait preuve à son égard d'un autoritarisme flagrant, elle est l'élément dominateur et lui adore être traité comme un petit garçon, poursuivis-je.

— S'ils entretiennent des rapports sadomasochistes, il doit forcément y trouver son compte, dit Jacques.

— C'est pour ça que cette panthère, je la veux empreinte d'érotisme, c'est essentiel.

— On dit de la dame que du temps où elle était en Chine, elle officiait dans les bordels de Shanghai, fait André Denet.

Et nous éclatons de rire, imaginant l'espace d'une seconde la duchesse de Windsor harnachée comme une putain, toute à ses massages et autres expertises amoureuses. Nous sommes une équipe, une même conscience, de cela va naître un joyau, ma panthère. Mes directives, le talent de Peter, le génie de Georges, oui, je veux des yeux d'amande liquide et un animal souverain, un pelage chatoyant et une présence insensée. Ma vision, le trait de Peter, les corrections de Lucien, la maîtrise remarquable de Georges, font de mon rêve une réalité. La broche de la duchesse se présente comme une sculpture animalière. Campé sur un saphir cabochon de 152,35 carats, revêtu d'un pavage de diamants tachetés de saphirs calibrés, l'animal est empreint de férocité et de sensualité, le regard jonquille enjôleur et la tension de la mâchoire entrouverte.

Nous livrons le bijou à la résidence du couple. La duchesse est extatique. Elle débarque une après-midi sans même se faire annoncer et pénètre dans mon bureau en terrain conquis. « Ma dame aux bijoux », s'exclame-t-elle, « vous me comblez, vous avez tout compris, vous savez tout de moi ». Je ne me risquerai pas à la contredire et Peter qui passe par là me lance un coup d'œil complice. La duchesse n'est pas avare de compliments, ni d'envies saisissantes. Elle nous demande de réfléchir à une autre broche avec des émeraudes. « Vous êtes en avance sur tout, vous savez ce qui est beau avant tout le monde, vous ne pouvez pas vous tromper », assure-t-elle avant de disparaître dans une nuée de N° 5.

Nous posons alors sur un cabochon d'émeraude une panthère en or jaune tachetée d'émail noir, elle est accompagnée de clips d'oreilles dont les animaux retiennent entre leurs pattes des motifs d'or lisse et tressé, ajourés comme l'exigent les canons de l'époque. Nous exposons le joyau dans nos vitrines quelque temps avant de le livrer, cela suffit pour que tout Paris en parle et *Paris-Presse* dans un article de décembre titre : « Les nouveautés sensationnelles de Mlle Toussaint » et parle « d'une bombe atomique dans la vitrine du centre » !

La panthère a fait son entrée dans le monde des élégantes. Nous livrerons aux Windsor près de deux cents bijoux, colliers, bracelets, montres, nécessaires en tous genres, étuis à cigarettes tous faits d'or, de rubis et d'émeraudes. Et ces pendants d'oreilles panthère pour lesquels elle avait tant de tendresse ! La cassette de la duchesse renferme bien des trésors, elle n'a rien à envier aux joyaux de la couronne d'Angleterre. « Horriblement mal montés », a-t-elle coutume de dire, « je suis ravie de n'avoir pas eu à les porter, David vous devriez envoyer votre frère chez Cartier, cela ne lui ferait pas de mal et peut-être que cela rendrait sa femme plus souriante… »

Quarante ans d'amour, fêtés tous les jours comme s'il ne fallait surtout pas oublier que la grande histoire c'était le bonheur, et non pas une patrie qui les a rejetés et exilés en France. Je ne peux m'empêcher d'éprouver pour chacun d'eux une immense estime. Le duc, pour sa gentillesse, son côté très « *bright young thing* » qui a oublié de vieillir, son amour du sensationnel. La duchesse pour sa quête absolue de la perfection, sa volonté contre laquelle rien ne résiste et son goût à nul autre pareil. Ils n'ont pas d'enfant, ni ensemble ni séparément, et parfois je me demande à qui profiteront tous ces joyaux quand la duchesse disparaîtra. Que deviendra la panthère qui fit trembler le trône d'Angleterre ou le flamant rose qui ne vacillait jamais ?

L'héritage, la grande question ! Mon héritage, qui reprendra le flambeau après moi ? Peut-être mon neveu, Teddy Whitcomb, je ne sais pas, il a le don du bijou, l'allure de l'aristocrate... et les yeux de sa mère, oui Teddy peut-être. Et Charlotte, ma divine grande sœur, assise aux côtés de Louis au paradis des rêveurs et des amoureux de l'instant, Charlotte me fait un clin d'œil en murmurant « Teddy, évidemment, le soleil de ma vie... »

La bégum Nina Dyer ne sera pas en reste sur Wallis Simpson. Aux Loges, sa propriété de Jouy-en-Josas, la sublime Nina possède des panthères noires en cage, qu'elle sort parfois pour leur faire faire un petit tour dans les rues pimpantes du village. Il va sans dire que les gens du coin apprécient modérément. Mais on pardonne tout aux extravagantes, ce sont des magiciennes qui ont le don d'enflammer les esprits. Nina commande un manteau à Hubert de Givenchy dans la fourrure de ses animaux préférés puis elle se précipite chez Cartier afin de trouver une petite chose qui s'accorderait avec le manteau.

« Ma chère Jeanne, vous comprenez, un rien, je ne sais pas, quelque chose qui se fonde dans le pelage et que l'on découvrirait, comme cela par hasard, et l'on se dirait, oh quelle merveille, comme un secret bien gardé… » Une broche-cliquet, la panthère est étirée sur une épingle à jabot dont le cache-pointe est un obus pavé de diamants. Oui, c'est exactement cela, mais la princesse ne s'arrête pas là. Elle souhaite me parler d'affaires tout à fait privées et demande à être reçue en un endroit plus discret.

Chez moi, dans mon appartement de la place d'Iéna ? Quelle bonne idée ! Un rite s'instaure. André Denet et Peter Lemarchand assistent à nos rendez-vous si peu conventionnels. J'aime à recevoir dans la bibliothèque. Le parquet y est tellement ciré que l'on pourrait s'y mirer. Dans les amphores grecques qui bordent l'entrée, des lys blancs jaillissent et sur le manteau de la cheminée, des statues égyptiennes ajoutent une touche exotique. Sur les boiseries écrues alternent les livres de Pierre et divers petits objets antiques. Calme, blancheur, pureté, l'endroit est propice à la réflexion. J'aime cela. La princesse tombe en admiration devant le dépouillement des pièces, elle dit que c'est une mode furieusement intellectuelle et qu'elle va y penser pour sa maison de Genève. Elle demande si elle peut jeter un coup d'œil à la chambre, « je vous en prie », a-t-on jamais refusé quelque chose à une princesse ? Elle adore mon grand lit à baldaquin recouvert d'un somptueux satin à l'indéfinissable teinte bleu-gris. « Champagne évidemment », s'exclame la princesse. « Et ces paravents ? » « Coromandel, il fut un temps où je posais devant, j'étais jeune alors, c'était il y a des siècles. »

Que la princesse est jolie quand elle sourit. Elle s'assied délicatement sur le canapé recouvert d'une dépouille léonine et se confie. Sadruddin Aga Khan est son grand amour, elle ne peut concevoir la vie sans lui. Lui plaire, toujours lui plaire, faire en sorte qu'il soit fier de la montrer, qu'il ne regrette jamais de l'avoir épousée. Le prince accorde énormément d'importance à son rôle et à celui de sa famille. Il souhaite un monde meilleur. C'est un homme noble et par sa conduite et par ses engagements. Il est aussi discret que rayonnant, universaliste et humaniste. Il est le destin de Nina Dyer. Pour lui, elle s'est convertie à l'islam et a pris le nom de Shirin, ce qui veut dire douceur. Pourtant, la princesse se sent féline, croqueuse, prête à dévorer qui menacera son tout nouveau bonheur. Elle doit tenir son rang, séduire, étonner, ne jamais ennuyer.

Il me semble que nous avons parfaitement saisi. Peter et André hochent la tête dans un même mouvement. Une femme prête à tout pour garder un homme, une femme qui voit loin et qui ne reculera devant rien. Douceur et délicatesse ne sont que les masques de la volonté et les panthères de Nina Dyer refléteront cet aspect de sa personnalité. Nous travaillons sur une broche pince, une panthère au regard d'émeraude et à la truffe d'onyx, qui se présente en buste. Elle est entièrement articulée et peut tenir lieu de fermoir à un collier de plusieurs rangs de perles. Changeante, la panthère, jamais la même mais toujours tapie là où on ne l'attend pas. Puis une autre épingle à jabot avec une panthère allongée, un cabochon de corail pour l'agrafe du bas. La bague assortie, la panthère est enroulée autour du doigt, la gueule légèrement ouverte, prête à dévorer qui s'approchera trop près. Et cette panthère souple et articulée qui peut être portée en fermoir sur le devant d'un collier de perles à plusieurs rangs. Et ces deux bracelets rappelant les bijoux antiques du bassin méditerranéen, deux bracelets rigides se terminant par deux têtes exceptionnelles, le corps de l'un est pavé de brillants alors que celui de l'autre est d'or, les têtes pouvant se changer en boucles d'oreilles ou en ornement pour fermoir de sac du soir, le corps de l'animal formant un arc d'or qui devient la poignée du sac... « C'est follement original », s'exclame la princesse enchantée. Tant de possibilités, mon imagination ne connaît plus de limite, l'inspiration est là, la destinée que j'avais promise à Louis, la voici, attention, c'est un festival pour une panthère !

Combien de maris à ce jour pour Barbara Hutton, « la pauvre petite fille riche » ? Quatre, bientôt cinq, il paraît que Porfirio Rubirosa crie dans tout Paris qu'il sera bientôt le prochain M. Hutton. Barbara n'est pas douée pour le bonheur, c'est une femme intelligente, elle ne cherche pas à cacher ses échecs, ni à se bercer de mensonges.

— Avez-vous un enfant, madame Toussaint ?
— Non madame, non, je n'ai pas d'enfant
— Avez-vous un mari ?
— Non plus et croyez que je le regrette.

— Alors vous n'avez rien et pourtant j'envie tout de vous, madame Toussaint, la vie, voyez-vous, m'a gâtée et pourtant parfois je me dis que je n'ai rien. Qu'en pensez-vous ?

— Je ne sais pas madame, je n'ai pas de famille mais j'ai tant de choses en moi que oui, je ne sais pas mais je crois bien que je possède tout ce que j'ai toujours désiré, la passion.

— Alors vous êtes une femme heureuse, donnez-moi la passion madame Toussaint, je vous en prie donnez-moi la passion...

Et Barbara Hutton succombe au charme sauvage du tigre et de ses multiples déclinaisons. Diamant ou or jaune, onyx ou émail noir et toujours ce regard d'émeraude étrange et fascinant. Ses premiers félins, une broche-pince, un bracelet spectaculaire et des pendants d'oreilles, ont ceci de particulier qu'ils apparaissent, tel le bélier de la Toison d'Or, pliés en deux, comme suspendus par le milieu du corps. La tête, les membres et la queue sont articulés et confèrent à l'ensemble une remarquable souplesse et un sensuel abandon. Barbara commande pour sa belle-sœur un sac de satin noir surmonté d'une couronne de diamants, sur le fermoir, un fauve en marche, tigré d'or et d'émail noir... Elle dispose de moyens financiers quasi illimités et le moindre de ses mouvements défraie la chronique. Non seulement Barbara est riche mais en plus elle est célèbre d'être riche et elle ne vit que pour cette célébrité. Quand elle apparaît, portant au revers de son tailleur sa broche tigre, la presse se déchaîne et l'on n'entend plus parler que des tigres rugissants de l'héritière américaine. Et *Vogue* titre

« *La nouvelle passion de Barbara* », et je sais que j'ai gagné. J'imagine « la pauvre petite fille riche » découper avidement les photos d'elle sur le papier glacé du magazine à scandales, je vois la satisfaction d'amour propre d'une solitaire qui ne vit plus que dans l'illusion de ses aventures, qu'elle découvre dans les journaux après les avoir vécues. Où est la frontière entre le rêve, le cauchemar et la réalité ? Ce n'est pas à moi de le dire, je me contente de créer la fantaisie.

Les déclinaisons de ma panthère sont infinies et les félins gagnent en vigueur et en audace. Peter Lemarchand créée des animaux à la sensibilité nouvelle, complètement dégagés de l'effet de stylisation caractéristique de la période Art déco. Je les veux créatures d'un monde imaginaire qui jaillissent pour nous ensorceler. Souplesse, somptuosité, vigueur, articulation raffinée, nous atteignons un art inégalé.

Daisy Fellowes se jette à son tour avidement sur la féline. Quant elle reçoit les Windsor sur le *Sister Anne*, elle les accueille avec une broche panthère saphir et diamant, l'animal alangui semble jauger la duchesse, et devant son œil agacé Daisy comprend qu'elle vient de remporter la première manche. Elle enfonce le clou en arborant dès le lendemain une extraordinaire tenue en panthère de Somalie qui ressemble à une simple blouse coulissée avec pour ceinture la queue de l'animal.

Et l'inoubliable Cécile Sorel, encore elle, devant participer à un concours *Élégance et Automobile*, monte debout à l'arrière de sa voiture et demande au chauffeur de démarrer lentement puis de rouler de plus en plus vite autour de la colonne Vendôme. Son ample cape rouge Schiaparelli, attachée sous le cou par une panthère, or jaune et rubis, volant derrière elle.

Puis la baronne d'Erlanger, l'épouse du maire de Deauville, la princesse Radziwill, Mona Harrison Williams et Grace de Monaco, toutes ne jurent que par la panthère... Les grands fauves sont lâchés, leurs dents acérées, rien ne les arrête ! J'apprivoise le mythe, le regard émeraude et la féminité sauvage pour en décliner la séduction. La beauté de nos pierres est à nulle autre pareille. Le talent de nos dessinateurs à son apogée. Nos sertisseurs sont les magiciens de l'impossible, virtuoses de l'invisibilité, ils libèrent l'animal de sa prison. Et la panthère n'en finit pas de s'étirer, plisser ses yeux d'amande liquide, bondir toutes griffes dehors, j'offre aux femmes la fatalité, je les rends orgueilleuses et arrogantes. Elles ne respectent rien, elles sont tellement au-dessus de tout. Glorieuses, convoitées, libres, comme s'il avait suffi de les parer des joyaux les plus somptueux pour en faire les prêtresses de l'élégance.

Broches, montres, vanitys, pendules, briquets, la panthère est devenue l'emblème de Cartier. Grâce à trois clientes, une légende est née ! Grâce au souvenir d'un homme, à un défi lancé, à une période de doute dans une vie à son crépuscule... Oui, j'ai réussi, et je donnerais tout au monde pour entendre la voix chantante de Louis, prononcer ces mots : « Bravo, la Panthère, je suis fier de toi. »

C'est Coco Chanel qui me félicite. Tout juste rentrée de son escapade suisse, comme si elle n'avait jamais connu ni l'exil, ni la guerre, ni l'opprobre. Elle aussi a une revanche à prendre.

— Superbe, Jeanne, ta panthère, un rien vulgaire c'est vrai mais après tout cela te ressemble, le demi-monde, tu connais. Cela va marcher du feu de Dieu, toutes les femmes sont des putes, elles vont se reconnaître dans ta féline.

— Merci, Coco, je n'en attendais pas moins de toi, dis-je en allumant une cigarette.

— Le briquet panthère, j'adore, chérie, celui-là tu m'en fais cadeau.

— Tu es incorrigible, répondis-je en souriant.

Je ne peux rien lui refuser. Cette femme est un roc, elle m'amuse et me surprend. Elle est toujours à mes côtés quand j'ai besoin d'elle. Sous ses dehors désinvoltes, Coco Chanel est mon amie la plus fidèle.

— Je suis trop vieille pour être bien élevée. Je viens t'annoncer une nouvelle flamboyante, je rouvre la boutique !

— Quoi ?

— Tu m'entends bien, le petit rondouillard et son *new-look* m'énervent au plus haut point, j'ai décidé de lui faire avaler sa guêpière !

— Pardon ?

— Dior est fini, Chanel renaît de ses cendres, tel le phénix. Bon, je file, je te laisse à tes bébêtes. Oh pendant que tu fais joujou avec tes fauves, pense à un parfum, Panthère, c'est assez génial et fais vite, tu sais que je suis capable de te faucher l'idée !

Coco disparaît, toute à sa renaissance, un style androgyne, robes fluides et près du corps, entre Dior et Chanel la guerre est déclarée. Ma propre guerre est terminée, j'ai remporté la dernière bataille, celle contre l'oubli, peut-être la plus difficile. Je sors vieillie et fatiguée du combat. Dorénavant plus rien ne m'étonnera, mais c'est sans compter sur mon aviateur qui, malgré son implication grandissante au sein de Saint-Gobain, est plus que jamais présent dans ma vie.

27.

Conseil de famille

Cette après-midi de janvier, une jeune fille distinguée pénètre chez Cartier. Une bise glaciale s'engouffre derrière elle et semble s'enrouler autour de sa silhouette gracile avant de se dissiper dans le magasin. Je sens juste le froid piquant dans son sillage. Je n'y prends garde, trop occupée à arranger la vitrine de l'entrée. Mes panthères alanguies s'offrent au regard d'une population étonnée, je les veux désirables, aguichantes, dispensatrices de plaisirs insoupçonnés. Un léger brouhaha et j'entends résonner ce nom disparu depuis si longtemps. « Mlle de... Mlle de Quinsonas se décide pour la montre "baignoire". » « Pardon », fis-je en me retournant mais personne ne m'adresse la parole, non il s'agit d'une conversation entre deux vendeuses. Vera et Nancy font face à la jeune fille sibérienne et lui présentent diverses montres sur un plateau. Je me rapproche du cabinet dans lequel ces dames sont installées et je la regarde. Elle lève vers moi des yeux étonnés, bleus comme l'azur, ils reflètent la joie de vivre avec un rien de frivolité et une grande désinvolture. Ses yeux à lui. Réjouis, gais, si jeunes et pleins d'espoir. Pierre me contemple près de quarante années après sa mort. Vera et Nancy sentent qu'il se passe quelque chose et disparaissent. Je m'assieds face à la jeune fille. Elle me considère étrangement, je la détaille, un profil racé, une peau très claire, sans nul doute cette personne ne m'est pas inconnue.

— J'ai entendu votre nom, mademoiselle, il se trouve que j'ai bien connu quelqu'un de votre famille.
— Oh, qui cela ?
— Pierre... Pierre de Quinsonas, je ne sais pas quel est votre degré de parenté...
— Ah, l'oncle Pierre, celui qui est mort dans l'accident d'avion.
— C'est cela, absolument.
— Et vous l'avez connu comment ?
— Disons que l'époque, enfin les plaisirs n'étaient pas les mêmes, votre oncle, c'est un peu grâce à lui si je suis là aujourd'hui. Je vivais en Belgique, il m'a fait venir en France.
— C'est amusant et moi qui viens choisir une montre chez vous.
— La vie, mademoiselle, nous joue de drôles de tours, certains détours, comme un serpent, la vie parfois se mord la queue. Le hasard n'existe pas. Vous êtes entrée ici aujourd'hui, pas chez Chaumet ou Mellerio, non, chez Cartier. Vous passez à côté de moi, j'entends votre nom, cette histoire me plaît, si vous saviez... Maintenant dites-moi ce qui vous amène chez nous.
— Mes parents veulent m'offrir un cadeau, j'ai réussi mes examens et je rêve depuis toujours d'une montre qui ne me quitte plus.

— Votre oncle Pierre était toujours en retard. Il n'avait pas de montre car il l'avait perdue au jeu. Il avait fauché celle de son père, à nouveau il l'avait jouée et perdue. Depuis, je passais mon temps à l'attendre. Je vais vous montrer quelque chose qui vous ressemble.

Je fais présenter à la jeune fille un modèle tortue, cadran octogonal avec boîtier et bracelet en or. La tortue est mon animal fétiche avec la panthère. Cette montre a ceci de singulier qu'elle a été créée par Louis, alors que je venais de rencontrer Pierre Hély d'Oissel. J'y vois un signe, quelque augure favorable, un coup de chapeau à la vie et je choisis d'offrir à la demoiselle l'objet précieux.
— Mais pourquoi, je ne peux accepter?
— En souvenir de Pierre de Quinsonas, mademoiselle, j'en suis heureuse, elle vous portera chance.

En souvenir de Pierre, mon premier amour, qui un jour passa par la Belgique et me permit de fuir le péché monstrueux. Pierre et sa jeunesse, ses éclats de rire, son coup de poker avec la vie, on avait seize ans, on ne croyait à rien, juste à l'instant de grâce. Tout revient avec force. La kermesse à Bruxelles, son sourire ravageur, ses dents blanches et ses yeux qui brillaient de plaisir. Pierre, mon feu follet et la Belle Époque, Maxim's, l'Opéra, Tortoni, le Bœuf sur le Toit.
Oui, je me suis bien amusée, je ne croyais pas encore au destin, ni aux morts qui ne le sont jamais tout à fait. Pierre m'envoie sa petite nièce, je lui offre une création de Louis. La vie vaut bien une coupe de champagne, trinquer avec le bon Dieu n'a jamais fait de mal à personne. Tchin! Merci de m'avoir fait croiser la route

de trois hommes exceptionnels. Trois hommes pour une femme, il manquerait plus que je me plaigne !

Pour Pierre, c'est l'heure de raccrocher son tablier. À soixante-cinq ans il a passé toute son existence au sein de Saint-Gobain. Il en a fait une multinationale. Aujourd'hui, il est fatigué, il veut se reposer, passer du temps avec moi, demeurer à Ciboure, s'asseoir sur le port et regarder les bateaux voguer au loin. « L'âge de la retraite », soupire-t-il, « pour toi aussi ma belle, nous sommes presque jumeaux ». Oui mais je n'en ai pas fini avec Cartier, j'attends un signe, un autre clin d'œil du destin. Marion Cartier a besoin de moi, les disparitions de Louis et Jacques ont causé beaucoup de tort à la maison, on peine à retrouver cet esprit qui liait les trois maisons par-delà les mers. Le soleil ne se couche jamais sur l'empire Cartier, plus que jamais, il s'agit de rester unis, tous ensemble, un même esprit, un seul éclat et trois boutiques.

J'accompagne Pierre à la soirée organisée pour ses adieux. Un cocktail au Crillon suivi d'un dîner rassemble la crème de la crème, l'élite internationale. Industriels, banquiers, ministres, Pierre a côtoyé le pouvoir sans jamais se fracasser sur ses mirages. A-t-il peur de la retraite ? Non je ne crois pas, il est confiant, serein, il presse ma main dans la sienne. Il dit qu'il doit arranger ses affaires, construire mon avenir. Je ris.

— Mon avenir, Pierre, est derrière moi, je suis une vieille femme.

Il me regarde avec bienveillance, toujours ce geste de rattraper cette mèche qui me tombe sur l'œil et la plaquer derrière l'oreille tout en sachant qu'elle n'y restera pas. Rebelle comme moi.

— Mon avenir, Jeanne, est avec toi, tu es la vieille femme de ma vie.

J'éclate de rire. Voilà pourquoi je l'aime. Il sait dire ce qu'il faut quand il le faut. Il le masque derrière un mot d'esprit, on n'étale pas les sentiments, on les préserve, ils nous lient à jamais. Pierre a le don subtil de sentir mes angoisses. Il sait comment apaiser mes humeurs fébriles et mes doutes existentiels. Il fait passer les siens toujours après les miens. Pierre, mon roc, mon amour. Avenir, passé, à mon âge, que peut-il bien arriver ?

Au Crillon, de grands pontes se succèdent à la tribune pour vanter les mérites de Pierre et dire son action exceptionnelle tout au long de ces années. Je suis soufflée, je n'ai jamais fait attention, trop prise par mes propres activités, mais j'ai l'impression que Pierre a construit le monde de demain. Et il n'a rien dit. Il l'a juste fait. C'est ce qui ressort des discours, ils expriment un sentiment d'attachement, c'est profondément émouvant. Voici Émile Gérard à la tribune :

« Mon cher Président, ... Par une coïncidence étrange, vous allez abandonner vos lourdes fonctions presque cent ans, jour pour jour, après la nomination de votre grand-père Antoine Hély d'Oissel à la tête de la compagnie. Nommé président le 15 octobre 1936, appelé à exercer, par surcroît, depuis le 19 décembre 1940, les fonctions de directeur général, vous avez eu à supporter, pendant toute la durée des hostilités et de l'Occupation, des responsabilités écrasantes ; vous y avez fait face avec le courage qui vous est habituel. Vous avez défendu, en France et à l'étranger, le patrimoine moral et matériel de la compagnie, que vous avez maintenu dans son intégrité au milieu de tant de bouleversements, en même temps que vous avez su préserver des exigences de l'occupant nos employés et nos ouvriers, dont le sort a toujours été l'objet de votre sollicitude... »

Arnaud de Vogüé le suit :
« ... Ah ! messieurs, pour résumer en un seul mot ce que fut, dans la longue histoire de notre vieille compagnie, la présidence Hély d'Oissel, nous dirons assurément que ce fut une grande présidence. Mais je sais bien que tous ici gardent une profonde fierté d'avoir servi à Saint-Gobain durant votre présidence. Et, s'il m'était permis de me référer encore à un précédent historique, comme à ces vieux soldats qui, naguère, appartinrent à la Grande Armée, et qui, sur leurs vieux jours, évoquaient ce grand souvenir, il leur arrivera, j'en suis sûr, de dire parfois : "Moi aussi, j'étais à Saint-Gobain du temps du président Hély d'Oissel !" »

Et puis Michel Journa :
« ... Un grand honneur m'échoit aujourd'hui : celui de vous adresser quelques mots. En effet, après les difficultés intérieures de 1936, vous avez connu des temps plus pénibles encore avec la guerre et l'Occupation. Pendant toute cette période, longue et douloureuse, vous avez conduit notre barque d'une main ferme et sûre, en évitant les récifs qui hérissaient votre route

et qui, parfois, se dressaient devant vous au moment le plus inattendu. Les menaces que la situation faisait peser sur nos camarades n'étaient pas la moindre de vos préoccupations et nous savons l'action discrète et efficace qui fut la vôtre dans ces circonstances douloureuses. »

Et d'autres que je ne connais pas mais qui poursuivent dans le panégyrique de cet homme qui tient ma main depuis près de quarante années. Je ressens un sentiment étrange, toute une partie de la vie de Pierre m'est inconnue. Il est discret, sensible, il ne se met pas en avant. Pour la première fois, des gens sont rassemblés pour lui dire leur admiration, reconnaître ses mérites. Surtout ils apparaissent perdus de le voir lâcher la barre. J'en ressens une certaine jalousie. Comme toutes les femmes, j'aime à posséder intégralement l'objet de mon désir. « L'objet de ton désir », s'exclame Pierre, « si je m'attendais à cela, me voir traiter d'objet, après tant d'années, et pourquoi pas de sex-symbol pendant que tu y es... » Dans la voiture qui nous ramène à la maison, il prend ma main et m'annonce simplement :

— Maintenant Jeanne, je vais t'épouser, j'aurais dû le faire il y a bien longtemps, pardonne-moi de ce léger retard...

Je ris à gorge déployée, je suis bien trop vieille pour me marier. Une robe blanche à mon âge et un voile, oh non c'est ridicule. Mais Pierre semble très sérieux, il précise :

— Il faut néanmoins que j'en avertisse ma sœur Elisabeth.

— Évidemment mon chéri, une demande en mariage sans conseil de famille n'est pas complète et je sais de quoi je parle.

— Il s'agira d'un conseil de famille restreint, faute de survivants ; tu devrais pouvoir le traverser la tête haute !

Il est si tard ce soir. Je me sens si légère. J'ai l'âme d'une midinette qui pense à la toilette de son prochain bal. Chanel ou Balenciaga pour mes noces ? Parme ou écru ? Panthères ou perles ? Cette nuit, je m'endors dans les bras de mon fiancé, moi la vieille maîtresse, l'éternelle bafouée, l'horizontale, je vais me marier. Comme quoi il n'est jamais trop tard ! Pierre a parlé à sa sœur Elisabeth de Fraguier. Nous nous connaissons depuis longtemps maintenant. Ses enfants et ses petits-enfants viennent parfois à la maison et j'aime à leur conter toutes ces anecdotes qui ont jalonné ma vie. Un conseil, non cette fois-ci, c'est d'une réunion de famille dont il s'agit et j'en fais partie intégrante. Bien entendu, cela n'aurait pu avoir lieu du temps des parents de Pierre, mais l'époque a changé, je ne suis plus la marginale qui déshonore le patronyme. Toute la famille est prête à m'accueillir, je suis intimidée, bienheureuse et reconnaissante.

C'est alors que je croise à nouveau la route d'un être magnifique tout droit sorti d'un conte des frères Grimm, le bel Hubert de Givenchy. Il débarque à la boutique un matin de juin et demande à me voir. Il m'explique qu'un soir chez les Windsor, il tombe en admiration devant une tortue minuscule en écaille et or, une tortue dont use le duc pour allumer ses cigarettes. Un briquet, une création de Charles Jacqueau, je vois tout à fait. M. de Givenchy souhaiterait quelque chose de similaire et puis un cendrier assorti. Il aime cette idée de tortue, la rondeur de sa carapace, ses pattes bien ancrées dans le sol qui lui permettent de supporter l'univers entier. « Pour les hindouistes », précise le couturier, « la tortue symbolise le retour à l'état primordial ».

C'est Lucien Lachassagne qui s'attelle à la chose. En dépit des multiples taches d'encre et autres bavures de la planche à croquis, je signe le bon à exécuter car le projet est somptueux. « Vous êtes et resterez toute votre vie, Lucien, un salopiaud. Mais vous avez du talent, cela vous sauve. » Cristal de roche et jade, tout est dans la transparence et l'évanescence, la tortue se veut légère et puissante tout à la fois. Hubert de Givenchy en est fou, il ne sait comment me remercier et je me permets alors une folie de jeune fiancée. Je rêve depuis des années de rencontrer Cristobal Balenciaga. Je me souviens du temps où il débutait dans la mode, il possédait cette boutique à San Sebastian, nous y passions avec Louis qui s'enthousiasmait : « beaucoup plus gai que le noir et blanc de cette peste de Chanel ». Balenciaga est un grand ami d'Hubert de Givenchy et j'ose lui demander d'organiser une rencontre. Il promet, il dit qu'il est ravi, que c'est une grande idée et que Cristobal en sera tellement honoré. Avant de me quitter, Hubert de Givenchy scrute mes perles et fait étrangement : « J'aime beaucoup votre plastron de perles, c'est absolument sublime. Toute de noire vêtue et ces perles, combien, voyons, cinq rangs... Je garde cela en tête, je vais dessiner une superbe robe du soir, elle n'habillera qu'une femme fatale. À son cou elle portera votre collier, j'en ferai une icône, vous verrez madame, je ne sais pas encore, ni comment, ni pourquoi, mais votre collier de perles entrera dans la légende... » Cet homme me plaît, il est de ceux qui tiennent leur parole et ne lancent pas de vains mots qui s'envolent aux quatre vents.

Bientôt, Hubert de Givenchy me rappelle, il a trouvé une date pour un déjeuner avec Balenciaga. Il me laisse le choix des armes. « Chez moi évidemment », répondis-je aussitôt. Je me mets en quête d'un menu, d'une décoration, d'une tenue... Pierre éclate de rire, « fais simple », dit-il « et tout sera parfaitement réussi ». Simple, faisons simple. La matinée du jour J est réservée à la confection d'un déjeuner typiquement espagnol. Je me donne un mal fou, j'adore faire la cuisine, cela me détend. Gaspacho, tapas aux gambas à l'ail et paella. En dessert une crème catalane. J'ai encore mon tablier autour de la taille quand mes invités sonnent. Un tablier en sequins dorés, certes, mais tout de même ! Ces messieurs s'enthousiasment devant la décoration dépouillée de mon appartement. La timidité fait bientôt place à une franche camaraderie. Nous partageons tant de choses et surtout cet amour du beau et de la perfection. Hubert s'étonne devant la matière de la table de la salle à manger.

— Du bois blanc, simplement du bois blanc. répondis-je.

— Mais tellement ciré que l'on dirait de l'ivoire, fait Cristobal.

— Et ceci, ce sont des grenades gothiques, dis-je, je préfère cela aux éternels bougeoirs ou centres de tables fleuris.

Après le déjeuner, j'emmène mes nouveaux amis dans… mon dressing. La pièce est de grandes dimensions, des placards couvrent les murs, au centre j'ai entreposé des tambours de pluie chinois… Comment exprimer cette joie qui m'étreint, quand telle une petite fille si fière, j'ouvre mes penderies, les unes après les autres et j'expose mes tenues de rêve. Car j'ai tout conservé. Chanel, Mainbocher, Piguet, Lelong, Mme Grès, Madeleine Vionnet…

— Ces bottes, s'exclame Cristobal Balenciaga, ces bottes sont fabuleuses !

— C'est Louis qui me les a offertes, il les a achetées à une danseuse russe à Moscou puis il a demandé à Perugia de les rebroder de saphirs, de rubis et d'émeraudes.

— Et ce pyjama chinois ?

— Louise Boulanger.

— Évidemment…

La nuit est tombée depuis longtemps, quand ces hommes distingués me quittent. Il est de certaines rencontres, des moments qui demeurent gravés, une communion, il ne s'agissait que de couleurs, d'étoffes et de bijoux… Comme une enfant, j'ai ouvert mon coffre à trésors, j'en ai sorti toutes ses splendeurs pour les dévoiler à deux magiciens. Plus que jamais ma vie est une affaire d'esthétisme. La passion du beau est rare, y succomber jusqu'à en mourir, c'est cela qui nous a unis aujourd'hui, Hubert de Givenchy, Cristobal Balenciaga et moi.

Le 23 mai, on donne un grand bal à Versailles dans la galerie des Batailles. Compte rendu détaillé dès la semaine suivante dans *Point de Vue Images du Monde*. Bien sûr que j'y suis abonnée, qui ne l'est pas ? On y voit les sœurs Gabor, Porfirio Rubirosa, Nancy Mitford scotchée à Gaston Palewski, Violet Trefusis, extraite de sa tour médiévale de Saint-Loup-de-Naud, et Pamela Churchill qui n'en finit pas de pleurer la mort de son amour avec Gianni Agnelli. La duchesse de Windsor exhibe un sourire de façade et Cecil Beaton soupire devant un tel étalage de mauvais goût. « Peu de gens, de nos jours, ont le sens des nuances », dit-il au journaliste en quittant Versailles, « la *Café-society* perd son originalité. Heureusement qu'il existe encore des femmes comme Jeanne Toussaint ou Elsa Schiaparelli pour maintenir l'élégance et sa discrétion ».

28.

Mon mari

Nous nous marions le lundi 6 juillet 1954 dans la petite église de Ciboure. Je tiens à un mariage religieux. Une réminiscence de mes jeunes années, l'école Notre-Dame-de-Laeken de la rue de Molenbeek, peut-être bien. J'ai une foi profonde, je suis persuadée que je retrouverai un jour ceux que j'ai tant aimés, Charlotte, Louis, Pierre, mon père, ma mère aussi. C'est pour moi la seule façon d'accepter leur mort, croire en l'Au-delà, et devant Dieu, témoigner de mon amour pour toi, Pierre mon chéri. Nous sommes seuls dans l'église, je n'ai voulu personne autour de nous. Tu as, Pierre, proposé quelques invités, une fête au Jockey Club ou au golf de Chantilly. Non, mon amour. J'ai soixante-huit ans, plus vraiment l'âge des grains de riz et des discours. Ce moment n'appartient qu'à nous. Tu sais tout de moi, mon enfance belge, mon passé de demi-mondaine, mon hussard et d'autres bras plus riches encore. Tu m'as connue passionnée, amoureuse du plus grand des joailliers, tu m'as aimée avant lui, tu as attendu que je te revienne. Je suis là. Moins jolie qu'avant certainement, mais je suis là. Il fait très chaud aujourd'hui. Tu me tiens par la main, Pierre, moi qui suis pudique, cela me gêne un peu. Mais tu souris, tu dis que l'on va se marier et que si on ne se tient pas par la main le jour de son mariage, cela augure mal de l'avenir. Tu dis que tu aimes bien ma coiffure. Pierre, tu te fiches de moi, cela fait cinquante ans que je suis coiffée à la garçonne, mes cheveux argentés sont coupés à la mode 1925 et cette mèche horripilante qui n'en finit pas de me tomber sur l'œil ! Je suis en Chanel, fidélité quand tu nous tiens, un jersey marin, un pantalon léger et une ceinture de satin rose *shocking*. Le ruban tombe jusqu'à mes pieds, on appelle cela un « suivez-moi jeune homme ». « Mais oui », dit Pierre, « non seulement je te suis, mais je ne te quitte plus, madame la future baronne ». Autour de mon cou, un torrent de perles, fermé par une poignée de diamants, scintille et danse dans le soleil. La porte sculptée de l'église Saint-Vincent et ce clocher octogonal si singulier.

— Toujours d'accord, demande Pierre.
— Plus que jamais.

Et nous nous marions. Pour le meilleur et pour le pire. Pour ta droiture et ma folie. Pour tous mes péchés, pour mes silences et pour mes trahisons. Pour tes pardons, pour le temps que tu as passé à me chercher, pour ces années de baladin, pour ces nuits de plaisir, et ces jours de colère. Pour mes secrets et ta tendresse. Pour ton amour, mon abandon. Moi, la panthère de Cartier, j'accepte de te prendre pour époux, toi qui supportes mes humeurs et mes joies depuis plus de quarante-cinq ans. Moi, l'enfant violée, la demi-mondaine, la joaillière, j'accepte de devenir ta femme, toi, l'homme d'honneur et de tant d'égards.

Devant le Dieu de nos pères, je le jure et le crie haut et fort, je consacrerai les dernières années de mon existence à illuminer la tienne. Oui, moi Jeanne Toussaint, l'amie des esthètes, l'égérie de la Belle Époque, je m'agenouille aujourd'hui devant toi et dépose ici même à tes pieds le masque de ma vie. Dois-je préciser que tu m'embrasses doucement sur le bout des lèvres...

— Cette bouche exquise...
— Mon Dieu, tais-toi.

Et cette larme qui pointe au creux de mon œil, toi seul la vois. Tu ne parles pas beaucoup, ce n'est pas la peine, tu me prends par la taille, tu dis que nous allons faire un tour sur le port et puis nous pousserons jusqu'au phare amont... tu dis : « En nous tenant par la main, Jeanne, nous marcherons jusqu'au fort de Socoa et là nous nous assiérons et puis nous regarderons la mer et alors, tu laisseras ta tête tomber contre mon épaule. Tu oublieras les mots comme prestance, aplomb ou perfection, ou encore rigueur, génie, audace et tu te laisseras aller, Jeanne, tu te laisseras aller et ta mèche volera haut très haut, elle s'emmêlera, elle se gorgera de vent et d'iode, ma chérie, retire tes ballerines, abandonne-les derrière toi, sens-tu le sable sous tes pieds, libère-toi, tu es cet oiseau dont tu as dessiné une cage. N'oublie pas Jeanne, quelques années après, la cage tu l'as ouverte. Aujourd'hui, vis pour toi, pour moi, pour nous, tu veux bien, dis-moi, ma femme, tu veux bien ? » Oui, mille fois oui. Pour l'éternité.

Quelques jours avec lui, mais ma vie privée se confond avec Cartier. Jamais trop loin, jamais trop longtemps, je laisse Pierre à Ciboure et je retrouve la rue de la Paix, ses prestigieux clients et sa patronne.

— Ainsi donc vous êtes mariée, me dit Marion Claudel en pénétrant dans mon bureau sans frapper.

— Oui, rendez-vous compte, à mon âge.

— Mieux vaut tard que jamais. Ma chère Jeanne vous nous étonnerez toujours, nous les Cartier et vous la fée de la maison qui devient, quoi, baronne si je ne m'abuse ?

— Baronne, certes, j'adore.

— On dirait que vous avez une longueur d'avance sur nous. Il y a toujours quelque chose à inventer et vous vous y prenez avant tout le monde, pourquoi ?

— Louis me l'a enseigné !

— C'est pour cela Jeanne que vous êtes indispensable. Ne me demandez pas pourquoi mais c'est vous qu'ils veulent !

Il faut dire que nous avons un client particulier ces temps-ci, Jean Cocteau lui-même. Élu à l'Académie française au premier tour de scrutin, le poète a besoin d'une épée, il vient discuter du projet décoratif avec nos dessinateurs. Nous avons de nombreuses conversations, tous ensemble. Il nous faut plonger dans la personnalité du futur académicien, ses sentiments, ses impressions, son enfance, ses amours, son art de vivre, sa manière d'être, inventée ou réelle. Nous sommes à l'affût de ces petites choses qui vont symboliser le personnage, le faire naître à lui-même, de façon harmonieuse. Le voici, l'homme de talent, peut-être le plus génial d'entre nous. Cocteau porte une énorme paire de lunettes d'écaille rapportées d'Allemagne par son ami Jacques-Émile Blanche, son immense front bombé fourmille d'idées et ses cheveux bouclés dessinent une auréole autour de sa tête. Écorché vif et vif-argent, on dirait un savant fou, il m'embrasse comme du bon pain, un grand sourire barre son visage.

— Ainsi donc te voilà immortel, Jean, fis-je à mon ami de toujours.
— Jeanne chérie, ce mariage, quelle idée extraordinaire, moi-même je n'y aurais pas pensé. Délicieuse, je t'aime et ne veux que toi pour mon épée.
— Tu as des idées je suppose...
— Oui, trois coupes de champagne, quelques *Enfants terribles*, un cocktail, des Cocteau, une *Machine infernale* quoi, tu vas voir je vais dessiner une petite merveille.
— J'en suis persuadée mais j'espère que cela restera réalisable.
— Oh Jeanne, tu devrais t'en sortir, on dit de toi que tu as du génie.
— Je vieillis, Jean.
— Ça c'est normal, à force de rester jeune trop longtemps.

Il ne se repose jamais, il n'a pas le temps d'être médiocre. Je lui présente Georges Rémy, « le roi de la bague », qui s'illustre depuis quelque temps déjà dans ces somptueux ornements. Georges possède un sens de la proportion extraordinaire, il analyse l'œuvre dans son ensemble avant de la créer. Il est l'architecte qui construit mais respecte le côté onirique de l'épée. Certains nouveaux élus recherchent le luxe du matériau, d'autres la modération et la simplicité, d'autres encore veulent une ornementation à la forte symbolique. Ainsi de l'épée du duc de Gramont en 1931 avec son étoile polaire et ses constellations rappelant les activités scientifiques du duc. Ou celle de Maurice Genevoix avec un éphèbe en ivoire sur la fusée et un dix-corps royal pour la chape. François Mauriac, Jacques de Lacretelle, André Maurois, Jules Romains, tous sont venus quérir nos conseils, les plus beaux alliages et l'originalité dans laquelle ils allaient se retrouver. Cela contribue à la renommée de Cartier à travers le globe.

Pour Cocteau, le défi est énorme, car Jean ne ressemble à personne, Jean dérange, Jean séduit, Jean étonne, Jean n'est pas de ce monde. Jean esquisse la silhouette de l'épée, un dessin digne d'un conte de fées pour mégalomanes. Georges Rémy me regarde, ses yeux brillent, il n'a jamais rien vu de tel. Il prend le croquis et le poète de commenter son œuvre : « ... le profil et la lyre d'Orphée, l'étoile à cinq branches, le porte-fusain du dessinateur, les draperies du théâtre antique, les grilles du Palais-Royal et, à l'extrémité, la minuscule main de bronze sur la boule de neige ivoire des *Enfants terribles* ». Comme l'exige la coutume, ses amis fourniront « le fric de mon frac et de mon épée », dixit le cher homme. Coco Chanel lui offre une émeraude et une poignée de pierres de lune, « elles correspondent à ton signe zodiacal », dit-elle, Francine

Weissmuller des rubis et un diamant, ses amis espagnols, une lame de Tolède...

Et Georges se précipite à l'atelier avec son bon à exécuter. Il est de certaines merveilles à saisir immédiatement. Je dois l'avouer, l'épée de Jean Cocteau est bien au-delà de tout ce que j'avais imaginé. Le travail de Georges Rémy est remarquable, il est en tout point fidèle à l'esprit du maître : la poignée de l'épée représente le profil du poète surmonté de sa lyre. La colonne entrelacée d'un ruban signifie le théâtre tragique et le crayon à pastel horizontal l'art graphique de Cocteau. Les lances évoquent la grille du Palais-Royal où Cocteau est voisin de Colette. L'épée est signée d'une étoile à six pointes en diamants et rubis reprenant la signature de l'œuvre littéraire de Cocteau. C'est un somptueux bijou que nous remettons au poète qui vient le chercher en compagnie de Jean Marais. Ébloui par la beauté rigoureuse de l'épée, le symbolisme frappant, le rêve approchant la réalité, Cocteau déclare à Jean Marais : « Je suis fier que ce soit la plus belle, c'est toi qui la déposeras sur mon lit de mort. » Quel paradoxe pour un homme qui a toujours eu le plus profond mépris pour les honneurs !

Mais le talent de Georges Rémy ne s'arrête pas au Quai Conti. Je le charge d'assister Peter Lemarchand, Gabriel Raton et Lucien Lachassagne pour l'élaboration d'une nouvelle ligne de bijoux : les reptiles que va s'approprier une cliente singulière, Maria Felix. Flamboyante actrice mexicaine, elle connaît un succès immédiat avec son interprétation de la Belle Otero dans le film éponyme. Son surnom, « la panthère mexicaine », ne pouvait que la conduire au 13, rue de la Paix. Mais ce n'est pas vers les félins que se penche la diva. Non elle aime les serpents, les lézards, les crocodiles. « Je suis une femme avec un cœur d'homme, une guerrière », s'exclame-t-elle en m'embrassant. « Jeanne, je veux des animaux au sang froid. Regardez ce que je vous amène, ce petit amour, voulez-vous le garder pour modèle », fait l'actrice en ouvrant ses bras pour révéler un bébé crocodile en train de déchiqueter son manteau de fourrure.

— Non, merci, Maria, nous utiliserons des modèles en cage, c'est plus aisé pour nos dessinateurs, je les vois mal courir dans toute la boutique derrière ce jeune animal, jeune animal qui risque de grandir.

— Bon comme vous voulez, je le remporte.

Au comité du mardi, je vois naître les réflexions les plus étonnantes. Ces messieurs s'emballent, s'égarent, Maria Felix les inspire, son tempérament de feu fait cogiter les méninges les plus sibériennes.

— Elle est dominatrice et rebelle, s'exclame Jacques Houziaux sous le charme de l'actrice.
— C'est une carnassière, elle porte la chevelure de la Gorgone, précise Georges Rémy.
— Elle a de l'argent à ne plus savoir qu'en faire, nous pouvons nous permettre les plus belles pierres, continue Peter Lemarchand.
— Elle a adoré les créoles coqs d'or que nous lui avons livrées, je vous dis que cette beauté est un homme, fait Gabriel Raton.
— Elle théâtralise sa vie.

— Elle a un caractère bien trempé comme Mme Toussaint, c'est pour cela qu'elles s'entendent bien.

— Peter, je vous en prie !

— Pardon, madame !

— Cela se résumera à cela messieurs, dis-je pour conclure : des parures, belles, légères, confortables, et volumineuses.

— L'impossible, quoi ! soupire Gabriel.

— Justement l'impossible, c'est là où réside le génie. Souvenez-vous, elle est exubérante mais libre et c'est la limite à l'élégance !

Nous confectionnons pour l'actrice un serpent mesurant cinquante centimètres de long et cinq de diamètre. « Nous n'avons encore jamais rien fait de tel », s'écrie Jacques Houziaux, « c'est pas Dieu possible d'être une star ». Mais Jacques fait des merveilles. Le collier se compose de deux mille quatre cent soixante-quinze diamants, brillants et baguettes et requiert près de deux ans de travail. Car chaque anneau est indépendant et la structure qui les relie les uns aux autres confère à l'ensemble une souplesse inimaginable. L'animal est vivant. Pour plus de douceur, le ventre du serpent est recouvert d'émail, il s'agit d'un collier avant tout. La belle Maria, qui n'est pas avare d'excentricités, affrète un avion spécial afin de se faire livrer son collier le jour de son anniversaire par André Denet directement au Mexique. Quand il se présente devant elle avec le magnifique objet, elle s'écrie : « Oh c'est monstrueux de beauté, vous avez donné vie à mon rêve. »

Pour Maria Felix, nos sertisseurs, dessinateurs, joailliers se surpassent. Il faut dire que l'actrice n'aime rien tant que débarquer à l'improviste à l'atelier pour vérifier l'avancée de ses commandes singulières. « Vous êtes formidable, exactement comme je le rêvais », dit-elle à Jacques Houziaux en l'embrassant, « sabrons le champagne ! » Et la ménagerie Cartier se pare d'un vivarium extraordinaire. Broches, bracelets, pendants d'oreilles, nos crocodiles sont d'une vivacité terrifiante, tête, queue, pattes sont totalement articulés et leurs yeux tressaillent de vie. « On s'y croirait », fait Maria. Mille vingt-trois diamants jonquille pour le collier, mille soixante-six émeraudes pour le bracelet. Quatre mille cinq cents heures de travail, on peut s'y croire !

L'actrice s'éprend d'un banquier fou de chevaux de courses. À chaque victoire à Longchamp, l'amant offre un bijou à Maria, ce sont nos dessinateurs dorénavant qui prennent les paris. Un matin Maria me téléphone, affolée. Elle est à Nice pour quelques jours, elle souhaite porter ses créoles en diamant ce soir pour un dîner en l'honneur d'Orson Welles. Elle ne comprend pas, il y a un défaut, les créoles tournent, c'est une horreur. J'envoie aussitôt Jacques à la rescousse. Il prend le premier vol Paris-Nice et se présente au Negresco bien avant l'heure du souper. Il examine les créoles et sourit. Maria les a inversées, stupide erreur, elle s'excuse mille fois. Jacques s'incline et se sauve, il repart dans la nuit et précise que c'est toujours extraordinaire de passer un moment avec Mme Felix.

C'est Cartier et sa magie. Je suis fière de diriger une telle maison. La légende est en route, où que tu sois,

Louis, je sais que tu me regardes, tu souris. Ton nom brille au firmament des joailliers. Nous pouvons en rire, car nous avons réussi, la beauté nous entoure et nous avons atteint le plus haut degré de connaissance et d'expérience. Nous avons inventé notre propre style. Quelle extraordinaire indépendance !

29.

Mort

Malgré l'orgueil de l'accomplissement et l'exigence de la mission, cette griffe apposée à la maison Cartier, je connais des moments d'angoisse terrifiants. Car la mort est là, elle rôde, sournoise, inexorable. Mes amis disparaissent. Les folies que nous avons partagées, nos espoirs et nos rêves semblent bien peu de chose quand la grande faucheuse se présente. Jacques Fath vient de mourir. Leucémie. À quarante-deux ans, c'est inimaginable. Adolf de Meyer, Bébé Bérard, Misia Sert, Robert Piguet, un monde s'éteint et je cherche dans nos collections anciennes les bijoux qui feront renaître ceux que j'aimais. Du cubisme au fauvisme, de l'Art nouveau à l'Art déco, du jazz au bestiaire, chaque pierre, chaque joyau, chaque création singulière me rappelle le souvenir de mes chers disparus.

Des bals, encore des bals, et des plumes et des diamants, on dit que la duchesse de Windsor s'ennuie ces temps-ci, alors elle fait monter et remonter ses émeraudes selon la mode. Laurence Olivier offre à Vivian Leigh un poudrier d'émeraude et de diamants. Cary Grant commande des boutons de manchettes qui font aussi montre et la femme de sir David Niven s'emballe pour un sac du soir en satin à fermoir chimère. Bijoux, perles et pierreries me préserveront-ils de l'hécatombe ?

Les heures s'écoulent doucement, après elles les jours, les mois, puis les années, les aiguilles furtives tournent et comme un défi au temps, je fais de l'horlogerie Cartier un art noble par excellence. Louis m'avait encouragée à me consacrer aux pendules mystérieuses et le talent de Maurice Couët rend les choses d'autant plus aisées. Maurice a commencé à s'illustrer avec des animaux tels la chimère aux yeux d'émeraude et à la langue d'émail, qui pivote dans une coupelle chinoise du XVIIIe siècle. Ou cette pendule lapis-lazuli et jade impérial dont le cadran or et rubis est enrichi de diamants, réalisée à l'occasion du mariage de Farouk, le fils du roi Fouad d'Égypte. Et cette autre, inclinée en mosaïque de nacre, ornée d'une panthère. J'ai un faible pour la pendule à trois tortues, les unes perchées au-dessus des autres, or et lapis-lazuli. Gaston Guillemart se débat avec des problèmes techniques pendant deux ans. Je l'entends encore : « C'est pas possible, madame, ça tiendra pas, je vous dis, j'y crois pas, ce que vous me demandez, c'est pas réalisable. » Le souci c'est que lorsque l'on me dit non, je n'entends pas, pire, la difficulté me stimule, si ce n'est pas possible, c'est donc extraordinaire et qu'est-ce que Cartier sinon l'excellence ! Ma seule limite, mon petit Gaston, c'est le ciel. Et Gaston se tire d'affaire. Je lui reconnais un certain mérite, il s'est accroché et son travail me convient, c'est la perfection même, il n'y a rien à dire, qu'à le féliciter. Comme quoi, je continuerai à ne pas tenir compte des éventuelles objections techniques.

J'ai retrouvé dans mes affaires un nécessaire de voyage ayant appartenu à Louis et l'idée me vient de mettre une pendulette dans le flacon de cristal qui contenait le parfum tant aimé. Oui, une pendulette, c'est fascinant, je la garderai sur mon bureau, un souvenir de Louis, quelque chose dont il serait fier. Détourner le dessein originel de l'objet pour le glorifier. Lors de notre réunion de travail du mardi, j'aborde le problème avec les horlogers.

— Regardez cet objet, un flacon, qu'en pensez-vous, on devrait pouvoir mettre quelque chose dedans, commencé-je.

— Du parfum très certainement, répond Maurice.

— J'entends bien, je voulais dire autre chose que du parfum.

— Moi je vois pas, dit Robert Thil.

— Si, si. Flanquez-moi donc une pendulette là-dedans, Robert.

— Madame, je vous fiche mon billet que ça tiendra pas, objecte le chef d'atelier.

— Rien n'est impossible mon cher Robert, demandez à Maurice ou à Gaston. Et puis vous pourrez me dire ce que vous voudrez, cela ne fera que renforcer mon idée première. De toute façon, on colle bien des bateaux dans les bouteilles, alors dites-moi, pourquoi pas une pendule ?

Quelques semaines plus tard, le flacon sort de l'atelier. Le bouchon d'or est enrichi d'un cabochon faisant office de remontoir, c'est de l'artisanat génial et

Robert Thil en est encore plus fier que moi. Il ne dit rien, il pose le flacon sur mon bureau. Puis il se recule, il revient, le décale sur le côté. Finalement il s'incline devant moi et dit « Merci madame, merci d'avoir fait de moi ce que je suis », et il s'en va.

Voilà, c'est ma plus belle récompense. Plus que le regard admiratif du client, c'est l'orgueil de l'artisan qui me donne tant de plaisir. C'est comme cela que je fanatise mon équipe, en les emmenant au bout de défis impossibles. En les poussant à se surpasser. Je pointe du doigt l'impossible et je crie : allez-y. Ils foncent ! Ils gagnent ! Cette gloire, c'est la leur. Toujours plus loin, toujours plus haut, toujours plus cher, oui jusqu'au ciel, ma seule limite, le ciel. Ils me suivent, me remercient de les malmener, et si je dois entrer dans la légende que cela soit pour avoir fait d'hommes simples les façonniers des Dieux. Leurs doigts accomplissent des merveilles, leurs mains modèlent des pièces extraordinaires, sculpteurs ou joailliers c'est la même chose, tout ce qui compte, c'est l'indicible.

Ainsi de cette pendule mystérieuse, une chimère tortue de corail sur laquelle est posé un vase chinois en corail gravé supportant lui-même un cercle de cristal de roche où un nénuphar en diamant flotte doucement. Ah les pendules mystérieuses, miracles de l'horlogerie... *La Gazette du Bon Ton* titre sur ces « irréelles et précieuses, tissées dans un rêve avec des rayons de lune, elles découvrent le mystère du temps, minute par minute, à l'ombre d'une antique divinité de jade, entre deux colonnes de quartz rose, émaillé de dragons noirs et rehaussé d'or ».

Qu'ajouter de plus ? Le secret de la pendule, mais les secrets ne doivent pas êtres révélés, tout juste chuchotés. Même les vendeurs n'auront pas raison des horlogers qui les estiment par trop menteurs pour les mettre dans la confidence. Le grand maître de l'arcane, c'est Maurice Couët et je ne révélerai pas ce qu'il m'a dit, sachez juste que les aiguilles flottent dans le cristal de roche, elles semblent n'avoir aucune liaison apparente avec le mouvement et pourtant, elles marquent le temps.

Mais qu'est-ce que le temps ? Cette abstraction qui ruine les femmes et fascine les hommes ? Ce changement qui s'accompagne de saisons, de fleurs et de fruits, de neige ou de soleil ? Ou ce grand dévorateur qui n'hésite pas à déchiqueter ses propres enfants ? Non le temps, c'est du cristal pour un cadran, ou bien de la citrine, l'aigue-marine, on peut aussi. Des aiguilles comme des œuvres d'art, émaillées ou serties de pierres précieuses. Parfois dragon qui se contorsionne, parfois serpent rampant. Et des boîtiers dessinés par Charles Jacqueau ou Georges Rémy, des boîtiers dans lesquels on intègre des animaux sculptés, des petits bouddhas ou des lions de jade. Le temps, c'est un socle massif qui se veut dos d'un monstre fabuleux ou fronton du toit d'un temple antique. Le temps, c'est un cadre de laurier ou de nacre, et un rubis cabochon pour l'axe des aiguilles. Il porte un nom, c'est le temps Cartier, on lui attribue l'immortalité. Oui l'immortalité. Parfois on l'enferme dans de petits objets que l'on appelle montres. Montres de gousset puis montres pendentifs à la manière de Fabergé, en forme d'œuf et en émail, en or jaune gravé, en diamants taillés en rose.

Edmund Jaeger et Louis, un jour, envoient tout balader et voici venue la montre bracelet. Après, oh après tout a été dit. La montre de Santos-Dumont, celle du général Pershing, celle de la princesse Elizabeth ou encore celle de Mlle de Quinsonas. « Baignoire », « Tortue », « Vendôme », « Tonneau », tout a-t-il été fait ? Non. Il faut sans arrêt innover, se remettre en question, recommencer, le temps aura-t-il raison de Cartier ? Certes pas, je suis bien décidée à lancer la montre « Panthère ». Qui vivra, verra, celle-ci domptera même les plus audacieux.

Mais le temps est le plus fort, il va, vient, prend et ne rend jamais plus. Le temps me rattrape, puis il me fracasse. Il choisit cette maison qui m'a donné tant de bonheurs. Ciboure, juillet 1959, Pierre et moi, et toute la vie devant nous. Le soleil de cette fin d'après-midi, les bateaux qui reviennent après une journée de pêche et les histoires des vieux Basques dans les cafés du port. Pierre écoute d'un air ravi. Ah, la grande époque où l'on pêchait encore la baleine dans le golfe de Gascogne, à Bordagain, on était le mieux placé pour repérer les cétacés... Au bout de la jetée, regarder les mouettes s'envoler, se dire que cette vie-là me plaît enfin. « Tu sais Pierre, il y a un roman anglais, je ne sais plus, une jeune fille sur une jetée se lance dans les bras de son amoureux et le roman prend un tour déterminant. » Pierre éclate de rire : « Jeanne, pour les acrobaties, il va falloir te trouver un partenaire plus fringant. » *Persuasion*, Jane Austen, cela me revient, des histoires qui l'air de rien se terminent toujours bien. C'est jour de marché et nous flânons sur la place Camille-Jullian.

— Qui est Camille Jullian ? demande Pierre.
— Je ne sais pas.
— Homme, femme ?
— Je ne sais pas, fis-je en riant.
— Tu ne sais rien, dit Pierre en m'embrassant.

C'était hier. Dimanche. Aujourd'hui, il est parti. On me dit qu'il ne reviendra pas. Revenir à hier. Nous sommes le 27 juillet, il vient d'avoir soixante-douze ans. Pourquoi ? C'est trop tôt. On n'avait encore rien fait. Quoi ? Les hommes en blanc, l'hôpital, le cœur, son cœur ! Bien sûr que je le connais son cœur, cela fait cinquante ans qu'il m'adore, son cœur. Arrêté. Net. Infarctus, pourquoi, je ne comprends pas. Fini de vivre. Mais on n'a jamais fini de vivre. Qu'est-ce que dit cette femme, oui je sais, c'est une infirmière. Non je ne suis pas folle, je suis sa femme. Vous pouvez le ramener à la vie. Comment vous ne pouvez pas. Moi je redonne vie aux joyaux. C'est un joyau et le plus pur d'entre eux. Mon mari. Madame, je n'ai que lui. Le cœur de ma sœur s'est arrêté aussi. Donnez-moi son cœur, je le ferai battre à nouveau. Pierre c'est toute ma vie. Quoi, vous comprenez, oh non madame, vous ne savez pas. La douleur, cette chose qui est plantée là, dans le bas du ventre. Cela ne fait pas mal, c'est un creux. Vertigineux. Un trou béant, j'ai perdu l'équilibre. J'essaie de vous expliquer. C'est mon mari qui est allongé là. Non je ne rentre pas sans lui. Mais vous croyez quoi ? Que je vais retourner dans ma maison rouge et blanc ! Madame, je reste auprès de mon mari. Oui, il est mort. Non, vous ne me le rendrez pas. Je sais madame, je sais…

Tu disais toujours : « Tu comprends chérie, entre toi et moi, c'est une question de force, or tu es la plus forte... » Et tu éclatais de rire. Je ne suis pas forte. Je suis vieille, petite et seule. Avec des yeux noyés. Tu ne m'as jamais laissée, Pierre. Dans les pires moments tu étais là. Quand Louis me quittait, quand il partait retrouver Jackie, tu tenais ma main, tu disais que tu m'aimais. Et moi comme une idiote qui hésitais. Je ne savais pas, pardon. Louis est mort, tu étais là. Bravant l'occupant pour revenir sécher mes larmes. Jamais jaloux, je hais la jalousie, c'est dégradant. Charlotte et son pauvre cœur de grande horizontale, tu étais là. Moi dans tes bras à sangloter comme une enfant et ta douce chaleur qui se fait mienne. Pierre, mon amour, je t'aime. J'ai passé mon temps à le crier à Louis, Pierre c'est toi que j'aime, une fois pour toutes. Ne me laisse pas...

J'attends. J'oublie le temps. La douleur aussi. Il n'y a plus que ce grand vide. Cette inutilité. Partir aussi. Te retrouver. Il paraît que l'on n'a pas le droit. C'est une tombe toute simple, à Ciboure, ce village que tu aimes tant, il y a une place pour moi, ma famille. C'est fini. Charlotte, Louis, Pierre...

Cartier, quoi Cartier ? Ils téléphonent. Ils écrivent. Ils se pressent à ma porte. « Il y a la maison Cartier », s'écrient-ils. « Madame, nous avons besoin de vous », disent-ils. « Vous êtes une légende, notre légende ! Regardez, ce film à succès, *Diamants sur canapé*, l'héroïne porte votre collier de perles autour du cou. Hubert de Givenchy s'est souvenu de votre plastron et il l'a enroulé autour du cou d'Audrey Hepburn. Et puis cette montre, la panthère, vous savez bien, on a tellement besoin de vous, revenez, madame s'il vous plaît »... Je ne sais pas dessiner, Louis ne voulait pas que j'apprenne, je ne sais pas, les perles d'Audrey Hepburn, la montre panthère, je la voudrais, je ne sais plus, oh, laissez-nous, je vous en prie, ma douleur et moi. Au bout de la nuit, il n'y a plus rien...

30.

13, rue de la Paix

Paris, 1968.
J'y retourne de temps en temps. 13, rue de la Paix. Ma DS grise s'arrête en double file et mon chauffeur m'aide à descendre. Je suis vieille maintenant. Plus rien n'est comme avant. Claude a vendu New York à un puissant homme d'affaires. René-Louis Révillon, son cousin, a tout fait pour l'en dissuader mais Claude est resté inflexible. « L'esprit demeure », s'exclame l'investisseur. L'esprit, certes, mais qu'en est-il de l'âme? Pierre, le dernier des Cartier, s'éteint à Genève. La vie n'a pas été tendre pour sa fille Marion et je lui rends ici hommage d'avoir fait de son mieux. Mais il arrive un moment où même le mieux ne suffit plus. Et Marion vend Paris. Que reste-t-il de l'empire de Louis? Londres, toujours aux mains du petit-fils de Jacques mais pour combien de temps? Aura-t-il la force de se battre pour récupérer Paris et New York? Que sera demain? *Que sera, sera*, il y a une chanson comme cela... Et la dynastie Cartier s'éteint, faute de combattants. « La fin d'une fabuleuse aventure », titre *L'Aurore.*

Pourquoi suis-je encore ici pour le voir ? Peut-être parce qu'il y a des hommes de valeur qui font vibrer l'atelier. Peter Lemarchand, Lucien Lachassagne, Georges Rémy, Gabriel Raton, Jacques Houziaux, Jacques Diltoer et tellement d'autres. Certains, des gamins prometteurs qui finissent leur stage, et puis les autres, les vieux briscards, les guerriers du talent, tous ensemble pour faire scintiller la magie Cartier. Cela me rassure. Mes chers collaborateurs, il ne me reste qu'eux... Charlotte m'a quittée. Pierre, Louis, Pierre, si jeunes, flamboyants, le début de l'histoire et leurs premiers baisers... N'est-ce pas déplacé à quatre-vingts ans passés de se remémorer le goût d'un baiser ? Et leur regard quand ils disaient « je t'aime Jeanne ».

Et mes amis, où sont-ils aujourd'hui ? Gabrielle Chanel réinvente sa vie, je la comprends un peu, j'ai occulté un passé mais Coco redessine le sien selon la couleur du temps. Un jour avec Louise de Vilmorin, le lendemain avec Edmonde Charles-Roux, les variations sont admirables, sans aucune fausse note, à croire que l'enfance fut un long fleuve tranquille. Mes clientes aussi ont vieilli, le temps n'épargne personne. Même les plus riches. Barbara Hutton a connu sept maris mais n'en a gardé aucun. Aujourd'hui, elle est désespérément seule et ne se nourrit plus que de bouillie diluée dans du Coca-Cola. La duchesse de Windsor en est à son troisième lifting, les mauvaises langues disent qu'elle ne peut plus fermer les yeux. Et la sublime Nina Dyer n'a pas supporté que l'Aga Khan la quitte, elle a succombé à une overdose de barbituriques. Quant au vaste monde, il poursuit sa course folle, les étudiants hurlent « sous les pavés la plage » et le général de Gaulle s'épuise à combattre « la chienlit ». J'ai vu Salvador Dalí à la télévision, il faisait de la réclame pour le chocolat. Vive la société de consommation !

Où s'est enfuie l'élégance qui voilait Paris d'étoiles et de brillants ? Et la désinvolture qui masquait notre mélancolie ? Et cette folle audace qui nous rendait vivants avant tout ? Évanouies, disparues, envolées... Je regarde autour de moi. La rue de la Paix est envahie de touristes. J'aperçois la colonne de la place Vendôme, et je me souviens de Cécile Sorel, debout à l'arrière de sa voiture, sa cape Schiaparelli tourbillonnant autour d'elle ! Pendant plus de quarante ans, j'ai lutté avec acharnement pour la cause de l'esthétisme, j'ai voulu maintenir ce chic qui faisait de Paris le centre du monde. Mais ce monde a perdu son faste. Que souhaite-t-il aujourd'hui ? Mon indulgence ? Pour la splendeur et la lumière, il va falloir passer par Cartier.

Je jette un coup d'œil aux vitrines de la maison. C'est une manie chez moi, même si mes créations ne sont plus à l'honneur. Ce que je vois me plaît, turquoises, perles d'améthystes et de diamants filetées, émeraudes cabochons et saphirs briolette, comme quoi personne n'est irremplaçable. Alors que je m'apprête à pénétrer dans le saint des saints, mon regard est attiré par un homme distingué qui s'approche d'un pas hésitant.
— Vous êtes Mme Toussaint, n'est-ce pas ?

Je le détaille, il m'intrigue. Terriblement mal élevé cet examen de passage, mais à mon âge la politesse, on s'en balance. L'homme a une soixantaine d'années. Il possède une beauté singulière, un visage aux traits fins, à l'ovale délicat et pourtant très marqué et puis des yeux clairs, céruléens, on dirait qu'ils veulent me mener loin, mais la physionomie m'est étrangère. Non, je ne le connais pas. Ce petit accent, si léger, aérien... Je ne sais pas. Encore un tour de cochon du passé, mais que pourrait-il m'arriver ? L'homme n'est pas gêné, ni par mon mutisme, ni par mon observation excessive, il continue :

— Je vous guettais depuis l'autre côté de la rue. Je me souvenais d'une femme menue avec des fils d'argent dans les cheveux, je me souvenais des perles, un torrent de perles, avec un fermoir incroyable, des diamants en cascade, et puis ces yeux bleus cobalt, comme elle, un regard qui ne laisse passer aucun sentiment, peut-être parce qu'il y en a trop. Madame, c'est vous, n'est-ce pas, vous êtes Jeanne Toussaint, je vous reconnais, poursuit-il.

— Vous en savez donc beaucoup plus que moi. Pour ma part, je ne sais pas d'où vous sortez mais certainement pas de la cuisse de Jupiter. On se présente, monsieur, avant d'entamer la conversation avec une dame.

Il devient blême et s'excuse profondément en bafouillant, il s'incline et dit :
— Vous ne vous souvenez donc pas, madame ?
— Non monsieur.

Au fond de moi-même, j'ai conscience qu'il s'agit là d'une rencontre avec le destin. Mon destin. Qui est-il, je n'en ai aucune idée. Ce qu'il va me dire, j'en ai très peur évidemment. Est-ce la fin ? Un rendez-vous avec la mort ? Comme dans les belles histoires de M. Shakespeare, des retrouvailles déterminantes, un fatum implacable. Non, je ne sais vraiment pas qui est l'homme, au faîte de sa splendeur, celui-là même qui se tient tout droit devant moi.

— Mon nom est Heinrich Krüger, madame, nous nous sommes connus à l'hôtel Majestic en août 1941. J'étais alors un simple garde, celui que personne ne remarque et qui obéit aux ordres. Je vous ai accompagnée à votre cellule et pendant trois jours, je suis venu m'enquérir de vos besoins.
— Heinrich, bien sûr, je me souviens, c'est loin, mon Dieu, pourquoi maintenant, que voulez-vous ?
— Oui, cela fait si longtemps. Je n'osais pas. Je me disais, quelle importance ? jeter le passé à la tête des gens. Elle ne m'attend pas, je me disais...
— Allons au Ritz, je suis fatiguée, vous me raconterez tout cela au chaud au lieu de bafouiller comme un collégien au bord du trottoir.

Je m'appuie sur son bras, il me dépasse de deux têtes, nous nous dirigeons lentement vers l'hôtel mythique, mémoire d'une époque évanouie. Heinrich Krüger a de beaux cheveux blancs, plaqués en arrière, des yeux clairs, entourés d'une multitude de rides, son nez est fin et droit, et son visage presque féminin me fascine. Déjà en ce temps-là, je me souviens, il m'intriguait. Heinrich possède une allure folle, j'aime à sentir sa force guider mes pas défaillants. Nous nous installons dans le salon de musique, je ne connais plus personne mais on me traite comme si j'étais la dernière impératrice. Le prestige de l'âge...

Heinrich hésite, il ne trouve pas ses mots, on dirait que certaines choses le gênent, il parle de devoir, il parle de pouvoir, il cherche des excuses. C'était un autre temps, la Triple-Alliance et les Empires Centraux, tout de même, cela avait une sacrée gueule ! Le problème, c'était cette foutue poudrière des Balkans, après la guerre s'est engouffrée, la défaite laisse le pays exsangue, et voici Hitler, tel le phénix, un chef, la puissance, combien sont-ils à y avoir cru dur comme fer ?

— Heinrich, je me fiche de l'Allemagne, de la guerre, et tutti quanti. Que vous ayez servi les nazis, c'est votre problème, pas le mien, et je suppose que vous ne venez pas me voir plus de trente ans après pour obtenir une absolution ?
— Si justement, l'absolution, c'est ce que je viens chercher auprès de vous aujourd'hui.
— Quoi ?
— Celle de mon père et celle de ma mère.
— Mais qui êtes-vous ?

Heinrich ne répond pas. Il plonge la main dans son loden et sort de la poche intérieure un ballot froissouillé. Une ficelle qui tient par l'opération du Saint-Esprit et des feuilles de papier de soie qu'il déplie et déplie encore comme s'il y en avait des milliers, ce petit paquet n'a pas été ouvert depuis des années. Mon Dieu, je crois que je devine, oui évidemment, la dernière feuille, je sais ce qu'elle va révéler. Comment oublier ces années-là, une broche scintille, on dirait que l'oiseau pleure, si longtemps après, l'éclat est toujours aussi extraordinaire, mon oiseau en cage, Heinrich Krüger est venu ramener l'oiseau en sa demeure.

— Madame, voici l'oiseau en cage, tel qu'un jour ancien les Allemands vous le volèrent.

Je ne dis rien. Je regarde l'oiseau tombé du ciel. Le ciel, ma seule limite. Un oiseau bleu, blanc, rouge, prisonnier pour l'éternité. Lapis-lazuli, corail, saphir, roses sur platine et or jaune pour la cage, Peter Lemarchand a fait là une petite merveille. Je me suis bien fichue de Werner Best. Qu'il se retourne dans sa tombe, le salopard. Cette broche n'a jamais été conçue pour Yvonne Printemps, elle détestait les oiseaux, elle voulait des chimères et des dragons, de l'exotisme à n'en plus finir. Yvonne, la belle Yvonne, passionnée par ma période Kandjar. Tous ces souvenirs, pourquoi n'ai-je pas eu plus de temps, il y avait tellement de choses à faire, et je n'ai pas fini.

Heinrich Krüger, je ne comprends pas. Déjà en ce temps-là, ce garçon m'avait intriguée. Dans son regard, j'avais cru voir ma vie défiler. Le hasard n'existe pas, c'est mon unique certitude. Je prends l'oiseau, je l'agrafe sur le col de mon manteau. La perfection. Et puis j'avise cet homme étrange. J'ancre mon regard dans le sien et ce que j'y vois m'effraie...

— Il va falloir m'expliquer maintenant.
— Je suis venu chercher votre pardon. Sans lui, je ne peux continuer à vivre. Cela fait près de soixante ans que je porte la faute de mes parents.

— Qui étaient vos parents ?
— Mon père se nommait Hans Krüger. Il était ce que l'on appelle aujourd'hui un vagabond. Pas de passé, pas d'avenir, mais un physique d'acteur de cinéma et un bagou incroyable. Il vivait de petits boulots, il passait de ville en ville. Berlin, Hanovre, Düsseldorf, Bruxelles...
— Oh, mon Dieu !
— Il est encore temps, madame, de m'arrêter là et de repartir chez moi.

J'ai soudain terriblement froid. Je ne veux pas, si, il le faut pourtant. Cette question me poursuit depuis tant d'années, vais-je enfin savoir ? J'ai peur, qui est Heinrich Krüger, l'ange du mal ou bien ma rédemption ?

— Je vous en prie, continuez.
— Bruxelles dans ces années-là...
— Nous on disait, Bruxelles brussellait.
— Oui, nous aussi. Hans Krüger avait tous les talents et notamment celui d'embobiner n'importe quelle jeune femme. Elle, il l'a rencontrée au vieux marché des Marolles un dimanche matin, il lui a porté ses paniers, il lui a dit qu'elle était jolie avec ses joues roses et ses yeux azur. Il a été bien aimable et puis il l'a fait rire, elle avait oublié depuis si longtemps. Bien sûr, elle était mariée, une fille comme ça qu'est-ce que vous croyez ! Mais le mari était fatigué, près de rendre l'âme. Hans Krüger, elle en est tombée folle amoureuse, elle lui a ouvert sa maison, son lit et son cœur. Il a tout pris et plus encore. Hans Krüger ne se contentait pas de peu.

— Arrêtez, comment... mon Dieu, comment savez-vous...

Ma voix se casse, s'étrangle, mes yeux se mouillent, mon regard, son regard, c'est elle que je vois, elle est là, juste devant moi. Je comprends enfin. C'est si loin. Quatre-vingts années de dureté, j'ai tout dissimulé, la douleur, la peur, la honte, quelle est cette horreur ? Et ma voix s'élève, une voix de petite fille, je ne me reconnais pas, je m'entends dire :

— Mais qui êtes-vous ?
— Je suis le fils d'Hans Krüger et de Marie-Louise Toussaint, je suis né quatre ans après votre départ, je suis votre demi-frère... Jeanne.

Je m'enfonce dans la banquette comme pour me préserver de l'instant qui vient. Je le regarde ce frère qui est le mien. Nous avons tant à nous dire.

— Qu'est-elle devenue ?
— Je n'ai appris que très tard votre existence et celle de Charlotte. Hans Krüger a abandonné ma mère au bout de quelques années, elle ne l'a jamais revu. La boutique de la rue Philippe-de-Champaigne tournait bien. Il faut dire que notre frère Édouard l'a fait fructifier avec talent. En vieillissant, notre mère parlait souvent de vous et de Charlotte. Elle disait qu'elle n'avait pas su vous défendre et que c'est pour cela que vous aviez fui, tout était de sa faute, elle s'en voulait tellement. J'ai supposé qu'il y avait certaines choses que je ne devais jamais savoir. Elle n'en parlait pas, elle disait qu'elle se sentait coupable, qu'elle vous aimait tant

mais elle ne savait pas le dire. Elle est morte, vieille, à plus de quatre-vingt-dix ans. La reine de la dentelle piquait encore en pestant contre ces machines à coudre épouvantables, les « singettes » comme elle les appelait. Elle parlait souvent de vous. Elle avait suivi votre carrière dans les journaux. On était abonné à *L'Illustration*, elle disait toujours : « Oh regardez ce qu'a encore inventé ma Jeannette. » Et puis tout à la fin, elle m'a fait promettre. Elle m'a dit : « Heinrich, il faudra aller en France, retrouver Jeanne et Charlotte et puis leur dire combien je les ai aimées. Mais je n'ai pas su les protéger. J'ai eu honte. » Voilà ce que m'a dit ma mère avant de mourir. Quant à Édouard, il pensait à ses sœurs, oui mais il avait sa propre vie, sa femme, ses enfants, la boutique de linge de maison. Il y a toujours une famille Toussaint en Belgique. Et puis moi. Heinrich Krüger, le fils de l'Allemand. Un peu perdu, certes, la guerre comme un dérivatif, Paris, l'Occupation, le Majestic et cet interrogatoire qui me frappe comme une claque. « Qui êtes-vous ? » C'est le nom de notre mère que vous prononcez, vous êtes... ma sœur... Alors j'ai su que je devais m'emparer de cet oiseau en cage, qui mettait dans une rage folle l'*Obergruppenführer*. J'ai su que je devais vous le remettre un jour prochain. Mais le jour n'est pas venu. Peur, lâcheté, faiblesse... Voilà, vous savez tout et moi je ne sais rien... Madame, Jeanne, j'aimerais tant... savoir, vous connaître, que vous me racontiez...

Mais je ne l'écoute pas, je ne l'entends plus. Je suis bien. Maintenant je sais. Ma mère nous aimait. Tu entends cela, Charlotte, notre mère nous aimait et elle nous a donné un autre frère. Il possède un sourire gêné et les yeux de maman. Heinrich, je vais le garder encore un petit peu, cet homme-là, je tripote mon oiseau en cage bien accroché au revers de mon manteau et je prends la main de mon frère...

— Heinrich, dites-moi, avez-vous le temps ?
— Tout le temps qu'il faudra...
— Alors, voilà... Marche ou crève était ma devise...

LEXIQUE

AGATE :
Pierre précieuse, variété de quartz calcédoine à structure concentrique, de consistance très dure, semi-transparente et de diverses couleurs. L'onyx est l'agate la plus prisée.

AIGUE-MARINE :
Pierre fine, variété de béryl, transparente, couleur d'eau de mer.

AMÉTHYSTE :
Pierre fine, variété de quartz transparent, de couleur violet foncé, relativement répandue en Occident, appelée parfois pierre d'évêque parce qu'elle orne l'anneau épiscopal.

BAGUETTE :
Diamant rectangulaire, taillé à vingt-cinq facettes.

BÉRYL :
Pierre fine de couleur jaune (béryl jaune), vert (héliodore), rose (morganite), incolore (goshénite), rouge groseille (bixbite).

BRILLANT :
Se dit d'une taille spéciale de diamant. Taille ronde des diamants comprenant cinquante-six facettes plus la table (partie plate de la pierre). Cela fait donc cinquante-sept facettes.

BRIOLETTE :
Diamant en forme de poire ou goutte entièrement facettée.

CABOCHON :
Taille dépourvue de facettes avec une surface convexe.

CARAT :
Unité qui mesure la proportion d'or fin contenue dans un objet en or. L'or pur est à vingt-quatre carats. Unité de poids valant deux décigrammes, utilisée dans le commerce des diamants, des perles fines et des pierres précieuses. Attention à ne pas confondre le carat (masse) des pierres précieuses avec le karat (titre des orfèvres).

CITRINE :
Pierre fine, variété de quartz colorée en jaune, appelée encore fausse topaze.

CORAIL :
Animal marin des mers chaudes qui vit en colonie et sécrète un squelette calcaire arborescent appelé polypier, de couleur rouge ou blanche.

CRISTAL DE ROCHE :
Quartz transparent, non coloré, fait de prismes à six faces terminés à leurs deux extrémités par une pyramide hexagonale.

DIAMANT :
Pierre précieuse d'un grand éclat. Minéral généralement incolore fait de carbone pur cristallisé, d'une grande dureté et d'un indice de réfraction élevé. Ses effets optiques, sa grande dureté et sa rareté en font la pierre reine. Couleur : incolore mais aussi jaune, brun, vert, bleu, rose, noir.

DIAMANT JONQUILLE :
Diamant de couleur jaune citron.

DURETÉ :
Échelle de 1 à 10. Diamant : 10, émeraude : 7,5 - 8, agate : 6,5 - 7…

ÉMAIL :
Matière fondante composée de différents minéraux, rendue très dure par l'action de la chaleur, destinée à recouvrir par la fusion le métal à des fins de décoration, et prenant alors des couleurs inaltérables.

ÉMERAUDE :
Pierre précieuse, transparente et généralement d'un vert intense, constituant une des variétés du béryl.

FACETTER :
Tailler à facettes. Facetter un diamant, une pierre précieuse afin de faire « jouer » (réfléchir, renvoyer la lumière) au mieux les propriétés optiques de la pierre.

FELDSPATH :
Minéral que l'on rencontre dans la plupart des roches éruptives et métamorphiques. Dans la famille : amazonite, pierre de lune, orthose, labradorite, feldspath aventurine…

FILETER :
Orner d'un filet.

GRIFFE :
Petit crochet servant à maintenir une pierre.

GUILLOCHER :
Orner de traits gravés en creux et entrelacés.

GOUTTE :
Pierre précieuse transparente taillée en forme de goutte et sertie sur une fine monture.

JADE :

Pierre très dure du genre amphibole, à plusieurs variétés, dont la jadéite et la néphrite, de couleur vert sombre, olivâtre ou blanchâtre, et plus ou moins translucide. Le jade n'est pas très dur : dureté 6,5 - 7.

Jade impérial : jadéite birmane de couleur vert émeraude due au chrome, translucide en sub-surface, variété la plus recherchée.

LAPIS-LAZULI :

Pierre fine d'un bleu d'azur.

LAQUE :

Vernis noir ou rouge préparé en Chine ou au Japon avec la résine recueillie sur des arbrisseaux de la famille des térébinthacées et appliqué à l'état liquide, généralement en plusieurs couches, sur des objets à laquer.

MARQUISE :

Forme ovale d'un diamant, taillé à cinquante-huit facettes.

NACRE :

Coquille lisse et comme argentée, à l'intérieur de laquelle se trouvent ordinairement les perles.

NAVETTE :

Type de taille des pierres précieuses. Un rubis taillé en navette est taillé en un ovale étroit et allongé.

ONYX :

Variété d'agate, remarquable par sa finesse, qui présente des couches parallèles de différentes couleurs. L'onyx est la calcédoine la plus prisée.

OPALE :

Pierre précieuse d'un blanc laiteux et bleuâtre, à reflets irisés.

ORIENT :
Éclat nacré propre aux perles, entrant dans l'appréciation de leur valeur.

PIERRE DE LUNE :
Feldspath aux reflets nacrés.

POIRE :
Perle en poire : perle oblongue, plus grosse en bas. Taille (diamant) en poire.

POLIR :
Rendre lisse, uni et brillant, par frottement.

PORPHYRE :
Roche magmatique ancienne très dure, présentant de grands cristaux de feldspath clairs dispersés dans une pâte foncée à grains très fins, généralement rouge ou verte, parfois bleue ou noire.

QUARTZ :
Variété plus ou moins pure de silice cristallisée.

ROSE :
Diamant dont la taille présente une partie supérieure facettée et une partie inférieure plate.

RUBELLITE :
Variété rouge de tourmaline, recherchée comme gemme.

RUBIS :
Pierre précieuse transparente d'un rouge vif ; variété de corindon.

SAPHIR :
Pierre précieuse, dont la couleur varie du bleu clair au bleu foncé, qui constitue une des variétés du corindon hyalin. Toute la gamme des bleus mais aussi incolore, rose, orange, vert, violet, noir.

SAUTOIR :
Long collier ou chaîne qui pend sur la poitrine.

Sertir :
   Fixer une pierre précieuse dans un chaton ou une monture dont on rabat le rebord autour de la pierre.
Topaze :
   Pierre fine, transparente et brillante, le plus souvent d'un jaune vif.
Tourmaline :
   Pierre fine cristallisée de couleurs très diverses, notamment rose et verte.
Turquoise :
   Pierre fine de couleur variant du bleu clair au vert clair.
Vermeil :
   Argent, autrefois cuivre, recouvert d'une dorure tirant sur le rouge.

Merci...

Merci à Alain Cartier, pour sa gentillesse, sa bienveillance et les souvenirs de son grand-père, Louis.

Merci à Hubert de Givenchy qui m'a reçue avec tant d'égards et eu la bonté de m'introduire auprès de son ami, le marquis de Quinsonas.

Merci au marquis de Quinsonas qui a fait revivre avec brio son oncle Pierre, sa jeunesse, et sa personnalité étincelante.

Merci au baron de Cassagne pour toutes ses anecdotes extraordinaires à propos de Coco Chanel.

Merci à Pierre Rainero qui m'a donné les clés de la maison Cartier.

Merci à Betty Jais et à Véronique Sacuto pour avoir facilité mes recherches au sein de la maison Cartier.

Merci à Jacques Houziaux de m'avoir consacré un temps précieux pour me raconter trente ans chez Cartier, Mlle Toussaint, sa patronne, et puis Maria Felix, sa cliente favorite.

Merci à Jacques Diltoer d'avoir bien voulu me parler des années passées à travailler aux côtés de Jeanne Toussaint, ses habitudes, sa façon d'être, ses relations avec les employés.

Merci à Bernard Denet d'avoir bien voulu évoquer son père André.

Merci à Jacques David, écrivain et lapidaire, pour ses conseils avisés en matière de gemmes.

Merci à Jean-Noël Liault, fin connaisseur de la Belle Époque et des Années folles.
Et merci à la belle Theresa Révay pour m'avoir ouvert son subtil carnet d'adresses et su bien avant moi l'usage que j'en ferais.

Et puis il y a ceux sans qui ce livre n'existerait pas :

Michel Aliaga, mon guide, véritable enchanteur, mémoire vivante de la maison Cartier.
Édouard de Boisgelin, l'évocation de sa tante Jeanne, la subtile incarnation de son oncle Pierre Hély d'Oissel, son élégance et son enthousiasme.
Karina Hocine, mon éditrice, qui eut l'idée de cette fabuleuse aventure et m'accorda sa confiance.

Enfin merci à vous, divine Jeanne, qui me soufflez depuis le début que le hasard n'existe pas...

De la même autrice :

LA SCANDALEUSE HISTOIRE DE PENNY PARKER-JONES, Ramsay, 2008.

LA SPLENDEUR DES CHARTERIS, Albin Michel, 2011.

LE DIABLE DE RADCLIFFE HALL, Albin Michel, 2012.

LE SECRET DE RITA H., Albin Michel, 2013.

LE BAL DU SIÈCLE, Albin Michel, 2015.

PAMELA, Albin Michel, 2017.

LES SŒURS LIVANOS, Albin Michel, 2018.

JACKIE ET LEE, Albin Michel, 2020.

LES HEUREUX DU MONDE, Albin Michel, 2021.

DORIS. LE SECRET DE CHURCHILL, Albin Michel, 2022.

CYNTHIA, Albin Michel, 2023.

Composition réalisée par PCA

Achevé d'imprimer en France par
CPI BUSSIÈRE (18200 Saint-Amand-Montrond)
en février 2024
N° d'impression : 2076449
Dépôt légal 1re publication : octobre 2011
Édition 12 - février 2024
LIBRAIRIE GÉNÉRALE FRANÇAISE
21, rue du Montparnasse – 75298 Paris Cedex 06